Consagro-vos
     a minha língua

Impresso no Brasil, maio de 2010
Copyright © 2010 by José Carlos Zamboni

Os direitos desta edição pertencem a
É Realizações Editora, Livraria e Distribuidora Ltda.
Caixa Postal: 45321 · 04010 970 · São Paulo SP
Telefax: (5511) 5572 5363
e@erealizacoes.com.br · www.erealizacoes.com.br

Editor
Edson Manoel de Oliveira Filho

Revisão
Nelson Luis Barbosa (*1ª revisão*)
Jessé de Almeida Primo (*2ª revisão*)
Liliana Cruz (*3ª revisão*)

Capa e projeto gráfico
Mauricio Nisi Gonçalves / Estúdio É

Crédito da imagem da capa
Copyright @ by IOFOTO (Ron Chapple Studio) | Dreamstime.com

Pré-impressão e impressão
Prol Gráfica e Editora

Reservados todos os direitos desta obra. Proibida toda e qualquer reprodução desta edição por qualquer meio ou forma, seja ela eletrônica ou mecânica, fotocópia, gravação ou qualquer outro meio de reprodução, sem permissão expressa do editor.

Consagro-vos a minha língua

JOSÉ CARLOS ZAMBONI

REALIZAÇÕES

Sumário

PREFÁCIO DA VIRGEM
7

CAPÍTULO I
9

CAPÍTULO II
35

CAPÍTULO III
63

CAPÍTULO IV
85

CAPÍTULO V
97

CAPÍTULO VI
121

CAPÍTULO VII
151

CAPÍTULO VIII
171

CAPÍTULO IX
185

CAPÍTULO X
235

Prefácio da Virgem

Confesso que nestas páginas do Dim (Hildo para estranhos) houve, de certo modo, o meu dedo. Sabendo que sobraria para mim e seria procurada para defendê-lo no dia do seu julgamento – Deus contra Hildo Rielli, como ele brincou certa vez –, tratei de tomar minhas providências.

Dim, que insiste em duvidar de Deus, é um grande pecador e sua salvação não será fácil. Consegui, por isso, que ele escrevesse algumas narrativas circunstanciadas, justificando a própria vida no que ela possui de mais problemático: seu relacionamento com as mulheres. Obviamente, o Pai sabe de tudo, mas sempre gostou de ouvir o ponto de vista dos filhos.

Sob minha inspiração, seja logo dito, Dim passou para o velho computador suas experiências nesse jogo de damas – damas que já lhe chamaram de ingrato, torturador, assassino, e outras coisas ásperas que não gostaria de lembrar aqui. Foi com elas, e só por elas, que mais desobedeceu ao Senhor, apesar do inegável esforço em seguir as regras da partida.

Aqui estão os escritos e uma parte do jogo. Depois de sua morte (que não aconteça logo, pois há muito o que expiar e aprender ainda em vida), vou juntá-los às outras peças da defesa, esperando que tenham alguma utilidade no veredicto do Altíssimo – o severo mas sempre justo Criador do céu e da terra, do homem e da mulher, do bem e, ainda que possa parecer estranho, do próprio mal, que é o contrapeso necessário da virtude e da vida eterna.

Quanto mais provas a favor do réu, tanto melhor. Sem elas, como contestar e impugnar as graves acusações que virão contra o meu confuso afilhado? Para isso, repito, nada melhor que um testemunho individual do pecador, expondo os fatos com coragem, tentando ao menos compreender-lhes a motivação superficial, já que a outra, inconsciente e profunda, não pode servir para a acusação. Nem o Pai faria isso. Como alguém haveria de pagar pelo que fez dormindo ou sonhando?

As memórias do Dim não caminham o tempo todo sobre espinhos. Apesar de pouco indulgente consigo mesmo, de quando em quando faz entrar em cena um homem compassivo, capaz de erguer os olhos além do próprio umbigo, diferente da imagem quase monstruosa que o escritor autopunitivo pretendia passar de si mesmo.

Sei que outras sereias ainda cruzarão o seu caminho – e ele continuará pecando e autojulgando-se por escrito. Outras narrativas haverão de compor, futuramente, o dossiê Hildo Rielli. Melhor para ele, melhor para a advogada. Não quero e não permitirei que seja condenado. Mesmo quando o Demônio jogou poeira e neblina em seus olhos, e ele passou a ser mais um cego na comprida fileira dos mendigos da carne, conseguiu manter intacta a fé em mim. Como não haveria de amar esse filho pecador que, apesar de tudo, não fez outra coisa na vida além de procurar-me exaustivamente nas filhas dos homens e, por isso mesmo, complicando o que era de natureza mais simplesmente humana?

Ninguém me acuse de madrinha superprotetora. Minha intromissão nesta obra não passou – juro por mim – de uma ideia inicial soprada a uma fonoaudióloga. O resto, ao cavalheiro e às suas damas pertence.

Maria de Nazaré

I

    Um dia desses, vê Maria de Lourdes na fila do Banco, algum tempo depois daqueles acontecimentos que gostaria de esquecer. Prefere que ela não o veja e sai até a cozinha para um café. Xícara na mão trêmula, soprando a bebida ainda quente, espia aquele corpo que tanta alegria lhe deu – e tanto prejuízo. Bebe e fuma até que a fila ande o suficiente para ela retirar o dinheiro (de algum programa da véspera, na certa) e suma de novo para além da praça do Cônego.
    Nota que, de vez em quando, ela gira o olhar pelas mesas, procurando-o para público de seu pequeno show. Parecia dizer com os olhos: "Olha aqui, velho escroto. Veja este cheque na minha mão. Ontem à noite fiz tudo com o cara, principalmente aquilo que você nunca conseguiu de mim".
    Se soubesse o que fez com a língua do velho, já estaria plenamente realizada. Talvez um dia lhe dê esse gosto, só para ouvir a gargalhada indecente que sairia daquela garganta má. Quando ela sai do Banco, Hildo deixa a cozinha e volta à sua mesa, de onde pode ver com nitidez, além da grande parede de vidro, um carro

creme mal estacionado no meio-fio – o Gol seminovo que foi obrigado a lhe comprar.

    O carro fechou-lhe a boca. Sempre confiou no poder dos carros, embora nunca tenha possuído nenhum. Se continuar depositando mensalmente a quantia combinada, nenhum boletim de ocorrência conterá seu nome e seu delito. Não será notícia na Rádio do Povo, nem foto de primeira página na *Folha da Mogiana*. Não envergonhará o pai, a irmã, os parentes, dois ou três amigos. Como dívida inegociável, basta-lhe a profunda vergonha de si mesmo, que o deixa sem coragem até de olhar-se no espelho manchado do banheiro.

    As estantes da Casa dos Leprosos ficaram sem os melhores livros. Trancou a sala do piano, proibindo-se de tocar no velho *beckstein* de Lívia – não merece mais essas coisas puras da vida. Só Lívia tem o direito de usá-lo, mas é provável que jamais volte a essa casa imunda. O velho homem de quarenta e poucos anos está mesmo um trapo, depois de ter tido, durante o jogo, todas as damas contra si. Elas estão muito longe, todas as damas do seu jogo, e a casa é muito grande para um homem sozinho, quase sem voz, cuja maior tortura é lavar-se e acertar a barba todo dia. Cansa-se só de pensar que a casa tem um longo corredor de dez metros, ligando nada a coisa nenhuma. Ficou extremamente longe ir do quarto à cozinha, da cozinha à sala, da sala ao banheiro. Esquece até que tem um quintal. O quintal parece do outro lado do universo. Deixa a comida dos cachorros na porta da cozinha, pois não quer saber mais dos cachorros. Aliás, nunca gostou de cachorros dos outros, e era assim que agora via os dois pastores. O maior sacrifício é chegar todo dia no Banco, depois de atravessar boa parte da cidade e lá permanecer seis horas em silêncio, curvado sobre a mesa de trabalho. Se pudesse chegar ao Banco sem passar pelas ruas de Canaviais... A sorte é que não lida com a clientela do Banco, pois não consegue pronunciar uma frase até o fim: desiste ainda no meio do caminho. O Banco não é mais do Estado e podem demiti-lo a qualquer momento, sobretudo agora que não consegue inspirar a menor simpatia em ninguém. O único consolo são os números em sua mesa, porque os números não dizem nada, não sofrem, não exigem, não dão conselhos inúteis.

Todas as tardes, ao chegar do Banco, deita-se no tapete da sala, que só recebe a luz da bandeira da porta. Olha para as mesmas coisas de sempre: o velho forro cinzento e descascado, as altas janelas ultimamente fechadas para o vento e o sol que vêm do mundo, a cartucheira inútil pendurada na parede. Enquanto olha sem ver, escuta o pequeno solo de trompete que gravou, estúpida e repetidamente, até encher um lado inteiro da fita cassete. É prova suficiente de que perdeu o controle de si.

Não consegue, porém, odiar Maria de Lourdes, a chantagista que pode denunciá-lo à polícia, se não depositar em sua conta, mensalmente, o valor exigido. Se ela entrar por essa porta e fizer com os dedos o que os donos fazem para chamar os cães, seguiria seus calcanhares até o fim do mundo, humilhado e feliz. Enquanto ela não volta, fecha os olhos e repete a cerimônia cotidiana de lembrar como tudo teve início, tomou forma e depois de súbito mergulhou no abismo. Por que não confessá-lo? Ainda consegue atingir um estado levemente parecido com excitação, quando se lembra da principal inimiga: é o pouco de vida animal que ainda resta ao monstro, depois que todas as palavras desapareceram de sua língua.

Pedro, que nada sabe da chantagem de Maria de Lourdes, passa pelo Banco e deixa-lhe o telefone prometido de uma fonoaudióloga, amiga de Bida formada há pouco tempo: Renata, Renatinha, Rê.

— Mas para mim a melhor saída — insiste Pedro — é procurar um analista. Ele vai te ajudar a limpar por dentro e remover os entulhos.

"Minhas dívidas estão aumentando. Não tenho dinheiro para gastar com essa gente", é o que gostaria de responder, se as palavras não saíssem tão cabisbaixas da toca. Em vez disso, limita-se a um aceno desalentado e negativo.

— Se não é possível uma terapia, devia consultar um neurologista, um psiquiatra, qualquer coisa do gênero — diz olhando para os lados, com jeito de conspirador. — A fono seria uma medida mais emergencial, uma espécie de pronto-socorro. Nunca te vi tão afônico, tão deprimido. Além de competente, a Rê é uma doce criatura.

Enumera algumas virtudes físicas da jovem profissional que, para espanto de Pedro, Hildo ouviu sem o menor interesse.

— Anota aí o número dela.

Hildo anota, pois está sem condições de desobedecer a quem quer que seja, mas diz a si mesmo que jamais a procurará, embora nem isso ele possa afirmar com total segurança.

— Mas continuo achando que teu problema é sério, Dim. A Bida, quando te viu pela última vez, também ficou muito impressionada. Ela te ligou várias vezes, mas parece que você não atende mais telefone, não quer mais saber dos amigos.

Mal se despede do amigo: o homem invertebrado não consegue juntar duas palavras audíveis. Sabe que tentou falar *obrigado*, mas não pode jurar que Pedro tenha ouvido.

❧

Teria esquecido a fonoaudióloga e o conselho do amigo se, algumas semanas mais tarde, depois de passar a noite quase sem dormir, não fosse acordado pelo súbito foguetório – estalando com fúria, no meio-dia canaviense, de mistura com os fracos sinos da capelinha de Santa Cruz. Por não ter ido trabalhar, presume que é feriado, mas não imagina a grande data que estaria por trás da barulheira, antes de levantar-se e consultar o calendário mais próximo.

E lá está escrito, com minúscula letra vermelha, que é o dia da Virgem – a compassiva Mãe de Deus e de todos nós. Na sala, procura sintonizar a Rádio Aparecida no velho e fanhoso aparelho que ganhou do avô Domenico. Todo o país parece cantar e orar nas ondas curtas:

– Virgem Mãe de Deus e nossa, ó Senhora Aparecida!

É inevitável emocionar-se, com uma discreta ameaça de umidade nos olhos duros. Há muito tempo não se lembrava Dela. Filho ingrato com todas as mães que teve, parecia condenado a abandoná-las, por força de um decreto superior, por qualquer vagabunda que lhe pudesse garantir alguns efêmeros minutos de satisfação animal.

– Salve, Rainha, mãe de misericórdia! – grita solenemente o padre, comandando a multidão que enche a basílica de Aparecida do Norte ou se inclina, piedosa, sob milhões de aparelhos de rádio entre o Amazonas e o Rio Grande do Sul.

Já não é mais a voz do padre Vítor Coelho de Almeida, que embalava a fé da avó Isolina e das outras velhas damas d'antanho. Como os médicos, os padres também morrem.

Mas são aqueles fogos, e aqueles sinos, e aquelas preces que, de certo modo, o despertam de si mesmo. Vai atrás do pedaço de extrato bancário, no qual anotou o telefone da fonoaudióloga, passando praticamente todo o tempo da cerimônia no encalço do número perdido. Na manhã seguinte ao feriado, liga do próprio Banco para o consultório e agenda a primeira visita.

O que levou Hildo a admitir que não havia mais razão em continuar sofrendo tanto, só para espremer um bom-dia ou um até logo minimamente audíveis? Foi um milagre da Mãe, num homem cada vez mais incapaz de acreditar em Deus e na ciência dos homens?

☙

Dois dias depois, na tarde luminosa e abafada de outubro, Hildo desce na rodoviária de Ribeirão Preto para a primeira consulta com Renata, que o amigo Pedro prefere chamar de Rê. Não conhece a fonoaudióloga, nem faz ideia de como será a conversa. Confessou-se pouco com padres, jamais teve dinheiro para analistas, os amigos quase nunca serviram para essas coisas. Mas tomou o ônibus em Canaviais para sentar-se diante de uma especialista em disfunções da fala, uma estranha que, mesmo indiretamente, vai acabar fuçando em sua alma.

Nada de assuntos íntimos. Um mínimo de abertura na tampa do lixo, e o cheiro podre tomará conta do consultório. Garante a si mesmo que não exporá em público o pequeno monstro em que se transformou, escondido sob o homem ainda milagrosamente sem ficha policial. Espera um tratamento mais técnico, algo como recondicionar ratinhos teimosos.

São quase quatro horas em seu relógio e sabe que chegará atrasado ao consultório (fato que antes o deixaria com um grande remorso, mas ultimamente já não o incomoda). Depois do córrego, consegue esgueirar-se do assédio dos camelôs e pisar vivo do outro lado. Perto de dobrar a rua São Sebastião, passa pelos altos vidros do Banco – que lhe devolvem a imagem de um gorila torto e pesado, sobrecarregado de palavras que se recusam a sair para fora – e pensa que poderia estar agora naquela agência se, em vez de Canaviais, tivesse escolhido Ribeirão Preto para a volta ao pago, depois de tanto tempo em São Paulo.

O homem indeciso, que também não sabia se tirava a barba para encontrar-se com a fonoaudióloga, percebe angustiado que já está diante do velho prédio Diederichsen. Em uma daquelas salas funciona o consultório de Renata, do qual poderá sair um novo Hildo Rielli...

A ascensorista, japonesinha sisuda, deixa o no terceiro andar e, em seguida, fecha a velha porta do elevador, recentemente pintada, ainda cheirando a esmalte. É com sombria esperança que o iminente objeto de estudo da fonoaudiologia ribeirão-pretense enxerga, num canto do corredor, o fosso negro da escada, pela qual poderia descer se ainda quisesse desistir do novo futuro, se ainda quisesse voltar ao passado cômodo e afônico, de volta aos sons cada vez mais baixos, resignado com as próprias cordas vocais e a fabriqueta poética de portas fechadas. Não devia estar no Banco numa hora dessas, sentado diante do monitor, entre gráficos e números silenciosos?

Cabe-lhe, porém, escolher entre continuar emitindo sons quase inaudíveis, ou fazê-los deslizar da língua como sereias maviosas, capazes de encantar plateias. E então o cético decide dar uma chance ao futuro possível, à eloquência longamente desejada, escondida na cartola mágica da ciência. Foi para salvar-se de si mesmo que a Virgem o despertou com tantos sinos e foguetes. É um homem livre, embora não entenda que liberdade é essa que não inclui, entre outras possibilidades, trazer de volta a finada mãe, decidir a hora certa da filha vir ao mundo, escolher a mulher mais conveniente para amar...

O relógio marca quatro e dez. Sentado no sofá, observa com alívio que não há ninguém na sala, nem mesmo secretária. Folheia a *Caras* sem conseguir ler uma única linha: só figuras desfilam diante de sua absoluta inabilidade com situações insólitas. Ele sabe que, além dessa incômoda apatia verbal que gostaria de trocar por um futuro altissonante, enfático, pleonástico, há um outro problema. Com aquela porta envernizada, vai abrir-se também uma boa parte do seu passado e o que sempre guardou, zelosamente, na gaveta mais inacessível da alma.

Não sabe o que pessoas como Renata costumam fazer com crianças indefesas e barbudas como ele. Talvez lhe puxe a orelha pelo atraso, ou bote em suas mãos um colorido brinquedo de plástico enquanto vai anotando, numa folha de sulfite, os sintomas do pequeno monstro canaviense.

O sol ilumina uma parte do prédio à frente, mais ou menos visível através das persianas. Não enxerga o calçadão nem as pessoas que passam, mas ouve o coral de vozes confusas que sobem – gritos de criança, uma fala exaltada de homem, um riso agudo de mulher –, lembrando-lhe que é sexta-feira e a cidade, ao contrário de Hildo, tem todo o direito de estar mais feliz, preparando-se para o final de semana.

☙

Porta aberta, uma jovem de cabelo claro, mais ou menos curto, sorri-lhe com doçura:

– Hildo?

Com medo de ela não ouvir-lhe o sim, começando mais humilhado do que gostaria, o cliente em pânico move afirmativamente a cabeça.

– Vamos... – convida-o a entrar.

Entrar no consultório é tudo o que precisa fazer, se quiser curar-se. Mais fácil do que pensava. No entanto, nunca foi tão grande o esforço de erguer o próprio corpo e segui-la até a mesa.

Proíbe-se de olhar as pernas da fonoaudióloga, como se delas proviesse a maior ameaça ao futuro possível. Os lábios grossos, no rosto delicado e alvo, dão-lhe um aspecto oriental, de libanesa, acentuado pelo palito de incenso que arde sobre a pequena estante.

– Senta aí... Hoje a secretária me deu o cano, acredita? – Renata dá-lhe as costas e vai até a janela erguer as persianas.

Em outras condições, teria girado mecanicamente o rosto e acompanhado aquele gesto banal de mulher, à espera de alguma dádiva: discreto balanço de quadris, braço erguendo-se até o cordão, saia avançando meio palmo além do joelho. Nas atuais condições, porém, não é o que mais o estimula, nem seria recomendável descer a ciência ao nível do seu desejo, sob pena de desautorizá-la.

– Então é você o amigo de Bida e Pedro... – ela acomoda-se na cadeira giratória, cruzando as pernas que, felizmente para o bom andamento do trabalho, ele já não pode ver.

Arrisca um sim, que sai mais fácil e audível do que previra. É impossível, porém, controlar a memória, que julgava bem menos interessada em certos detalhes: lembra que a fonoaudióloga tem sardas entre os pequenos seios e uma cicatriz no alto da coxa, dados gentilmente fornecidos por Pedro, naquela rápida conversa bancária, sem informar as circunstâncias em que os obteve. Provavelmente à beira de piscina ou praia. Recusa-se, por uma questão de método, a pensar noutra hipótese. Não é hora disso. Hildo talvez nunca veja as sardas ou a cicatriz, mas saber que Renata as tem, sem que ela nada desconfie, deixa-a de qualquer modo um tanto vulnerável e humanizada. Para quem se encontra sem armas à frente de um inimigo e vai ser cruelmente destrinçado, isso é bom. Mas é ruim para quem deseja ser curado e precisa acreditar na superioridade moral do curandeiro.

– E então, Hildo? – entreabre o sorriso maternal, a postos diante da folha imaculada de papel vergê. – Qual o problema?

Como um milagre, sem muito esforço para tornar mais audíveis as consoantes e as vogais, começa a falar sobre o *seu* problema. Mais depressa do que gostaria, numa altura de voz até razoável para um cliente afônico, acaba chegando às linhas de força de sua vida: a poesia, a música, as mulheres, sobretudo suas complicações com elas, a começar da mãe. Nada revela sobre Maria de Lourdes, sobre a chantagem de que foi e é vítima. Mas termina, de certo modo, envergonhado por falar quase normal, enquanto afirma à fonoaudióloga que a afonia nunca esteve tão acentuada:

– Juro por Nossa Senhora... Até há pouco, e durante os últimos meses, eu estava bastante sem voz.

– Não precisa jurar. Isso acontece.

– Mas fora daqui eu sou muito afônico. Pode acreditar.

– Eu acredito.

– Por que estou falando quase normal agora? – ele insiste, sempre espantado.

Renata limita-se a sorrir. Pensa nalgumas possibilidades: poderia ser magia do incenso, ou a própria doçura daquela jovem mulher, nem um pouco constrangedora.

– Tenho chance de continuar assim quando sair lá fora, doutora?

Vem a dúvida se é mesmo doutora que se aplica a fonoaudiólogas. Ela reage como qualquer médico diante de semelhante pergunta:

– Veja bem, Hildo. Há grandes chances de acontecer, sim, a cura... Mas vai depender sobretudo de você.

Se não estivesse no fundo do poço, teria achado o relativismo de Renata a coisa mais sensata do mundo. Necessita, porém, de uma resposta mais contundente. Tudo o que depender só dele parece muito distante, algo como uma viagem à China no tempo de Marco Polo.

– Quando você tomou consciência do problema vocal? Com a suavidade daquela voz, desaparece o lado técnico da pergunta – que desliza como um decassílabo camoniano. Depois de alguma hesitação, ainda surpreso por notar que diante dela as palavras são ditas sem esforço, numa altura até razoável para o seu nível normal de fala, Hildo tenta organizar o que conhece sobre o assunto:

– Até os vinte anos, embora falando mais baixo que o esperado, nunca tive dificuldade com o volume de voz – confessa-lhe. – Ou, pelo menos, não era uma dificuldade que me preocupasse. O fato nunca chegou a ser realmente um problema. De vez em quando, ouvia minha mãe dizer: "Fala mais alto, menino." Sinceramente, não via por que obedecê-la. Era tão bom daquele jeito! Nas raras vezes em que tive de enfrentar o público, no ginásio e no curso de Direito, os colegas e professores acabaram entendendo o que eu dizia. Algo me avisava que não convinha falar demais, se não quisesse provocar bocejos na plateia. Entre meus apelidos, não tive nenhum que aludisse à voz baixa, direta ou indiretamente. O próprio fato de cursar Direito é prova de que aquilo não era *o* problema.

Sempre falando de modo surpreendentemente audível pela fonoaudióloga à sua frente, conta-lhe o que garantiam as fontes mais próximas. Segundo alguns, diminuiu o volume de voz depois da queda da talha-d'água, aos seis anos, enquanto enchia a garrafa da Nonna. A talha tinha pouca água. Imitou o pai e inclinou-a. Tombaram os dois, a talha e o menino. Ficou caído no chão, estirado entre cacos de barro e de vidro, certamente apavorado pelo sangue que escorria das mãos.

A outra hipótese foi a surra talvez exagerada que levou da mãe – também com discreto sangramento na boca –, depois de ter atropelado a Nonna com o pequeno velocípede, quando ziguezagueava no corredor lateral da casa. Aconteceu alguns meses depois da talha. O esbarrão no tornozelo da velha foi suficiente, porém, para devolvê-la à cama, onde tinha ficado algumas semanas por conta de uma forte gripe, e para onde definitivamente voltou, só saindo dali para acomodar-se desconfortavelmente ao caixão que a levaria para sempre.

– As únicas pessoas que me acusaram diretamente foram minha irmã e a prima Maria Rita, certamente depois de ouvirem aquilo da boca de algum adulto. Minha irmã sempre fazia questão de lembrá-lo em nossas ingênuas briguinhas de criança e até em nossa última desavença... Minha mãe limitou-se à surra. Depois, nunca mais tocou no assunto. Já o ódio surdo de tia Marieta por mim não teria outra causa. Tia Marieta era filha da Nonna. Velocípedes e caixões de defunto ficariam juntos para sempre em minha cabeça, mesmo sabendo que sou inocente – olha para Renata de um modo súplice, quase implorando absolvição. – Pode acreditar: o esbarrão foi muito leve, a Nonna já estava bastante fraca. Mas nunca me livrei da ideia de tê-la matado, e que sempre me ajuda muito quando preciso sentir mais culpas que o necessário.

A voz baixa não parecia comprometer o sonho da mãe de transformá-lo em novo padre Arnaldo, desenvolvendo ideias bonitas e pias no púlpito da igrejinha da Santa Cruz. Mencionava sempre padre Mário, que falava baixo e suas missas estavam sempre lotadas.

– Era o que ela mais esperava de mim. Nunca me perdoou por não ter sido padre, bispo, papa... – sorri com amargura.

– Quando a voz baixa virou, então, *o* problema? – ela franze a testa com um ar muito sério, enquanto anota as respostas no papel vergê.

Hildo constrange-se diante do vergê: seu problema não merece mais que uma folha de sulfite. Apesar de ter jurado, enquanto se encaminhava ao consultório, que não deixaria Renata abrir a tampa do lixo, continua a abrir portas do passado:

– Não tenho tanta certeza. Acho que comecei a acordar para o assunto quando soube que ia ser pai, há uns vinte anos. E com a mulher com quem não podia casar.

Renata não consegue esconder totalmente o espanto, mas, como boa aluna, continua anotando com cuidado os dados da equação Rielli. Conta-lhe, em seguida, sobre a mudança para São Paulo, os aborrecimentos do Banco, as dificuldades de adaptação, a expectativa de realizar-se na literatura – e sempre aquele volume baixo, num processo que poderia classificar como levemente progressivo para o silêncio total... Imaginava o dia em que teria de usar megafone para ser entendido pelas pessoas, do mesmo modo que os surdos tinham aparelhos para ouvir.

Envergonhado de tocar no que houve entre ele e a moça que o chantageia – o marco decisivo dos atuais e incontroláveis sussurros –, limita-se a mencionar a morte da mãe e o quase imediato retorno do nativo a Canaviais, fala dos crescentes conflitos com a filha rebelde e, sobretudo, da privatização do Banco, com a melancólica possibilidade de perder o emprego. Sobre o fator Maria de Lourdes, único momento em que esconde de Renata alguma informação, fala rapidamente num recente final de caso, traumático como todos os finais de caso.

Quando voltou de São Paulo, alguns anos atrás, ainda não acreditava na privatização do Banco, fato que para ele significaria uma espécie de segundo e trágico nascimento, o fim da relativa liberdade em que acreditava viver. O principal motivo do regresso foi a morte da mãe, que partiu para o outro mundo antes de com o filho reconciliar-se plenamente, coisa que ambos ainda esperavam acontecer nesta encarnação. Alguns dias depois do enterro, procurou o seu gerente e formalizou o pedido de transferência. Com a inesperada ajuda do cunhado, que tinha lá seus contatos e era do mesmo partido do governador, a remoção não demorou a sair.

Em princípio, pensava que chegando quase perto de Canaviais, mas sem aproximar-se demais, ficaria em ângulo mais cômodo para avaliar com menos parcialidade o passado – passado nunca definitivo, e nesse aspecto competindo com o próprio futuro, sempre pronto a revelar surpresas, em perpétuo movimento para trás e para frente. Mas isso logo pareceu-lhe temor de enfrentar a realidade, e então decidiu, movido mais por ímpeto suicida que por valente heroísmo, que devia voltar mesmo para Canaviais, junto dos seus vivos e mortos, encarando a esfinge da vida nas suas próprias pupilas.

Voltou com o que tinha sobrado de si mesmo, ficando mais perto do que sobrara da família, depois da morte da mãe: uma jovem filha morando em cidade vizinha com a ex-mulher, um pai fácil de resignar-se com tudo, uma irmã muito ciumenta e um túmulo ordinário para visitar no Cemitério dos Pobres, com um punhado de ossos chamando-o para a reconciliação tardia, depois de quase quarenta anos desentendendo-se com a criatura que o arrancou provisoriamente do Nada. Já não seria alguma coisa para quem teve boa mãe, mas imperdoavelmente sempre se considerou órfão?

Aceitou o retorno como uma vitória póstuma de dona Augusta, que nunca aprovou o exílio paulistano de Hildo. A cabeça culpada do filho considerou bastante justo perder para a mãe depois de tê-la perdido para sempre. Que ela triunfasse ao menos depois de morta.

O fato é que, desde a volta a Canaviais, passou a ter mais problemas com a expressão, falada ou escrita. A voz baixa, que nunca tinha sido obstáculo verdadeiro, ameaçava exorbitar das cordas vocais para aquele lugar secreto e impreciso de onde provinham as imagens e as ideias que frequentavam os poemas. De início, aceitou mansamente o castigo, como se o merecesse desde o Pecado Original, embora não precisasse ir tão longe para resignar-se: vinha pensando muito, ultimamente, no deslocamento cada vez maior da literatura nesse mundo cheio de outras coisas mais interessantes, de outras artes mais sedutoras. Não forçava os versos, olhava com resignação para as musas cada vez mais relutantes e impassíveis lá nas suas alturas marmóreas. Se o santo não queria baixar, era impossível puxá-lo pelos pés. Ou talvez fosse melhor deixá-lo mesmo lá em cima, disponível a algum letrista de MPB ou roteirista de filmes.

Aliás, faria de bom gosto um pacto com o Senhor, se Madrinha Santíssima por ele intercedesse: passar a vida inteira sem escrever um único verso, contanto que não lhe sumissem da língua as palavras cotidianas, última ponte entre a alma e o resto do mundo, sobretudo as mulheres, de quem dependia para continuar respirando.

Renata pigarreia, discretamente constrangida. Há um silêncio prolongado, enquanto ela termina suas anotações e ele corre disfarçadamente os olhos pela pequena estante atrás da fonoaudióloga, no velho e incurável hábito de julgar as pessoas pelo que liam. Teme, pela primeira vez depois que entrou no consultório, que aquele negócio não vai funcionar. Não devia ter dito tudo – ou quase tudo – a quem só consegue comprar livros de autoajuda, depois dos compêndios técnicos de sua especialidade. No entanto, o que mais precisa funcionar? Já não subiu o volume do rádio? Já não consegue ser ouvido?

Após outro leve pigarro, e um *muito bem* seguido de muitas reticências, ela começa a falar coisas bastante positivas, extraídas de sua ciência. Expõe-lhe um comprido roteiro de salvação, que inclui alguns exercícios de relaxamento, começando com a musculatura geral e terminando na específica, mais ligada à fala. Insistiu no proveito da tomada de consciência articulatória – saber como ele mesmo produzia seus barulhos vocálicos e consonantais, a partir da interferência dos órgãos da boca na corrente de ar vinda dos pulmões ou em sua livre passagem pela boca e o nariz. Era importante movimentar corretamente os maxilares, botando a língua e os dentes no lugar certo, mas, sobretudo, aprender a respirar melhor. As palavras precisavam de ar, de muito ar. Ao mesmo tempo, era necessário um mergulho fundo e corajoso nas próprias emoções, localizando sobretudo *o seu maior medo*.

– Voz baixa e medo são irmãos gêmeos, Hildo.

Tudo isso feito, e sem pressa, poderia com o tempo surgir um homem novo e mais facilmente escutável, com autoimagem remodelada, outra maneira de relacionar-se com o mundo, preparado para disputar um lugar ao sol, quem sabe na própria universidade, se o Banco resolver demiti-lo.

– Nossos amigos comuns, o Pedro e a Bida, ainda esperavam vê-lo como professor do IACANP. Dizem que você é muito competente na área das Letras.

– Posso mesmo ficar límpido e audível como um regato? – pergunta-lhe com desajeitado sorriso, quase refeito para a ironia e sem nenhum esforço na emissão da voz.

Também sorrindo, explica-lhe longamente que a fonaudiologia não faz parte das ciências mágicas, apesar dos Paulo Coelho que ele podia ver enfileirados na estante, e pelos quais se desculpava:

– Virou um vício, acredite. Sei que não tem lá muito valor literário, o Pedro vive torcendo o nariz, mas sou apaixonada pelos livros dele!

– Paixão não se discute – sentencia com menos orgulho da frase que da atual capacidade de dizê-la.

Ela prontamente concorda. E como não dependerão de truques, mas do esforço humano de profissional e paciente, Renata

acha conveniente iniciar logo o tratamento, passando a primeira tarefa para casa:
— Presta atenção, Hildo.

E levanta os dois braços, dobrados no cotovelo, separando o polegar dos outros dedos e apoiando a cavidade das mãos nos ombros. Depois gira o pescoço para os lados, com a coluna imóvel, num lento vaivém:
— Sempre respirando assim. Cabeça para a esquerda, enquanto aspira e enche o abdome de ar. Cabeça para a direita, enquanto solta o ar.

Por Renata ser amiga de Pedro e Bida, Hildo arregimenta todas as forças civilizadas que ainda possui e reprime a vontade de duvidar, de sorrir, de escarnecer. Faz de conta que acredita – e tudo vai dar certo... Concordará com o que ela disser. Fará o que ela mandar. Cada palavra que ouvir ficará impressa em sua mente como um selo sagrado. Podia até emprestar um Paulo Coelho, para ver se é tão ruim mesmo como dizem.

— Você pode ir aumentando a velocidade do giro de pescoço, mas em seguida diminua. Talvez até fique um pouco tonto. É normal.

Hildo manifesta o maior interesse do mundo:
— E quantas vezes devo fazer?

Não é justo continuar punindo-se e fingir que conversa com uma estátua de saia. Basta ter olhos de ver e ouvidos de ouvir para notar que há uma encantadora mulher, à sua frente, prometendo puxá-lo do fundo do poço. Pedro tem toda razão: é uma doce criatura feminina. Procura até imitá-la, mas desconjunta-se por inteiro, sentindo-se infantil e afrescalhado.

— Muitas vezes. Bastante... — interrompe os movimentos. — Trinta e três vezes.

— Por ser número... cabalístico? — pergunta-lhe, e ao final da pergunta espanta-se com o próprio desempenho, pois sente que está falando com um volume de voz bem maior do que aquele que tinha deixado na rua, há alguns minutos.

– Talvez... – a feiticeira sorri. – Isso vai te descontrair os músculos do pescoço. É daí que nasce a fala, essa coisa maravilhosa...

Se Renata garantir que o círculo é quadrado e o preto é branco, acreditará sem um pio. Examina as notas em sua folha vergê, acrescenta outras, sempre muito compenetrada e profissional. Ergue, depois, a cabeça:

– Hildo, agora vou te passar o segundo exercício para casa – e ordena-lhe suavemente, de um modo que, se fosse para atirar-se do décimo andar, ele também não hesitaria: – Escreve no alto de uma folha de sulfite, à maneira de título, a coisa que você mais quer que aconteça na vida. Depois enche com isso a página inteira, frente e verso. Tudo bem?

Decepciona-se um pouco, pois Renata não quer saber qual é o desejo mais urgente de Hildo. Propõe, de imediato, a segunda parte da tarefa:

– Depois de encher uma página com o desejo, traça um plano para atingir esse objetivo em outra folha, como se tivesse de colocá-lo em prática imediatamente. Em seguida, no verso, escreve sobre os obstáculos que impedem a realização.

– Não preciso trazer aqui?

– Se você quiser, e sem se sentir constrangido. Vou ler com prazer.

Para médio e longo prazo, sugere outro texto:

– Sei que você gosta muito de escrever. O Pedro me falou dos teus livros de poesia... Por que não escreve, então, sobre a mulher pela qual você veio ao mundo e te ensinou as primeiras palavras? Vai anotando tudo o que vier na memória, coisas que ela te falava, que você dizia a ela, os acontecimentos mais marcantes na história de vocês dois.

Hildo baixa a cabeça e permanece em silêncio, como se tivesse sido convocado para o exército.

– Não é dela que você tem mais queixas nesse mundo? Não é por ela que você sente tanto remorso? Não foi por causa dela que voltou a Canaviais?

Reergue os olhos, com um sorriso melancólico que equivalia a outro pedido de socorro:

– Acho que não conseguiria... – confessa-lhe.

– Tudo começa com a mãe, você sabe disso. Foi a primeira mulher da tua vida. Não é hora de enfrentar esse fantasma?

– Posso até tentar... – responde com inesperada humildade, seriamente disposto a obedecê-la, sempre impressionado com o atual volume da sua voz.

– É por isso que você está me pagando. Eu estou aqui para te ajudar, Hildo. Conte comigo.

Faz-lhe, no entanto, uma contraproposta. Uma coisa na qual nunca pensou, mas que talvez já fermentasse nas regiões mais sombrias da alma:

– Pensando bem, nunca tive sorte com mulher nenhuma. Mas preferia começar com as outras mulheres da minha vida... Seria menos penoso. Indiretamente, acabaria desaguando no rio da mãe. No mar...

Ela riu:

– Desaguar é ótimo! Parece uma lembrança inconsciente do líquido amniótico. Mas tudo bem, Hildo... Se virar livro, já temos o título: *As mulheres da minha vida*.

– Mais adequado às memórias do Vinícius de Moraes ou do Abraão da *Bíblia*.

– Os homens comuns também estão cercados de mulheres. Todos os homens comuns.

– "A alma de todo homem é um espelho de mulheres mortas", disse um escritor inglês.

– Por que mortas? O que está na memória está sempre vivo. Mas comece a escrever – Só insisto que devia tentar primeiro com tua mãe, para quebrar essa resistência – abre a agenda e, com a testa franzida, consulta-a: – Você pode voltar na terça?
– Posso... Acho que posso.
– Promete que vai escrever?
Promete tudo o que ela quiser. Garante a si mesmo que voltará na terça-feira, mesmo se for só para repetir a experiência de falar sem obstáculos. Viria todos os dias da semana, se fosse a solução. Mas quanto a escrever, e depois mostrar...

Despede-se da fonoaudióloga, agradece-a do fundo da alma e sai feliz do consultório. Quanto mais se distancia de Renata, a mulher diante da qual, por milagre, não conseguiu emudecer, mais valoriza aquelas coisas que ela tinha dito e pedido. Se conseguir escrever, talvez até lhe mostre. Nos cinquenta minutos que passa no ônibus de volta a Canaviais, arrepende-se duramente de ter saído do consultório, daquele lugar que lhe parecia e ainda lhe parece abençoado. Pensa logo na Madrinha Santíssima e reprime a súbita vontade de chorar. Fecha os olhos, e começa a recitar, incontrolavelmente, a oração da *Ave Maria*.

❧

Quando abre a porta da Casa dos Leprosos, já se encontra seriamente disposto a obedecer Renata – como se tivesse mesmo sido objeto de um milagre ou feitiço. Tentou iniciar com a mãe, em vez de deixá-la para o final ou só enfrentá-la em abordagens indiretas, a propósito das outras damas. Durante aquela noite, sem preocupações com estilo ou garantia de que tudo se passou exatamente como relata, prepara com dificuldade um pequeno esboço sobre dona Augusta Rielli que, devidamente ampliado, deveria cair em breve nas mãos da fonoaudióloga:

Lembro-me da última visita de minha mãe a São Paulo: queria ver como andava o moleque fujão. Chegou de repente, logo de manhãzinha, depois de ter passado toda a noite no ônibus da viação Cometa. Saí para o Banco e ela passou o dia organizando o flat. Quando cheguei, no começo da noite – e dali a pouco ela estaria de volta a Canaviais –, a janta já estava pronta, a mesa posta, cada coisa em seu lugar.

Foi das raras vezes em que não discutimos. Dona Augusta estava calma, quase suave. Como desconfiaria de que fosse cair de cama poucos meses depois e em seguida fechar os olhos para sempre? Nem de longe ela me recordava aquela mulher que, por qualquer motivo, exaltava-se, gritava, rebatia, esmurrava a mesa, vermelha como um pimentão maduro, parecendo que fosse explodir de súbito com todas as peças da máquina – mas que, após a indignação, acalmava-se como se nada ocorrera, voltando à condição pré-explosiva, de novo um conjunto tranquilo e sereno de nervos.

Estávamos de tal sorte reconciliados, que ela me contou algumas histórias do tempo em que ainda morava no sítio. Minha mãe estava sentada na poltrona, sempre pouco à vontade, como era seu jeito, e eu deitado no sofá, escutando-a com a mais falsa das desatenções.

Depois de insistir para ela ficar e dormir, deixando a viagem para o dia seguinte, ela teimosamente disse que não podia, apesar de já estar aposentada e sem maiores preocupações. Levei-a à rodoviária, onde pegaria o ônibus de volta a Canaviais, passando outra noite sem dormir direito e chegando de madrugada na rua Ana Luísa. Meu pai estaria esperando-a na velha caminhonete, o eterno cigarro de palha na boca.

Pela primeira vez em minha vida, senti uma coisa muito estranha quando vi aquela mulher subir no ônibus em São Paulo e acenar-me da janelinha, aberta com alguma dificuldade. Deu vontade de ir junto, acompanhá-la até nossa casa canaviense, para só depois voltar, quando estivesse bem seguro de tê-la devolvido inteira e viva a meu pai. Uma sensação de estar perdendo alguma coisa que era só minha, indivisível com o resto da humanidade. É a imagem mais simpática que guardo dela em toda a minha vida: o rosto de minha mãe na moldura da janelinha do ônibus, na agitada rodoviária de São Paulo, e o sorriso triste com que me olhava.

Mal cheguei de volta ao flat, a cabeça libertou-se do coração e retomou seu lugar original, olimpicamente em cima do tronco. Fui severo na avaliação da visita e do conto: ela queria, novamente, chantagear-me com aquela história (de ironia indisfarçável), em que uma filha responsável se moía de preocupação com o pai exemplar. No fundo, queria insinuar outra coisa, que não disse mas poderia ter dito:

– Volta para Canaviais, Dim. Vou acabar morrendo por tua culpa... Você não vai aguentar de tanto remorso...

Eu conhecia bem aquela senhora. Não, não conhecia: ela é que sabia tudo de mim. Alguns meses mais tarde, depois de uma inesperada angina de peito, minha mãe sofreu um infarto no miocárdio e partiu sem me dizer adeus, como numa canção.

❧

Não consegue, no sábado, juntar sequer duas frases sobre a mãe. No fim de tarde do domingo, desliga o computador e conclui que é inútil continuar. Vai à sala do piano, busca dois ou três acordes, tira de ouvido a primeira frase da valsa *Branca*, que a mãe vivia cantando. Desce ao quintal, rastela as folhas secas do jambolão. De novo está diante do computador – e nada.

Sempre haverá de enxergar intenções ocultas e malévolas em cada lembrança ou frase que conseguir arrancar dela ou de si. Quase na véspera de voltar ao consultório de Renata, o processador de texto parece travado como a própria língua.

Desliga-o já tarde e procura dormir. No dia seguinte – o terceiro dia –, acontece o milagre, depois que chega do Banco e encontra um *santinho* debaixo da porta, com a imagem de Santo Antônio trazendo o menino Jesus no colo. No verso, algumas palavras piedosas e um salmo bíblico. Na mesma hora, liga o computador e, com o *santinho* do lado, começa a escrever sobre uma lembrança da mãe:

Nunca serei um bem-aventurado. Não tenho o direito de sê-lo. Contra o conselho do salmista, tenho sido ímpio. Pecador também. E gosto de escarnecer daquilo que não compreendo, como por exemplo aquelas visitas semanais, toda terça-feira, que minha velha fazia à tua igreja, meu caro Santo Antônio.

Chovesse ou fizesse sol, ninguém a segurava em casa. Pegava a sombrinha e lá ia aquela cansada senhora te agradecer por alguma graça alcançada. Ou quem sabe pedir outras graças, uma graça por semana, pois uma mãe tem sempre uma fila de coisas que pedir a Deus. E era a você, Antonio, que ela recorria para chegar mais perto do inacessível Pai.

Que não estava tão longe assim: vivia nos teus braços, milagrosamente encolhido na figurinha desse Cristo menino que costumava ter dó das mães cheias de problemas e de filhos como eu.

Há horas em que fico pensando... Quantas vezes minha mãe não terá recorrido aos teus favores por minha causa? Você deve saber tudo da minha vida. Mais do que imagino. Essa tua cara bem-aventurada, eternamente segurando Deus no colo. Um sujeito que segura Deus no colo não pode ter sido um homem qualquer.

Um homem qualquer sou eu. Ímpio. Pecador. E que ainda gosta de escarnecer daquilo que minha velha mais prezava. Vou te pedir uma coisa, Antônio. Uma graça, talvez. Igual às que minha mãe pedia ou pagava naquelas terças-feiras de chuva ou sol.

Quando cruzar por ela numa esquina de nuvens ou numa praça de estrelas, mente que sou um sujeito feliz. Mente que sou um bem-aventurado e não ouve o conselho dos ímpios. Mente que não vou pelo *caminho dos que pecam. Mente que não faço parte da roda dos escarnecedores. E que ela já pode finalmente me perdoar, pois eu preciso muito do seu perdão, mãezinha...*

✧

Como se a palavra perdão fosse uma senha mágica, basta pressionar aquelas seis letras e o teclado do computador parece destravar-se. Espanta-se, então, com o misterioso jorro de palavras que, pelo resto da noite, começa a brotar sobre as outras damas e sereias da sua vida: avó, tia, irmã, prima, ex-namorada, filha, professora, puta – as filhas do homem que cruzaram pelo seu caminho e, de algum modo, alteraram a rota inicial.

Era o milagre da multiplicação das palavras: nunca tinha experimentado esse mergulho tão cego nas águas fundas da escrita, sem nenhuma preocupação com a elegância das braçadas ou a expectativa do público. Pela primeira vez, na vida, sente que pode ser salvo pela única coisa que poderia perdê-lo: a literatura, talvez o único caminho para o verdadeiro Mundo-da-Lua. Como náufrago que não se afoga, porque jamais consegue parar de gritar por socorro, abre no *Word* uma pasta para cada mulher e, através de cada uma delas, munido de uma lanterna infinitamente mais fraca que a de Diógenes, vai aos poucos entrando na sala escura da alma, no próprio labirinto pessoal – ou nos abismos de suas damas através da queda livre em si mesmo.

Como toda história real, será também um relatório de ruínas, em muitos pontos coincidente com a lenta desaparição da antiga família, repleta de velhos desabados sobre velhos – a única a morrer mais jovem foi a mãe, um pouco antes dos sessenta.

Não perdeu dinheiro com a consulta. Trouxe para casa o maior dos prêmios literários, o Nobel da existência justificada e quase ressuscitada: poder transformar em frases, como uma espécie de testemunho do circo ou autojulgamento, aquelas emoções obscuras e incontroláveis que ameaçam, a todo instante, submergi-lo na própria alma. A escrita parece dar-lhe uma certa sobrevida, como as existências prolongadas artificialmente nas UTI. Melhor que vida nenhuma. Parar equivaleria a morrer. Logo, só havia uma saída: continuar escrevendo e vivendo, até o presente emendar-se ao passado e o passado ao presente. Jamais pensou que pudesse viver de literatura, durante a própria agonia dessa velha e respeitável senhora…

Não pode garantir que tudo, no passado, aconteceu exatamente assim. A memória é uma ficcionista involuntária. Seria uma autobiografia romanceada? Romance da vida real? Retratos de mulheres? "O que somos", pensa ele, como se acabasse de descobrir a pólvora, "senão uma confusa e emaranhada rede cheia de outras pessoas?" Seria, também, uma viagem do menino de ontem ao quase-velho de hoje. Se o poeta morreu antes mesmo de chegar a existir para a literatura brasileira, não custa remover o cadáver e substituí-lo pelo súbito e compulsivo memorialista, já quase esquecido do deficiente físico disposto a eliminar um certo distúrbio da fala. Afinal, foi com romances que estreou como leitor, nas tardes azuis da rua Duque de Caxias.

Diante do que está acontecendo consigo, é absolutamente irrelevante qualquer preocupação com o futuro do romance num presumível mundo do futuro. Eles, ou algo parecido com eles, continuarão sendo escritos, pois sempre haverá um leitor de si mesmo disposto a compreender melhor a própria alma – essa alma arrancada provisoriamente do corpo e estendida no branco lençol das páginas.

Desiste de voltar a Ribeirão Preto para a segunda sessão de fonoaudiologia, preso ao computador durante todo o tempo livre do

Banco, até esquecido do Banco que ameaça demiti-lo a qualquer momento, esquecido da própria Maria de Lourdes e dos futuros carros que, provavelmente, terá de comprar para lhe fechar a boca.

Duas semanas depois, quando a secretária liga do consultório para saber se continuará com o tratamento, Hildo consegue ser firme como rocha e audível como um regato, atitude absolutamente impensável há poucos dias:

– Por enquanto, não. Diz à doutora Renata que estou com muito medo de... de me apaixonar por ela.

Desliga grosseiramente, voltando depressa ao computador, com a mesma obstinação do monge a caminho de sua cela – e da graça.

II

Minha vida é a mais banal possível. Tinha pouco mais de seis anos quando assassinei minha bisavó italiana, uma senhora esguia e tagarela por cujas mãos ingressei no mundo do trabalho assalariado. Foi minha primeira patroa e o salário eram paçoquinhas de doce de leite, compradas na venda de dona Cássia.

Nonna Caselli já veio casada de Guarda Veneta, *paesino* da província de Rovigo, à margem do Pó, a poucos quilômetros do Adriático, onde levava uma vida difícil, quase passando fome. Nunca tirava da cabeça, já quase sem carnes e cabelos, o austero véu azul-marinho com bolinhas, que certa vez me fez perguntar à tia Zezé se a Nonna era freira, como tia Páscoa. O nariz avançava um tanto exageradamente além do rosto (menor, certamente, que o que ficou registrado na memória do bisneto, deformadora das coisas mais respeitáveis do passado).

Estava muito velha quando a conheci, longe da *ragazza* que subia nas árvores de Guarda Veneta para mexer com os *ragazzi* que passavam na rua. Naquela época, já treinava para o descanso eterno, depois de ter passado a vida diminuindo a dor de muitas pessoas em Canaviais, com as simpatias e benzeções que aprendera do outro lado do mar. Especializou-se com sucesso na cura de um certo *mal de semioto*, misturando rezas italianas e ervas brasileiras, salvando da morte algumas crianças magríssimas, cujas mães lhe ficavam infinitamente gratas. O enterro, de virar quarteirão, foi uma prova de seu prestígio na cidade.

Então, já com mais de noventa anos, ainda era procurada para as benzeduras, mas já não conseguia ir à igreja sozinha, o que a obrigava a receber comunhão em casa, quase sempre pelas mãos do padre Ciro. Respeitoso, num canto, eu espiava o reluzente estojo de prata do sacerdote, forrado de veludo vermelho, onde havia um pequeno disco branco, muito fino, que os dedos do representante de Cristo em Canaviais pinçavam com o maior cuidado. A Nonna abria a boca e padre Ciro botava-lhe na língua aquela coisinha branca.

Eu achava que era brincadeira de gente grande, mas logo tia Zezé informou-me do que se tratava:

– É um pedacinho de Deus.

Como Deus era uma coisa muito importante, passei a respeitar mais o disquinho branco. Tia Zezé dizia que, em breve, chegaria minha vez de recebê-lo, depois de fazer o catecismo:

– Não pode morder, Dim, nem mastigar... Vai desaparecendo sozinho na boca, até se confundir com o teu espírito.

Como a Nonna andava com dificuldade e não gostava de incomodar as pessoas da casa, apesar de já ter conquistado com folga o direito de fazê-lo, deu um jeito de transformar uma garrafa de vinho barato em sua moringa de água, que ficava sempre à cabeceira da velha cama de mola (a mesma em que hoje durmo, aqui na Casa dos Leprosos, depois que a livrei dos cupins e do falso verniz escurecido).

Foi então que arranjei o primeiro emprego. Minha obrigação era simples, embora um pouco arriscada para a idade: levar à cozinha a garrafa da Nonna e pedir a algum adulto que a enchesse com água filtrada. A velhinha sabia dos riscos, pois sempre pedia muito cuidado no transporte do vidro:

– *Pian pian*, Dim. Devagarin' – mandava-me trazer a garrafa bem apertada ao peito. – *Così...*

Como pagamento, contava-me histórias estranhas em linguagem enrolada, num português carregado de sotaque e restos do dialeto rovigoto. Eu ouvia muito atento, mas sem entender quase nada, embalado pelo suspense de todo dia: ia ter paçoquinha ou não? Sempre havia. Tia Zezé as buscava na venda de dona Cássia ou no bar do seu Dutra, e eram guardadas especialmente para mim no bufê carunchado da cozinha.

– Dim! – ela gritava do quarto com aquele *d* sonoro e linguodental, diferente do *dj* paulista-mogiano de mamãe ou minha irmã.

Eu já sabia o que era. Parava com o que estivesse fazendo, corria para o quarto, pegava a garrafa vazia e andava com cuidado até a porta – *pian pian*... Depois, já longe de suas vistas, disparava para a cozinha à procura de gente crescida. Se não houvesse adulto por perto, desobedecia às ordens da Nonna e arrastava uma cadeira para perto da talha, subia, abria a torneira, tratando de repor eu mesmo a água.

A Nonna pegava com cuidado a garrafa que eu lhe devolvia e deixava-a no próprio chão, perto da cabeceira. Perguntava quem a tinha enchido daquela vez. Eu mentia: foi vó Isolina, foi tia Zezé, foi minha mãe. Ela agradecia, garantindo-me que seria um homem de muito futuro, se continuasse trabalhador daquele jeito.

– *Prenda l'arte, mettala da parte* – dizia-me algumas vezes.

Vó Isolina, um dia, traduziu-me:

– É para você saber de tudo um pouquinho, Dim. Uma hora você pode precisar.

Das histórias que me contava, lembro-me de uma só. Não foi bem uma história, mas uma descrição de ambiente no qual poderia acontecer a mais maravilhosa das histórias: uma cidade dentro d'água, que havia perto de sua Guarda Veneta. Tinha ruas como Canaviais, porém cheias de água. Como poderia imaginá-la? Uma cidade só de água, de pessoas zanzando de um lado a outro com barcos e canoas... Saía até o alpendre, olhava a rua Duque de Caxias subindo até o alto da Estação. Aquele era o meu único mundo, e era para ele que transportava aquela ideia esquisita – uma porção de rios largos e simétricos encostados às casas, um desaguando no outro, trançados e profundos, ameaçando as crianças, os velhos, os vira-latas.

Fiquei encabuladíssimo. Com as informações imprecisas da Nonna, reconstruí como pude aquela estranha e fantasmagórica cidade. Mas esse lugar pessoal não se deixou substituir pela cidade verdadeira quando, depois, conheci Veneza pelo cinema (e, bem mais tarde, numa viagem rápida de turista pobre). Era bem diferente da que imaginei. Mas foi aquela Veneza imaginária, sem Piazza San Marco, palácios, pontes e gôndolas, que continuou pano de fundo de sonhos e pesadelos pela vida afora – sempre deserta como as cidades de De Chirico, com casas velhas e altas, sem traço arquitetônico preciso. E com água por todo lado.

Meses antes de a Nonna deixar de viver, aconteceram dois fatos supostamente importantes nesta história. O primeiro foi enquanto realizava meu trabalho assalariado: perdi o equilíbrio na cadeira e esborrachei-me no chão da cozinha com a talha e a garrafa. Entre cacos de vidro e de barro, encontraram-me soluçando muito, com sangue na cabeça e nas mãos. Segundo alguns, teria girado ali, pela primeira vez, o botão de volume da minha voz – girado para trás, ao tentar explicar o absurdo que tinha ocorrido. Em vez de falar, passei a sussurrar.

Outros acreditam que os sussurros começaram algumas semanas mais tarde, num dia muito azul, depois de apanhar bastante

– tinha esbarrado no tornozelo da bisavó com o velocípede. Ela saía para a varanda com tia Marieta, e eu mal entrava, arriscando uma curva perigosa após a calçadinha de cimento. A roda dianteira pegou-lhe. Tia Marieta voou em minha direção e praticamente jogou-me para fora, com velocípede e tudo. Como já estava acostumado àquela tia rabugenta, não estranhei. Prossegui brincando como um doido na minha pista de corrida, indo e vindo com minha pequena máquina mortífera.

Soube, mais tarde, que a Nonna tinha voltado para a cama de imbuia, e o culpado era eu. Foi uma surra memorável, depois de denunciado por tia Marieta. Mamãe, boa manejadora da vara de marmelo, daquela vez foi além da medida:

– Sabe o que você fez, Dim?

Enquanto segurava-me com a mão esquerda e batia com a outra, explicava-me o que eu tinha aprontado com a Nonna.

– Menino malcriado!

Era uma varinha muito ardida, que papai, com alguma relutância, tinha trazido do sítio. Ficava pendurada na cozinha, bem visível para mim e Marta.

– Moleque arteiro, vergonha da minha vida!

O pior era que não me lembrava, absolutamente, de haver atropelado a Nonna, que até continuou tratando-me bem. Julgando-me vítima da maior injustiça – sentia mais dor moral que física, naquela hora –, fui acometido de outro ataque de soluços, certamente em surdina, que não queriam passar. Até minha mãe assustou-se: a algoz implacável transformou-se em enfermeira solícita. Abraçou-me, chorando comigo, e só me largou quando eu parecia livre dos soluços.

Foi noutro dia também azul, no outono ainda úmido de abril, que a Nonna Caselli se foi para sempre, deixando-me desempregado pela primeira vez, sem meu salário de histórias macarrônicas e paçoquinhas que desmanchavam na boca. Mas não chorei. Nem eu, nem prima Maria Rita: permanecemos suficientemente frios e lúcidos para acompanhar o movimento das pessoas pela casa – tia Adélia, com os olhos vermelhos, coava café sem trégua para as visitas que entravam e saíam – e, mais tarde, assistir pelo camarote do alpendre o início do enterro.

Quando alguém avisou que era hora de fechar o caixão, vovô foi chorar, discretamente, sob a parreira sem folhas. O enterro parecia uma procissão. Ver que aquele cortejo enorme não saía da Igreja Matriz, mas de minha própria e humilde casa, no meio de um simples quarteirão do Castelo, foi um dos meus maiores espantos, numa época só de espantos. Havia gente até depois da esquina, além da venda do seu Anselmo, pessoas a quem nunca tinha visto na vida.

Minutos antes de o caixão sair com os homens da família, tia Páscoa, que era freira, puxou o canto:

Com minha mãe estarei
Na santa glória um dia,
Junto à Virgem Maria,
No céu triunfarei.

As outras mulheres faziam coro, pungentemente desafinadas:

No céu, no céu,
Com minha mãe estarei.
No céu, no céu,
Com minha mãe estarei.

Tia Páscoa atacava de novo:

Com minha mãe estarei
Na fé viva e ardente,
Com a senhora valente
Que nunca esquecerei.

Voltava o coro, enquanto a tampa era devidamente atarraxada ao caixão envernizado, brilhante como a cristaleira da copa, e que nem de longe suporia condenado a um torpe buraco no chão. Quando o enterro dobrou a esquina do Grupo Escolar Antônio Olavo Pereira e desceu para a rua da Estação, fiquei sozinho no alpendre com prima Maria Rita e tia Assunta.

Não chorei, mas fiquei triste, pois já estava acostumado àquela senhora magra e comprida que me supria de doces gostosos e histórias incompreensíveis. Embora já estivesse desempregado da garrafa d'água há algum tempo, desde o episódio da talha, ela continuava pedindo para tia Zezé comprar-me as paçoquinhas, talvez por sentir-se culpada do acidente.

Olhava a rua agora vazia e estranha, imaginava-a cheia de água, igual à outra cidade italiana, da qual ela se distanciara para vir morrer muito longe, na terra do dinheiro fácil. Se as ruas de Canaviais fossem de água, como Veneza, o enterro seria feito com barcos e canoas apinhados de gente. Corri para o tanque da varanda, abri a torneira. Logo estava cheio de água. Improvisei umas rolhas de garrafa que imediatamente se transformaram em barcos e canoas cheios de gente inventada. E comecei, com Maria Rita, a brincar de enterro de bisavó, sem ligar para a insinuação da prima (sempre de orelha em pé na conversa dos adultos) de que a velhinha tinha partido de carona no meu velocípede:

— Eu acho que foi você que matou a Nonna, Dim. Depois de amanhã, o soldado vem te prender.

Teria sido uma inconsciente vingança pela talha que caiu sobre mim?... Naquela época, ser o responsável pela morte de algum bicho não me provocava nenhum remorso. Formigas — eu matava a toda hora. Baratas — de vez em quando. Até rato e pardal já constavam em minha ficha de delitos. Matar uma bisavó era o mesmo que matar formiga, barata, rato, pardal?

Acreditava que sim, pois só sentia mesmo a falta das inefáveis paçoquinhas.

❧

Dona Gina, nossa vizinha do lado, não tinha mais ninguém no mundo e precisava ocupar-se de alguma coisa, mesmo que essa coisa se chamasse Dim:

– O filho da Augusta está doente, Isolina? Parou de estudar? Já tem namorada? Por que o Arlindo não carrega ele para o sítio? – perguntava com frequência nas conversas de muro com vovó, sem nem de longe desconfiar que eu estava ouvindo.

Solteirona e doceira – fazia os melhores bolos de aniversário de Canaviais –, morava sozinha com seus cento e vinte quilos de solidão. Nunca a vi em nossa casa: falava com vovó pelo muro ou pelo alpendre da rua. Vô Domenico não passava semana sem ser convocado para trocar o bujão de gás, substituir a lâmpada queimada, consertar o interruptor da luz, passar a plaina na porta que não fechava, desentupir a pia da cozinha, tarefas, enfim, do marido que não teve.

Tio Santo, de quem ela chegou a gostar na mocidade, explodia irritado quando o cunhado lembrava-lhe da antiga e pesada fã:

– Porco can'! – esconjurava. – Aquilo só dá resultado em balança, Domenico.

Algumas vezes, depois da janta, quando eu saía até o portão para fumar o cigarro de palha feito por vovô, via-a chegando da missa da Santa Cruz: ela e sua gasta bengala de madeira, o passo arrastado, as pernas ligeiramente entreabertas, o grosso corpo adernando de um lado para o outro. Andava com a boca entreaberta, o queixo avançado. Como pisava mais de um lado, a sombrinha aberta acompanhava-lhe o ritmo trôpego pela calçada, contra o sol do dia ou o sereno da noite. Via-a também pelo muro que dividia nossas casas, suficientemente baixo para lhe enxergar o cocuruto, que ia de um lado para o outro no quintal. Quando o trajeto era da porta da cozinha ao portão da calçada, o birote esbranquiçado vagava rente ao muro, sempre aos soquinhos.

Com a voz um pouco masculina, quase gritada, perguntava sempre a mesma coisa:

– Hoje não tem filme no cine Castelo, Dim?

Com paciência, respondia que não. Depois, invariavelmente, ela queixava-se da vista e da dor nas pernas, curvava-se com esforço, tocava o ponto mais dolorido com um ai teatral. Enxaqueca, reumatismo, gastrite, ciático inflamado, colesterol alto, vesícula preguiçosa... Mal nenhum lhe escapava. Tinha todos os achaques possíveis numa senhora de sua gloriosa idade e avantajada dimensão.

– Ninguém liga mais para essa velha aqui... – gemia numa alusão indireta ao Geraldo, sobrinho órfão que criou como filho e morava a menos de duzentos metros, mas que raramente a visitava.

Pulava lépida de um assunto a outro, compensando com a língua o que não podia fazer com as pernas. Gostava de falar. Quando encontrava um cristo, varava horas saltitando entre os principais temas de sua vida e da vizinhança.

Não perdia oportunidade de cutucar-me:

– A Augusta não acha ruim de você ficar o dia inteiro aqui com a vovó? – perguntava com falsa docilidade, e depois piscava o olho cansado: – Não tem mesmo como a casa da vó. Fala a verdade...

Fazia de conta que não tinha percebido a insinuação e respondia qualquer bobagem. Jamais iria destratá-la. Tinha aprendido a ser delicado com velhos e mulheres, embora sempre terminasse por feri-los.

– Se fosse você, ia estudar para engenheiro agrônomo – disse-me mais de uma vez. – Dizem que dá muito dinheiro. Já tem o sítio do papai para praticar...

Eu garantia que ia pensar no assunto.

– Sabe quantos anos moro nessa rua, filho? – mudava de assunto.

– Uns quarenta, dona Gina – arrisquei um palpite.

– Põe mais vinte na tua conta, Dim. Sessenta anos. Vim com dez da roça para a Duque de Caxias e nunca mais saí desse canto. O lugar mais longe que conheço é Ribeirão.

Ribeirão Preto era o lugar dos médicos. E dona Gina se punha a falar de todos os médicos de Ribeirão. Era também difícil o dia em que não falava dos seus ratos:

– Hoje peguei outro, filho. Um bitelo. Do tamanho de um gatinho.

Armar ratoeiras era uma de suas ocupações prediletas. Os queijos que meu pai lhe trazia do sítio eram divididos resignadamente com os roedores, de que a velha casa com porão era farta. Era impossível não imaginá-la, durante o sono, percorrida por eles em toda a sua longa e grossa extensão.

A calçada era o único lugar em que conversávamos – e dali ela olhava sua casa, resmungando um alongado *ééé* gutural. Algumas vezes, de repente, ficava sem assunto, como canal de televisão que saía do ar, sempre mascando na boca uma inexistente goma de chiclete. Eu tinha de aproveitar esses momentos preciosos para encaixar uma desculpa e livrar-me dela. Geralmente funcionava.

Sabia que ela conspirava contra mim, fazendo coro com tia Zezé e tia Marieta. Lendo "A cartomante", de Machado de Assis, tive a ideia de vingar-me mandando-lhe uma carta anônima. Uma longa carta de amor, assinada pelo primeiro personagem que inventei: um apaixonado secreto que confessava tê-la amado platonicamente durante toda a vida. Jurava-lhe amor eterno, embora obrigado a manter-se em segredo por ser casado, pai, avô etc. Prometia coisas absurdas, como o desejo de envenenar a esposa, suicidar-se, raptar dona Gina. Um acróstico romântico com as letras GINA – uma quadra em decassílabos de pé quebrado – terminava romanticamente a carta. O trabalho maior foi criar uma letra bem diferente da minha, mas no final valeu a pena. Foi uma pequena obra de arte de falsificação e crueldade, digna de crápulas com alguma imaginação, que se repetiu por mais algumas vezes.

Depois que abandonei a espreguiçadeira na varanda e fui para São Paulo ajudar o Banespa a ficar mais rico, fiquei sabendo que dona Gina tinha alugado uma parte da casa para um carreteiro, cujo enorme caminhão, quando estacionado, ocupava-lhe toda a frente da calçada. Vivia reclamando para tia Zezé das insolências do sujeito, dos barulhos que ele e a mulher faziam à noite para fabricar o primeiro bebê, do aluguel que a miúdo atrasava, do rádio que a excomungada deixava no último volume.

୧୨

Tia Zezé, que a ouvia com paciência, era outra que se preocupava comigo. Estava decidida a ajudar a meia-irmã Augusta a fazer de mim um grande homem. Foi a única filha, produto temporão, que vovó Isolina teve do casamento com vovô Domenico.

Tia Zezé não parava muito tempo nos serviços: foi costureira na fábrica das irmãs Spinelli, chefe de almoxarifado da Tecelagem Canaviense, doceira na padaria Central. Foi até secretária do doutor Mendes, quando o velho otorrino já quase babava no paletó. Entre um registro e outro na carteira profissional, passava longas temporadas em casa, boa parte delas empenhada em salvar o sobrinho daqueles livros perigosos, que poderiam comprometer-lhe seriamente o futuro. Implicava sistematicamente com minhas leituras:

— Vai praticar um pouco de esporte, menino! — dizia-me. — Isso aí acaba com a vista, mexe com o juízo.

Vinha a todo minuto perguntar-me coisas desnecessárias. Eu parava num ponto qualquer do romance que lia — Emma Bovary ajeitando os cabelos diante do amante, Lady Chatterley amando como onça em plena floresta, Cleópatra retendo em seus braços o enfeitiçado general. Marcava a página, fechava o livro e respondia-lhe de má vontade.

Levantava-me. O tanque cheio era um espelho sombrio que devolvia minha imagem das profundezas, lúgubre como o corvo de Poe. Enfiava o rosto na água para espantar o sono, agitava a cabeça e espantava o corvo. Vovó já arrancara todos os brotos inúteis da couve. Tia Marieta, com a língua mais leve, tinha ido embora junto com a tarde, dona Gina chamava do muro para oferecer alguns chuchus do pródigo estaleiro, e receber em troca um maço de couve que vovó rapidamente improvisava, algumas vezes com um pouco mais de folhas para a mulher do carreteiro, que tia Zezé não perdoava:

— Tem modos de mulher da zona, mãe — falava para vovó. — Já viu alguém se pintar para ficar em casa?

— Não fala sem saber, Zezé — ralhava vó Isolina.

— Aquele jeito horroroso de falar... Dizem que essa gente nortista é muito perigosa.

Mas ninguém na família matava frangos com mais competência que tia Zezé. Entre suas frustrações, estava a de não ter podido degolar o meu velho Peter, um galo branco, de asas douradas — o melhor de todos, que me acompanhava à venda de seu Anselmo como se fosse um cachorro. Foi o único que escapou do patíbulo doméstico e morreu de velhice, tranquilamente, como um monge budista.

Seria injustiça acusar só tia Zezé. Todas aquelas mulheres contribuíam, com certa regularidade, para o extermínio dos galináceos. Os bichos vinham da roça num saco de estopa, permanecendo amarrados na dispensa até o dia do sacrifício, ou no próprio quintal, com a ponta da corda num dos pés e a outra no tronco da macieira azeda. Ouvia o grito angustiado durante a degola, como se fosse um último pedido de socorro. Difícil imaginar vó Isolina torcendo o pescoço de um frango, tia Zezé decepando-o com a machadinha rovigota, minha mãe furando-o até esgotar-se a última gota de sangue... Como era possível àqueles delicados seres de saia agirem com tamanha crueldade, ao contrário dos homens da família, que sempre se recusaram a participar do barulhento holocausto daquela raça inferior?

A zelosa polícia do bom comportamento vicinal tinha raros e surpreendentes desbocamentos. Certa vez, depois de dois copos de cerveja – era um daqueles almoços de domingo de Páscoa que reunia toda a família –, tia Zezé falou na frente de todos sobre os banhos que me dava na infância:

– O Dim era um menininho muito esperto, Guta. Vivia me tocando os seios e depois dizia com aquela carinha gorda, rechonchuda: olha o mamão!

Todos riram, evidentemente. Maria Rita me cutucou com o pé. Eu, que ia lá pelos dez ou doze anos, não sabia onde meter a cara.

– Você devia gostar, Zezé – tio Nenê provocava a cunhada. – Fala a verdade.

– Não seja porco, Nenê! – minha alegre tia estapeava o cunhado.

– Olha como o Dim ficou todo corado! – tia Adélia observou com uma risada bem safadinha. – Parece um tomate.

Minha mãe tinha vontade de rir, mas continha-se. Tia Zezé recobrava logo a compostura e explicava que me batia de leve na mão – com muito jeito, é claro –, até eu ficar completamente civilizado, sem mais nada tocar nem dizer.

— Conta direito esse conto, Zezé – piscava-lhe tio Nenê, que ficava mais corajoso depois do *Sangue de Boi*. — Olha aí quem começou a depravar teu filho, Guta...

Tia Zezé sabia de minhas brincadeiras com a filha do tio Nenê, nas noites em que dormíamos em seu quarto, na cama vizinha? É provável que não. Teria separado os pecadores. Apesar desses ataques ocasionais de língua solta, suas fronteiras morais eram bem demarcadas e não admitiria certas liberalidades. Nunca vi, em nenhuma das minhas velhas sereias, mistura mais fina de pudor com malícia.

A partir daquela revelação, no almoço de Páscoa, fui perdendo devagar o respeito por tia Zezé – descobri que não tinha só bons seios, mas também belas pernas –, até incluí-la, alguns anos depois, em minhas solitárias sessões mentais de cine-pornô. Fazia-o sempre com a consciência de estar pecando, o que tornava a operação mais interessante.

Não tinha sido feia quando mais nova. Logo depois dos trinta, uniu-se a outras mulheres que havia em nossa rua e formaram uma espécie de confraria das solteironas. Nem sempre enjeitadas: tia Zezé só ficava solteira porque queria, pretendentes não faltaram. Eram quatro ou cinco *moças* mais ou menos de sua idade, atraídas por um destino comum: uma professora, uma enfermeira, duas escriturárias e uma balconista. A sede do clube costumava mudar de endereço, mas era sempre na casa de uma associada: havia temporadas de semanas, até de meses, em que se fixava numa delas, para depois, sem explicação convincente, passar para outra.

Quando a sede era na casa de vó Isolina, via de perto aquele bando de solteiras manicurando-se no alpendre de casa, enquanto passavam em revista os fatos da rua e do bairro. Sempre confiantes que, mais cedo ou mais tarde, lhes cairia do céu aquilo que as outras mulheres da sua idade já tinham (maridos, filhos, algumas até netos), esforçavam-se por não sofrer muito com a demora. De fato, jamais as vi melancólicas. Riam de qualquer coisa. Se a solidão era a inimiga comum, tinham truques eficazes para se livrarem dela – uma solidão que talvez nem existisse de fato, mais inventada por mim do que real na vida delas, que sabiam encher de fatos ou fantasias cada minuto vazio. Talvez fossem até felizes, acomodadas em sua rotina razoavelmente administrada e dividida. De algum modo, eram livres, e alguma liberdade faz mais bem que liberdade nenhuma, como acontecia a muitas de suas irmãs ou amigas casadas, em geral vítimas de filhos possessivos e maridos manhosos.

Pelo menos, era assim que vovó a consolava:

– Antes ficar solteira que aguentar mau-trato de homem, Zezé.

Repetindo o que fizera com dona Gina, reconvoquei o meu primeiro personagem anônimo. Comprei um envelope de carta, fui atrás de revistas de sacanagem, recortei as figuras que me pareciam menos agressivas: vulvas discretas, pênis clássicos, fornicações papai-mamãe. Em vez de bilhete, fiz uma montagem com letras da própria revista sobre uma das figuras: TE AMO.

Na verdade, dessa vez o personagem era inconfessavelmente autobiográfico, eu mesmo dizendo àquela tia, em código secreto, que a desejava quase do mesmo modo que desejava a prima Maria Rita. Na busca das revistas, na escolha das imagens e na trêmula tarefa de conjugar com tesoura e cola aquele antiquíssimo verbo do desejo, senti o que sentira muitas outras vezes, pela vida afora.

Fiquei sem coragem de mandá-la, depois que pensei na possibilidade de dona Gina ter falado com vovó, tia Zezé, tia Adélia e minha mãe sobre as cartas que recebera de seu admirador platônico. Poderiam, por que não?, dirigir o holofote das suspeitas para um certo sujeitinho que não saía da cadeirona da varanda, sempre de livro na mão.

Finalmente, fui ao correio. Estava na sala quando o carteiro chamou, na manhã seguinte. Tia Zezé abriu o envelope e, percebendo o conteúdo, agiu com a maior naturalidade. Diferente do que eu esperava, não levou a mão à boca contendo um iminente grito de susto, nem entrou rápida e nervosamente no quarto, como era seu costume quando ficava nervosa. Mais tarde, passou por mim trocada e maquiada, a bolsa preta a tiracolo, e saiu de casa. Onde teria ido a espertinha? Na delegacia? No padre? Chegou, depois de algumas horas, com fortíssima enxaqueca, passando o resto do dia trancada no quarto. Mistérios...

Procurei esquecer logo o *alter ego* da cartinha, expressão velada dos meus mais espúrios desejos. Só bem mais tarde compreenderia, sem assombros católicos, que tudo era estranhamente possível no mundo dos homens e das mulheres, inclusive desejar tias e primas desejáveis, e que o mesmo personagem – o das cartinhas – podia ter vários destinos diferentes, bastando a gente mandar.

Depois da morte dos seus pais, ela já a caminho dos cinquenta anos, tia Zezé espantou a todos quando decidiu franquear a casa da rua Duque de Caxias ao Çula, um mecânico separado da mulher que vivia permanentemente sujo de óleo e graxa. Ninguém esperaria, de uma Filha e Legionária de Maria, aquela atitude mais apropriada à mulher do carreteiro. Como o mecânico era mulato, não foi aceito de pronto pelos Caselli, que não tinham o lado mineiro e amorenado dos Rielli. Tio Nenê confessou-me, um dia, que se tratava de um caso antigo:

– A Zezé era muito lisa, Dim, enganou todo mundo. Só eu que sabia... Mais tarde contei para a Adélia. Tua vó teria morrido antes, se desconfiasse que a filha andava amigada com o Çula enquanto ele ainda era casado.

Minha tia mais influente, a que marcou de fato o meu destino, foi tia Marieta – tão influente que já faz parte da minha consciência. Era a irmã mais nova do vô Domenico, a única da família que ficou melhor de vida, com casas de aluguel em Canaviais e uma fazendinha, em Altinópolis, tocada pelos dois filhos munhecas. Tinha os beiços caídos como um fusquinha e adorava dar beliscões. Com a língua mais maldosa da tribo, era um espetáculo à parte vê-la exercitar a maledicência com a voz nasalada, enquanto mastigava vorazmente o bolo de fubá que vovó acabara de assar. Adiantava torcer para que engasgasse e morresse? Tia Marieta era imatável, imorrível – ao contrário do marido, tio Vincenzo, que espertamente tratou de morrer o mais cedo que pode.

Foi uma ferramenta do Altíssimo, o olho eterno da Culpa espiando-me de muito longe, do Gênesis e do Paraíso Perdido. Tinha tudo a ver com o Velho Testamento: era implacável como Javé. Uma tia, portanto, perfeitamente justificável, colaborando com competência na construção daquela fantasia culposa de matar-a-Nonna.

Uma tarde, ao chegar de repente da rua, ouvi-a numa interessante conversa com vovó. Atrás da porta meio aberta, enxergava-as pela fresta lateral. Sempre com os beiços caídos (o que parecia aumentar, ainda mais, o desprezo que dedicava às suas vítimas), esticou o pescoço e olhou para fora, certificando-se de que eu não estava mesmo na varanda. Abaixando a voz, veio com a pergunta que devia fazer sempre:

– Por que esse filho da Augusta não trabalha, Isolina? – e, antes que vovó respondesse, aproximou da cunhada o grande nariz desdenhoso e abaixou o tom de voz: – Sempre aí com esse livro na mão, enquanto o coitado do pai, lá no sítio, dá um duro danado.

Com os olhos azuis e mansos, depois de fechá-los para soprar o café, vovó tomou minha defesa:

– Deixa ele. Não está roubando nem matando. Quem sabe vai ser padre. Ou até médico... – sorriu. – Vai tratar de graça o teu reumatismo.

– *Ma che*, Isolina! Isso aí não tem nada de padre nem de médico. É um vagabundo. Nunca vou esquecer o que ele fez com a perna da mamãe!

– Criança não sabe o que faz, Marieta – vovó provou o café, soprou-o mais um pouco. – Além do mais, a perna dela já estava bem fraquinha. O Dim tem um bom coração.

Tia Marieta deu um muxoxo de profundo ceticismo. Saí, pé ante pé, dei volta pela sala e fui odiá-la furiosamente no quintal, planejando uma vingança à altura da humilhação que sentia. Várias coisas passaram-me pela cabeça, naquele dia e nos dias seguintes. Juntar óleo de rícino no licor de jenipapo feito por tia Zezé, que tia Marieta adorava? Prender em arapuca os ratos de dona Gina e soltá-los no solar da velha bruxa? Botar-lhe no alpendre um despacho com pinga ruim e galinha podre?

Alguns dias depois, consciente do risco que corria, tive a ideia de ressuscitar meu personagem anônimo e mandar-lhe um excêntrico presentinho pelo carteiro. Recortei, das revistas de sacanagem que sobraram da *operação tia Zezé*, escondidas no cômodo de despejo, ao lado da horta, as imagens mais pesadas que consegui encontrar: vulvas escancaradas, penetrações traseiras, gigantescos pênis em riste, bocas lambuzadas de esperma. Junto, preso por um clip, seguia um pequeno bilhete em papel de pão, com letra e lápis de pedreiro: "Pra muié mais gostosa da rua da estassão do seu admiradô secreto o Bernaldão".

Senti-me perfeitamente vingado quando deixei o envelope no balcão do correio. O personagem, no fim das contas, acabou ficando diferente dos anteriores: evoluíra do relativo platonismo do fã de dona Gina para o galanteador ardente de tia Zezé, até chegar ao tarado grotescamente pornográfico de tia Marieta.

Com o tempo e a distância, porém, o ódio por tia Marieta transformou-se em discreta gratidão, quando percebi que ela estava certíssima. Depois daquela sua conversa com vovó, pude compreender melhor por que a conspiradora não gostava de mim. Como haveria de gostar do assassino de sua mãe? Como respeitar um sujeito incapaz de controlar a voz, os velocípedes, as emoções, tão necessitado de culpas e remorsos como de oxigênio? Para que a vida do cristão fizesse algum sentido, era necessário responsabilizar-me, sempre, por atos malévolos.

Alguns anos mais tarde, depois de aprovado no vestibular de Direito, em Franca – seria o primeiro advogado a usar megafone nos tribunais –, fui bem-sucedido no concurso do Banco. Graças a quem? A ela, evidentemente, por aquele *vagabundo* que ouvi atrás da porta. Bancário do Banespa, passei a ser respeitado por todos na família, menos por ela: com formidável coerência, continuou a tratar-me com o desprezo de sempre. Nada que fizesse, nesse mundo, me salvaria do martelo implacável daquela juíza a soldo do velho Javé, que me conhecia como ninguém e como ninguém conhecia a maneira mais justa de me tratar.

A confirmação definitiva de seus julgamentos não tardaria. Quando soube que abandonara minha filha e minha mulher, soltou um glorioso berro de vitória – "Eu não sempre te falava, Isolina?!" – e deixou de aparecer na casa de vovó, fazendo questão de deixar claro o motivo. Por uma questão de coerência, só voltou a frequentá-la quando me mudei para São Paulo.

Jamais me livrei dela. Talvez nem devesse. Quando a consciência me recrimina por alguma coisa, fala com o timbre nasalado de tia Marieta.

☙

Para mim, vó Isolina acabou morrendo muito *antes*. Nunca ligamos, eu e prima Maria Rita, para o fato de a segunda mulher do vô Domenico não ser nossa avó de sangue: era impossível resistir à doçura daquela mulher que veio para o Brasil, com menos de um ano de idade, *far l'America* com os pais. Ainda sugava no peito da mãe, quando deixou a Polesella natal e, no porto de Gênova, embarcaram no fétido navio que os levaria ao eldorado paulista – onde, entre outras mágicas, juntava-se dinheiro com rastelo.

Algumas vezes, também vovó vinha sentar-se na varanda e interrompia-me a leitura. Nada irritava-me tanto como aquelas interrupções. O que podia fazer? Levantava a cabeça da página, respondia com paciência e tentava retornar à leitura.

Naquela época, ler era mais importante que conversar com vó Isolina. "Livros, livros à mão cheia", dizia a contracapa dos ensebados volumes do Clube do Livro, que certas parentes olhavam com desconfiança, talvez com alguma razão. Um atrás do outro, lia todos os romances da biblioteca da Operária e da Altino Arantes, fumante teimoso acendendo o cigarro novo no anterior. Eram muitas damas naquelas páginas envelhecidas, furadas de traça e caruncho, com cheiro de mofo ou BHC, perseguindo homens que, ingenuamente, julgavam persegui-las – donas belas e estranhas, mais vivas que as mulheres da rua Duque de Caxias.

Quando batia o cansaço, deixava o livro no chão vermelho, de cimento rachado, sempre muito bem encerado por tia Zezé, e levantava-me, ia beber o café recém-coado, trazido do sítio de papai ou de tia Lúcia. Vovó coava-o cheiroso, forte, amargo, pelando de quente, dia-sim-dia-não acompanhado do bolo de fubá.

Se tinha visita na cozinha, trazia tudo para a varanda e comia ali mesmo, ao lado do livro fechado. Era difícil uma tarde em que minha avó não recebesse tias e primas, que chegavam para botar ordem na curiosidade familiar. Era o que mais havia naquele tempo: tias e primas. Adélia, Esterina, Mariutta, Marieta, Adelina, Dúsula, Alpacia, Vittoria, Concepta, Amábile, Páscoa, Pierina, Assunta, Corina, Alzira, Luzia, Dalila, Giusta, Antonia, Ana, distribuídas por sobrenomes como Rielli, Bonucci e Caselli. Só muito raramente via as mulheres do lado de minha avó brasileira, mãe de meu pai, mineiras arredias e caladas com quem pouco convivi.

Paro de escrever, giro a cadeira para a janela aberta e o imóvel quintal da Casa dos Leprosos. Escuto-as com atenção no silêncio da noite. São elas quem ainda falam? Como brasa dormida, basta um sopro para reaparecerem na lembrança, sempre associadas às tardes da rua Duque de Caxias, azuis para sempre, para o dobro de sempre, mesmo quando eu não estiver mais em mim, e ninguém se lembrar que viveu em Canaviais um filho da mãe, murmurador de palavras e especialista em remorsos. Na época, a sensação era a de que tudo aquilo permaneceria intacto, longe da ação predadora do tempo. Viveria, para sempre, cercado de coisas também duráveis – a cadeirona, os livros, o cochilo, o café, o bolo de fubá –, numa eternidade enfaticamente garantida pelo padre Vitor Coelho de Almeida que, às três horas, pela rádio Aparecida, rezava a *Consagração a Nossa Senhora*, que vovó acompanhava quase murmurando, de terço da mão:

Ó Maria Santíssima, que em vossa milagrosa imagem de Aparecida espalhais inúmeros benefícios sobre o Brasil, eu, embora indigno de pertencer ao número de vossos servos, mas desejoso de participar dos benefícios de vossa misericórdia, prostrado a vossos pés consagro-vos o meu entendimento, para que sempre pense no amor que mereceis; consagro-vos a minha língua para que sempre vos louve e propague a vossa devoção; consagro-vos o meu coração para que, depois de Deus, vos ame sobre todas as coisas! Recebei-nos, ó Rainha incomparável, no ditoso número de vossos filhos; acolhei-nos debaixo de vossa proteção; socorrei-nos em todas as nossas necessidades espirituais e temporais, sobretudo na hora da nossa morte. Abençoai-nos, ó Mãe celestial, e com vossa poderosa intercessão fortalecei-nos em nossa fraqueza, a fim de que, servindo-vos fielmente nessa vida, possamos louvar-vos, amar-vos, e dar-vos graças no céu, por toda a eternidade. Assim seja!

ல

Era o que mais sabiam fazer aquelas velhas sereias da rua Duque de Caxias: fuxicar ou rezar. As vozes se confundem com os ecos, distorcidas e embaralhadas, como se fossem partes de um coro fantasmagórico, sempre acompanhadas de outras coisas: batidas secas de bola de futebol, teco-tecos cortando a tarde dos domingos, vento soprando nas árvores do quintal, latidos, miados, cantos de galos. Esses soluços são da prima Maria Rita ou de minha irmã? É dona Gina roncando na sesta – ou tia Pierina em suas espalhafatosas visitas a Canaviais? Tia Zezé chama para o banho, ou é a voz nervosa de minha mãe tentando educar o selvagem que botou no mundo?

Se o romance dava sono, cochilava um pouco, muitas vezes embalado pelo barulho do tanque enchendo d'água. O quintal desaparecia devagar, desaparecia minha avó e o regador enferrujado com que molhava os canteiros. Depois, inevitavelmente, acordava com remorso, pois a leitura já tinha virado obrigação, mais importante que a missa dos domingos e as lições do ginásio.

A torneira continuava enchendo o tanque. Nas páginas envelhecidas, os homens corriam atrás das mulheres que os perseguiam. Entre uma página e outra, via minha avó ajoelhada na terra, arrancando tiriricas do canteiro das alfaces. Depois vinha o chuá do regador despejando o pequeno jato prateado nas folhas verdes. Talvez ela pensasse em mim, o único neto que não queria ganhar dinheiro: "Por que o Dim passa todos os dias lendo? O que tem de tão importante naquele livro pesado e grosso? Vai ser doutor? Vai ficar doido?".

Madame Bovary foi *o* marco: um livro que não queria ler, e, ao mesmo tempo, não conseguia abandonar (antes, num só fôlego, tinha lido *Os três mosqueteiros*, bem mais interessante que a história daquela mulher insatisfeita com o casamento). De todos, foi o que mais me fez cochilar. Mas pude enxergar, de algum modo, o que se passava com o casal Bovary. Quem me obrigava, no entanto, a continuar com aquela história muito semelhante à vida real, enfadonha como minha própria vida, com intermináveis e bocejantes descrições, percorrendo-a catolicamente até o fim? Não sabia o que era preferível, como melhor programa de vida: ser simples e desprovido de ambições, como o médico da aldeia, ou tudo fazer para salvar o próprio sonho, como tentou aquela desgraçada senhora de Yonville, que não sabia controlar os desejos nem aceitar a medíocre vidinha de província.

Da cadeirona só me levantava para comer, descomer, ir à escola, dormir. Dava descanso ao livro e ia até o alpendre da rua, espiava o céu imenso e os urubus silenciosos. Os urubus, curiosamente, davam um certo ritmo ao infinito. Voltava depois à cozinha, abria o bufê e roubava dois sequilhos da tia Zezé. Os sequilhos eram muito bons. A mesquinhez da solteirona, que parecia fazê-los mais para o bufê carunchado que para o estômago dos Caselli, os tornava ainda melhores.

Logo vinha outra pergunta da vó Isolina. O jeito era parar e conversar. Algumas vezes, eu precisava mesmo de conversar, principalmente quando me desentendia com minha mãe. Minha magra e tímida avó conhecia bem a enteada, sabendo como consolar-me, sempre conciliatória:

— Vocês dois estão errados, Dim. Um precisa aprender a tolerar o outro. A Guta só quer o teu bem.

Nunca me jogou contra a filha de criação. Era uma avó de verdade, apesar das dificuldades em ser aceita pelos três filhos do primeiro casamento do marido.

— Sei que ela gosta de mim, vó. Mas quer me obrigar a ser o que não quero!

— Nisso ela está errada — os *rr* vibravam na boca pequena. — Mas é só você não ligar. Sai e deixa ela falando.

— Não quero ser advogado nem bancário. Só a literatura tem sentido para mim.

Era difícil fingir que não ouvia, deixando dona Augusta falar aquelas coisas que me aborreciam profundamente. A consequência era que continuávamos brigando e eu vinha morar dias seguidos com a avó adotiva. Sei, hoje, que minha mãe foi bem melhor do que eu merecia, como também não merecia aquela dádiva da Madrinha Santíssima, ao cercar-me de outras mulheres dedicadas e exigentes, entre as quais a melhor avó do mundo. Sou indigno de tanta mulher e tanta graça.

Depois dos quinze anos, minha casa passou a ser mais a da rua Duque de Caxias que a da Comandante Salgado. De certo modo, eu era mais neto dos meus avós que filho dos meus pais. Além de tudo, em casa de vovó quase sempre havia uma criatura que me fazia muito bem para a saúde: prima Maria Rita (que também provocaria meus primeiros achaques amorosos).

Quando, aos vinte anos, para suprema alegria de minha mãe, tive a sorte dupla de passar no concurso do Banespa e no vestibular de Direito em Franca, fiquei morando definitivamente com vovó e vovô. Pagava-lhes uma boa pensão. Para eles, não havia coisa melhor: a aposentadoria do velho era magra e tia Zezé nem sempre contribuía.

Quando comecei a namorar Elzinha, meus avós suspeitaram que perderiam logo o pensionista. Notava-os inquietos, cheios de perguntas indiretas. Enganaram-se, mas só em parte. O casamento com Elzinha não durou mais que um rápido dia. Na verdade, algumas horas, o tempo da cerimônia civil e religiosa. Perderiam o neto, de fato, um pouco mais tarde: estimulado por prima Maria Rita, que já estava em São Paulo há vários anos, com vinte e dois anos resolvi pedir transferência para uma agência do Banespa, na capital, de onde só voltei com quase quarenta, quando os dois velhinhos já se haviam mudado para debaixo da terra – ou para a infinita glória do céu.

Vi minha avó chorar duas vezes nesta vida, sempre envergonhada, ao contrário de minha mãe que, pelo motivo mais vagabundo, logo abria as comportas. Na primeira vez, eu estava sentado na cadeira da varanda, numa tarde chuvosa de terça-feira de carnaval. Tio Benvenutto entrou aflito na cozinha e avisou que tio Santo tinha sofrido um acidente perto de Itaú, em Minas, quando voltava da Ponte Torta (aproveitava os feriados de carnaval para três dias de pesca, na represa de Furnas).

– Tenho que ir até lá, Isolina. Internaram ele num hospital de Paraíso.

O tio estava mentindo para não machucar vovó. Só mais tarde, perto das dez da noite, ela saberia da verdade. O irmão estava morto. A perua chocara com o caminhão Mercedes e os dois que se sentavam no banco da frente (tio Santo e o Rômulo motorista) tiveram morte súbita. Vovó chorava com soluços reprimidos, enxugando as lágrimas no avental.

A segunda vez foi quando me despedi, para começar aquela aventura besta em São Paulo. Suas lágrimas me pediam para ficar, ao contrário das palavras:

– Vai com Deus e a Virgem Maria, Dim. Você vai virar um grande escritor.

– Pequeno já estaria bom, vovó.

– Não! Um grande escritor!

Boa Isolina... Muito tempo depois, em São Paulo, recebi a notícia de sua internação no hospital. Prima Maria Rita, divorciada do primeiro e rápido casamento, já não estava mais na Pauliceia. Nem sei por onde andava. Pedi alguns dias ao Banco, mas só pude viajar no dia seguinte, chegando a tempo de ajudar a trazê-la de volta do hospital, não mais para sua casa na Duque de Caxias, mas para a de meus pais na Comandante Salgado. Ajudei a tirá-la da ambulância, peguei-a no colo, segurei aquele corpo frágil e quase sem vida do qual nascera tia Zezé, uma inútil que, naquela hora, mais chorava pelos cantos do que ajudava.

Pensei seriamente, naqueles dias, em pedir transferência para Canaviais. Se voltasse para a agência da minha cidade e fosse de novo seu pensionista, talvez ela esquecesse a morte de vovô e conseguisse durar mais alguns anos, recuperando a vontade de viver. Quem sabe chegaria aos cem, pensava eu, convencido da minha capacidade de prolongar a vida das pessoas que amava, ainda que incompetente demais para tomar qualquer decisão que as beneficiasse. "Preciso voltar para casa – dizia-me a todo instante – e impedir a morte de vovó. Isso não é mais importante que tagarelar sobre literatura com meia dúzia de imbecis como eu?"

Antes que me decidisse, vovó decidiu não esperar mais por ninguém e foi fazer companhia para o marido, bem longe daqui, do outro lado das pessoas ingratas e indecisas. Morreu dois anos depois do marido, quando percebeu que não valia a pena continuar sem o velho Domenico, sobretudo porque eu, suas filhas, suas netas, incluindo Maria Rita e Oséias, tínhamos coisas mais importantes a fazer além de pajear uma velha de quase noventa anos, e que, apesar de tudo, nunca pôde romper completamente a barreira que a separava das enteadas, conseguindo ser mais querida dos netos adotivos que das filhas que criara como suas.

    Naquela noite, tinha procurado com muito custo dormir e não conseguira, virando de um lado para o outro na cama. Fora um dia agitado no Banco. Acendi a luz e olhei o relógio da cabeceira: três da madrugada. Os luminosos apagavam e acendiam no céu paulistano. Em seguida, dormi outra vez. Pouco antes de amanhecer, o telefone tocou. Era Marta:

– Vó Isolina descansou, Dim.

Sabia que, mais cedo ou mais tarde, o coração fraco ia parar.

– Quando foi?

– Um pouco depois das três.

Já estava mais ou menos preparado para receber aquela notícia. Contudo, algumas coincidências daquela estranha noite deixaram minha cabeça sem Deus um tanto assustada e atrapalhada: por que, sem nada saber da sua agonia, fui acordar e conferir o relógio justamente na hora em que ela se despedia do mundo? Ao agonizar em Canaviais, a quatrocentos quilômetros do meu apartamento, estaria pensando no neto que muito amou e a abandonara?

    Enquanto me virava inquieto nos lençóis paulistanos, ela fazia o mesmo na cama de solteiro que tinha sido minha, na casa do meu pai. Só pude dormir, em São Paulo, quando ela provavelmente fez o mesmo em sua cidade, depois de atravessar a última porta da vida. Mas as coincidências não paravam por aí: vó Isolina morreu na véspera do seu próprio aniversário, como se o fechamento de um ciclo prenunciasse o seguinte.

    Eram só coincidências aquelas simetrias? Tenho muitas dúvidas sobre o Deus que ela, que minha mãe, que tia Zezé, de conluio com alguns padres, tinham tentado enfiar à força em minha cabeça. Não consigo levar a sério a lenda da sobrevivência das almas, nem sua contínua mudança de endereço carnal, como passou a acreditar prima Maria Rita depois que virou moça paulistana e pós-graduanda da USP. Mas o fato aconteceu e incomoda-me até hoje. Já pensei, seriamente, em rever alguns dogmas do meu frágil ateísmo, admitindo que pelo menos as almas parecidas com a de minha avó adotiva mereciam o direito de ser eternas. Somente elas seriam filhas de Deus. Para elas, Deus tinha a obrigação de existir! Nada mais consegui perguntar à minha irmã, que disse qualquer coisa sobre Maria Rita, que não pude nem quis entender. Desliguei o telefone e, possuído pelo menino antigo da rua Duque de Caxias, deitei-me de novo e comecei a repetir aquelas preces que ela sempre rezava. As frases já não estavam do mesmo jeito em minha memória, mas acabei adormecendo com aquelas velhas e sagradas palavras da tribo.

De manhã, não fui à rodoviária tomar o primeiro ônibus para Canaviais. Queria chegar depois do enterro e guardar na memória o rosto ainda vivo – embora um pouco triste, sempre se despedindo de nós –, que pude ver da última vez em que conversamos, semanas antes de ser levada às pressas para o hospital e ali agonizar.

III

Bateram na porta. Fui abrir com má vontade, pois a cabeça doía naquela tarde ensolarada de domingo, dominada por tecotecos barulhentos e gritos distantes de gol. Era uma daquelas tardes boas para um sujeito ficar sozinho, sem ver a cara de ninguém, substituindo a dipirona com repouso e profunda misantropia.

Grata foi a surpresa, no entanto, quando vi prima Maria Rita sorrindo-me da calçada, depois de ter ficado muito tempo sem vê-la. Na verdade, vira-a pela última vez no enterro da minha mãe, três anos antes daquela visita. Mas foi um rápido e constrangido encontro diante do caixão da defunta, com pouquíssimas palavras. Maria Rita curvou-se diante da tia morta, beijou-lhe demoradamente a testa e, com duas lágrimas umedecendo as sardas, disse-me:

— Não sei o que vai ser da família sem tia Guta... Era ela que ligava todo mundo.

Eu nada perguntei, nem tinha o direito de fazê-lo, embora estranhasse aquele recente interesse da prima pela família. Ela também emudeceu e depressa foi juntar-se ao namorado.

Tinha acertado na mosca: a pequena tribo dos Caselli como que se desfez junto com o corpo da morta. Só lhes faltava, então, me acusar pela morte da própria mãe, como já tinham feito na infância em relação à Nonna. Soubera naquela mesma noite de luto, por minha irmã, que a prima estava namorando o sujeito extrovertido que conversava com seu marido, na cantina do Velório – e com ele ria contido, bebia café, comia pão de queijo, a poucos passos do caixão.

– É filho de um usineiro de Ribeirão Preto... – sussurrou-me com respeito. – O pessoal chama ele de Miltão.

De lá para cá, minha irmã separou-se do marido, e o namorado de Maria Rita foi promovido a noivo. Era ele que agora a acompanhava: mais jovem que ela e, segundo Marta, também infeliz no primeiro casamento. *Bem mais novo*, segundo a malévola informação da irmã, que não deixou de escarnecer ("enganado pela ex") e invejar a prima que casava bem.

Fui buscá-los na calçada. Milton era o nome do noivo. E então me lembrei do aumentativo que ouvira de Marta, no velório: Miltão! Fazia jus ao apelido: era esguio, tinha o rosto vermelho, olhos azuis, nariz de águia, uma voz levemente efeminada em contraste com o corpanzil.

Em vez de deixar o casal na sala sombria, muito parecida com aquela outra da rua Duque de Caxias, fiz a dupla entrar no escritório e ficar de castigo, sentando-se nas duas poltronas solteiras. Talvez fosse algum resto de ciúme da minha parte, mas era, sobretudo, a vaidade de exibir à prima a grande biblioteca que o primo Dim conseguiu formar nesses anos todos.

– Não reparem a desordem – avisei, com a voz mais baixa que o desejável.

Ela jogou a bolsa no chão, com displicência, do modo que sempre fazia quando ia me visitar na distante quitinete paulistana, num tempo que parece cada vez mais fora do tempo. A irmã já me avisara que a priminha divorciada daria, outra vez, adeus à disponibilidade, agora que se aproximava dos quarenta anos. Era muito provável que o envelope branco, na mão do noivo, fosse o convite de casamento. Descontados os primeiros pés de galinha no olho e a fala mais compassada, Maria Rita continuava a mesma. Se as sardas tinham perdido a agressividade, os olhos continuavam vivos como os da menina, os da adolescente e os da jovem militante esquerdista que me acolheu nos primeiros meses de São Paulo.

Pescoço virado, ela girou os olhos pelas estantes:

– Sempre no meio de livro, Hildo! Você não perde mesmo a mania, hem? – disse calmamente, como era seu jeito, em contraste com os gestos nervosos.

Tratar-me por Hildo, em vez de Dim, era um aviso de que o passado estava bem longe, mais que passado, e que eu devia respeitar os novos limites, esquecer que ela era a Tata da infância, antes de ter sido a estranha Maria Rita da época da USP e a Ritavska da quitinete da rua Bela Cintra, personagem apócrifa de Dostoiévski.

– Quer um pouco? Vou me desfazer de alguns livros – brinquei, sem suspeitar que Maria de Lourdes o faria por mim, não muito depois.

– Pode ficar, primo – desentortou o pescoço, tirou da bolsa o maço de cigarros. – Estou cada vez mais longe dessas fantasias... Acredita que não tenho nenhum livro seu?

– Não sabe o que está perdendo.

Há parentes próximos que, com o tempo, ficam estranhos e distantes pela falta de convivência. Maria Rita não se encaixava nessa categoria. Aquela moça, sentada à minha frente, foi muito mais que parente próxima. Foi mais irmã que a própria irmã, foi a primeira amiga, foi a primeira e quase inconsciente namorada, e foi, nos primeiros tempos da capital, a guia turística do inferno.

Hoje, com certa tristeza, constato que só temos em comum a profissão: eu, reles funcionário de um banco estatal em vias de ser comprado por um grande banco espanhol, e ela funcionária de carreira do Banco do Brasil, ocupando um cargo importante na regional de Ribeirão Preto, depois das turbulências por que passou entre os quinze e os dezessete anos, e depois da maluca em que se transformou quando foi estudar Filosofia na USP.

Peguei o envelope que o noivo me passava. Abri. Milton Luiz Scarpini era o seu nome inteiro. Era um róseo e delicado convite de casamento, impresso em dourado, perfeitamente *kitsch*. "Os noivos receberão os cumprimentos na igreja", li em letra miúda nalgum canto do papel. Seria dispensado do churrasco e do chope para os mais íntimos? A prima nada me falou depois de lido o convite, sinal de que não me queria mesmo por perto, no grande dia. Era o bastante para confirmar o cargo que ocupava atualmente em sua afeição.

Conversamos sobre trivialidades, boa coisa para os que não têm nada a se dizer. Dependendo do assunto, Miltão usava arrogância patronal ou humildade de empregado, alternando de uma a outra quase sem transição. Só faltava ser um usineiro socialista.

— E o tio Nenê, tia Adélia? – perguntei à prima.

— Vão bem – mas desconversou rápido: – Fiquei sabendo que você fez uma cirurgia, depois da morte da tia Guta.

— Bobagens. Uma apendicite culpada.

Maria Rita sorriu, *entendeu*, mas não quis voltar a ser Tata. Preferiu o tempo presente e a Casa dos Leprosos:

— Achei que você tinha endoidado quando a Marta me falou dessa casa. Era daqueles leprosos de antigamente, não é? Posso dar uma espiada?...

— À vontade... – ele sorriu, pensando que, no passado comum, jamais pediria esse tipo de licença.

– Os cachorros estão presos?
– Vai tranquila.
Enquanto isso, ficou sabendo mais do Miltão, que riu bastante quando soube o nome dos cachorros: Tonico e Tinoco. Administrava a usina com os dois irmãos, ao lado do pai. E falou sobre safras difíceis, da inflação que não parava de subir, apesar de o governo jurar o contrário. Perguntou do Banco. Falei o que sabia. Gostou da nova capa de talão de cheque que o Banco estava soltando:
– Passou da hora de mudar. Você não acha?
Eu achava, é claro, e fomos dali para a varanda. Prudentemente, levei os cachorros ao canil. Miltão logo botou os olhos nos duzentos metros de milho que plantei nos fundos da chácara. Os pés estavam bonitos. O milharal da fazenda paranaense do pai também parecia prometer – aquele era o ano do milho, na região de Londrina. Não como o meu, evidentemente:
– Se o milho da roça ficasse como o teu... Plantando pouco fica uma beleza, primo.
Apesar do *primo* a que fora tão naturalmente promovido por um usineiro, era uma conversa condenada ao fracasso absoluto. Enquanto ele falava e a prima passeava sob as árvores, permitia-me pensar noutras coisas – das coisas dizíveis às absolutamente inconfessáveis, episódios que, com certeza, o *primo* não gostaria de conhecer. Ele tinha todo o direito de saber da amizade infanto-juvenil do Dim e da Tata, mas jamais conviria saber daquela audição wagneriana, na quitinete da rua Bela Cintra.
Quando Maria Rita reapareceu, expulsei da cabeça aquelas lembranças inconvenientes, para melhor ouvir o elogio das plantas e das árvores:
– Legal, Dim – sorriu-me, deixando escapar o apelido familiar e falando com a antiga entonação, o que, por um segundo, me

deixou com a ilusão de que estava diante da namoradinha da rua Duque de Caxias. – Pena que você more tão sozinho.

– Não vivo tão sozinho – disse-lhe sem malícia nenhuma, contendo o desejo de chamá-la por Tata.

Ficamos por ali mesmo, na varanda. Maria Rita, como toda a família, devia saber das companhias eventuais que eu trazia para casa, diminuindo por algumas horas a solidão e o sossego dos velhos cômodos. Desviou os olhos, não sei se com vergonha ou desprezo.

– E tenho os dois pastores – continuei –, há o bom Deus, o anjo da guarda...

– Deus aqui?! – não segurou a risadinha. – Vocês não iriam combinar...

– Mas tenho, sobretudo, a companhia de Nossa Senhora, que meu ateísmo de araque nunca conseguiu eliminar.

Outra vez, ela mudou súbito de assunto, como se fugisse de um atalho que poderia levá-la de volta ao passado comum:

– Gostei da salinha do piano. Simpática... Dizem que a Lívia toca muito bem.

– Saiu mais aos Rielli que aos Caselli. Mas já tratou de trocar a música pela história, como uma autêntica Caselli – provoquei-a.

– Ela deve ter lá as suas razões. Deixa a garota em paz, Dim – olhou-me com certa hostilidade.

Era o mesmo olhar de sempre. O rostinho da criança envelhecia, mas a alma continuava intacta. Se a situação fosse outra, se o tempo fosse outro!, sairíamos desse mote para uma longa discussão sobre hereditariedade ou liberdade pessoal...

Miltão aproveitou e começou a falar da *casona* em que morariam, num condomínio hermeticamente fechado, em terreno próximo ao Ribeirão Shopping. Descreveu-a com detalhes: tijolo grande à vista, muitas salas, muitos dormitórios, suítes, banheiros, cozinha enorme, sala de cinema, piscina, sauna etc.

– A Ri vai ter um *shopping* praticamente no quintal de casa... – riu como um débil mental, para suprema vergonha da noiva, que pediu licença para acender um cigarro.

Aquela era muito boa: Maria Rita tinha virado Ri. Ri de quem, a não ser daquele grotesco milionário caipira? Talvez um café, coado há não muito tempo, pudesse estimular a imaginação, pois eu sinceramente já não sabia mais o que dizer:

– Aceitam? – fez séria menção de ir até a cozinha.

Miltão me segurou rápido pelo braço:

– Obrigado, primo! A gente já está indo. Não é, benzinho? – olhou-a com ternura.

– Tem muito convite que entregar ainda hoje. Se soubesse que casar dava tanto trabalho... – puxou com afetação a tragada do cigarro, e era o mesmo jeito de tragar de quando aprendeu a fumar, na casa da avó Isolina, aonde vinha fumar escondida dos pais.

Ele sorriu sem graça:

– Repara não, primo. Ela fala assim por falar. Precisava ver a mão de obra que deu esses convites, até achar uma gráfica do gosto dela em Ribeirão...

– Mentiroso – disse envergonhada, levantando-se. – O Dim sabe que nunca liguei para essas coisas.

O Dim já não sabia de mais nada, mas acompanhei o futuro casal Scarpini até a caminhonete. De dentro da cabina, Maria Rita avisou-me:

– Depois da igreja, a gente vai para a chácara do meu sogro. Um churrasquinho para os mais chegados... Conto com você e a Lívia. A Marta sabe como chegar lá.

Como vieram, partiram na caminhonete nova, mas com barro vermelho de fazenda ainda grudado nas rodas, nos para-choques, em parte da carroceria. Antes de dobrar a esquina, ainda pude ver o casal pelo vidro traseiro: o rei da cana bem firme no volante, e a futura madame Scarpini na outra ponta do banco, como em geral não costumam fazer as noivas apaixonadas. De qualquer modo, ficou feliz com o segundo *Dim* que ouviu e o convite para o churrasco: sinal de que ainda havia algum lugar para o *primo* no coração da Tata.

Entrei, tomei quarenta gotas de dipirona e me deitei exausto na sala escura, como se tivesse dado uma volta ao mundo em meia hora. Enquanto massageava circularmente o lado dolorido da testa, pensava como era possível, a uma menina maluquinha, ligar-se sempre a homens muito distantes do seu mundo, como Túlio, o primeiro marido, e agora aquele singelo agronegociante da Califórnia Brasileira, caipira sentado em dólares que a resgataria da condição de descasada. Trocou Marx por Adam Smith? Vai militar agora nalgum sindicato patronal, quem sabe a União Democrática Ruralista, ela que só vivia falando em exploração camponesa e reforma agrária?

Passei boa parte da infância e da adolescência a seu lado, o que me dava o direito de ter alguma ciência de Maria Rita. Acreditava conhecê-la um pouco – ao menos até onde é possível conhecer Maria Rita, em particular, e as mulheres, em geral. Sabia qual era o perfil dos seus Príncipes Encantados, que variaram muito dos sete aos dezessete anos, quando deixei de ser o seu principal confidente. Nenhum deles, podia garantir, parecia-se com Túlio ou Miltão. Deve ter aprendido muita coisa, seguramente, com o sofrimento dos dezessete anos, no episódio Pazzeto. Túlio, consultor empresarial, já era o anti-Pazzeto: por intermédio dele, chegou definitivamente à idade do realismo, em que já não mais se esperam príncipes, e então tratou de convocar, enquanto era tempo, um sapo bom de grana. Podia não ter príncipe, mas quando a usina e as fazendas do velho Scarpini fossem divididas pelos três irmãos, Tata seria dona de um pequeno reino encantado. Miltão, portanto, era um batráquio útil.

☙

O primeiro príncipe bem que podia ter sido eu mesmo, lá pelos meus três ou quatro anos de idade. Tata chorava para ficar e brincar com o priminho, e o priminho gostava muito que ela ficasse. Mas ela ficava só um pouco. Tia Adélia logo aparecia para levá-la embora. Era o papel de tia Adélia no mundo, em conluio com minha mãe: providenciar a separação dos dois.

– Mamãe já vai, Tata. Fala tchau para o Dim.

Eu ficava triste quando ela me deixava.

– Mamãe está esperando. Vem logo!

De pouco valia o empenho divisionista de tia Adélia, pois logo mais eu estava na sua casa e as brincadeiras recomeçavam. Também não duravam muito. Era a vez de a minha mãe acabar com a festa, raptando-me para as coisas mais absurdas da vida: tarefas de escola, banho, catecismo.

O primeiro pecado, muito antes do hábito de me ajoelhar em confessionários, foi no tanque vermelho da avó comum, sempre cheio de água, uma água escura e fresca. Não havia grande diferença de idade entre nós: eu com quase sete anos, Tata com mais de cinco, sempre espertinha e desafiadora. Escorregava-se no batedor, pulava-se na água, e as mãos daquela idade eram curiosas demais. Mais curiosas foram no segundo pecado, sob a pilha de pneus velhos do seu Nunes, que tinha uma oficina perto da casa de tia Adélia e uma filha chamada Bete, amiguinha da prima. Eu teria dez anos, Tata mais de oito, e tudo foi muito depressa, rápido como um pequeno, embora fulminante, raio. A penúltima vez foi naquele mesmo ano, quando dividimos a mesma cama em casa de tio Juca, em Ribeirão, no dia em que morreu tia Dalila – eu deitado nos pés e Tata na cabeceira. Sob o lençol, no escurinho silencioso do quarto cheio de gente, optamos por trocar as mãos pelos pés, ao contrário da pilha de pneus. Qualquer truque dava certo naquela época.

Depois dos treze anos, os olhos da prima foram ficando cada vez mais secretos e distantes, mirando muito além do primo Dim. Deu um salto de beleza e sedução aos quinze anos, deixando-me subitamente espantado diante da mulher que se escondera em segredo, durante tanto tempo, no casulo da menina brabinha e sapeca. Foi a época em que ela, a maior *caxias* da escola, me alcançou no primeiro ano do colegial, embora nunca estudássemos na mesma sala.

Mas, mesmo então, continuei implicando com as sardas e o cabelo ruivo. Ela teria merecido, acreditava eu, um revestimento mais clássico... A vida ainda não havia ensinado ao ingênuo cavalheiro que, nas damas, o que menos importava era o detalhe isolado. Tudo não passava, porém, de uma inútil tentativa de defesa. Era preciso que Tata sempre fosse a menina sem graça de antes, sem botar em risco o coração do primo. Na verdade, o arranjo milagrosamente mágico do conjunto transfigurava o leve estrabismo, o queixo pontudo, o dente um pouco torto, os dedos do pé sem a simetria desejável. Tata podia ter todos esses defeitinhos, mas quem se atreveria a classificar como feia a ondulante proprietária daqueles quadris e daquelas pernas?

Era assim que os dias passavam: eu achando-a menos bonita que na verdade era, ela me encantando cada vez mais com sua beleza disfarçada.

☙

Por coincidência, na época em que melhor desabrochava aquela flor sardenta e geniosa, chegou no ginásio de Canaviais um inesperado professor de História. Corria o boato de que tinha sido torturado pelos militares, coisa que o mestre não confirmava nem desmentia, pois ninguém teria coragem de tocar nesse assunto.

– Um comunista. Treinou guerrilha em Cuba – diziam as boas línguas, orquestradas pelo bedel Cornélio.

O silêncio fazia bem para o mito. Chamava-se Pazzeto, era um sujeito magro e simpático, bigode maior que de costume, calva precoce. Devia ter uns quarenta anos. Falava pouco, tinha os gestos lentos, a voz pausada. Era casado, mas tinha um aspecto indisfarçável de padre, um certo jeito de pessoa devotada a causas mais nobres do que o dia a dia de um *pater familias*.

O coração da Tata enxergou perigo à vista e começou a bater mais forte. Como confidente oficial da prima, estava por dentro de algumas coisas que aconteciam naquela cabecinha ruiva e maluca. Ela passava todo dia pela casa de vovó – onde eu praticamente morava – e me descrevia com detalhes a última aula do bigodudo cavaleiro andante. Elogiava a voz serena de monge, o despojamento da roupa franciscana, o argumento irrefutável a favor das classes desfavorecidas. O que eu podia fazer, além de ouvir e secretamente odiar?

Não fazia muito tempo que, por sugestão do mestre, ela tinha lido o romance *Quarup*, pivô de uma decisão um tanto precoce para os dezesseis anos:

– Minha primeira filha vai se chamar Francisca, Dim. Se for homem, Fernando.

Eram os protagonistas do livro. Tata só falava na figura do padre revolucionário do romance, que renunciava à própria vida em nome da salvação terrena do próximo. O Pazzeto-quase-padre e o padre-personagem da obra quase acabaram por se fundir no mesmo herói, de perfil mitológico, lutando bravamente por libertar o Brasil do domínio das forças primordiais – o caos, a noite, o inferno, a morte –, e instituir no tosco país do futebol a nova ordem cósmica, a terra sem mal, a sociedade sem classes. Apanhavam ou sangravam até a morte nas mãos do impiedoso repressor, mas o faziam sempre por nós, os covardes, os comodistas, os alienados, incapazes de renunciar ao conforto burguês em nome da redenção coletiva.

Tata se entusiasmava. Era o único professor com coragem de falar mal dos militares – que ele preferia chamar de tiras, milicos – e do "regime de exceção", como ele gostava de classificar aquele "trágico momento histórico". Tudo isso numa escola que mais parecia um quartel, com seu Cornélio na função de fiel sargento e dona Iracema como valente capitã da ordem firmemente estabelecida.

Se alguém ainda tinha alguma dúvida sobre o heroísmo do professor e insistia na tese do mistificador, bastou um acontecimento para consagrá-lo, de uma vez por todas, na condição de personagem épico: contrariando ordens explícitas da capitã Iracema, ousou encenar o *Morte e vida severina* no pouco épico teatro da escola, que não tinha uma só poltrona inteira e ficava no terceiro andar do velho prédio neoclássico. Como esse homem serenamente destemido não iria despertar a inveja dos rapazes e o desejo das meninas?

– Teu principal dever é salvar teu sonho – Tata vivia repetindo a frase aprendida com Pazzeto.

– *Bella roba* – dizia-lhe com ciúme e desprezo.

– É uma frase do pintor Bracque. Aposto que você não conhece.

– Claro que conheço. Bracque é um medíocre.

– Como você é muito presunçoso, Dim! Pensa que sabe, mas não sabe merda nenhuma! – explodiu com ódio.

Quando a prima conheceu o herói de perto, não se contentou só em aplaudi-lo, como faziam as outras meninas do ginásio.

Aproximou-se destemidamente do herói, que começou a lhe emprestar livros e discos. Acompanhava-o pelo corredor do ginásio, depois da aula. Percebi que não havia nada de desinteressadamente platônico naquela admiração: Pazzeto que já tinha subido os primeiros degraus do coração da prima e ameaçava ocupá-lo inteiro, com seus truques de guerrilha.

Passei, então, a temer o pior, coisa que nunca tinha acontecido antes, mesmo quando ela vinha com suas confidências amorosas e o objeto do seu desejo não fosse eu. Não havia queixo pontudo, dente torto ou dedos assimétricos que, mesmo reiteradamente lembrados, me trouxessem de novo a paz que o comunista filho da mãe tinha sequestrado. Já era impossível disfarçar, pelo menos a mim mesmo, a natureza do sentimento que me ligava àquela sardenta criatura. Não lhe falava com a mesma naturalidade. Desviava timidamente os olhos dos seus olhos maliciosos. O coração pulava quando ela chegava na casa de vovó. Mais que tudo nesse mundo, eu queria vê-la – e como torcia para que ela não aparecesse jamais!

ა

Até que, certa noite, entre relâmpagos e muita chuva, se definiram de uma vez por todas os nossos papéis naquela comédia. Tata vinha sempre ver a novela *Beto Rockfeller* na casa da vó Isolina, que era uma noveleira de carteirinha e achava uma graça enorme no mecânico vivido por Plínio Marcos.

Tia Zezé não estava: tinha ido à Igreja Matriz para a reunião das Legionárias de Maria, de que era devotada secretária. Ainda bem, pois a prima tinha trazido, para o café depois da novela, um embornal cheio de sequilhos de mandioca, que tia Adélia sabia fazer como pouca gente – e, sem nenhum remorso cristão, tia Zezé era muito comilona, comendo a parte dela e a nossa.

Tata sentou-se do meu lado e já foi logo dizendo que estava arrependida de estar ali:

– Está armando um tempão feio, vovô. Acho que vou voltar.

Vô Domenico foi até o alpendre conferir e voltou preocupado. Na telinha, em preto e branco, o mecânico jurava ao amigo playboy que não lhe emprestaria nunca mais o carro da oficina para ele botar banca.

– É melhor desligar a televisão, mulher – disse vovô, que preferia perder o capítulo à vida.

Vovó não deu muita atenção, deixando que o próprio marido tomasse a iniciativa, mas vovô achou mais urgente conferir se as janelas da casa estavam bem fechadas. Enquanto o playboy insistia e o mecânico recusava, acabou-se a energia elétrica. O trovão fez estremecer com raiva o pequeno vitrô da sala, subitamente iluminado de azul.

– Meu São Jeromo, minha Santa Barbra! – vovó benzeu-se e começou a rezar baixinho.

Eram os dois advogados que ela sempre usava contra aquele São Pedro distraído, que não sabia administrar direito as chuvas e os coriscos. Levantou-se, foi procurar velas nas gavetas do guarda-roupa. A sala estava totalmente escura quando a chuva desabou com toda a cólera, humilhando a velha casa da rua Duque de Caxias.

Tata pegou o embornal e tirou um sequilho:

– Sabe de uma coisa? Vou comer agora mesmo. Quer um? – passou-me o embornal. – Enfia o dedo e pega. A coisa que mais preciso fazer quando fico ansiosa é comer.

Enfiei o dedo e peguei o primeiro, o segundo, depois o terceiro. Quando virei a esquina da dezena, notei que Tata estreitava demais o buraquinho do embornal. Reclamei, e então ela murmurou-me inesperadamente no ouvido:

– Quanto mais fechado, mais emocionante, bobinho...

Vó Isolina voltou com a vela num pires e deixou-a na cristaleira, sob o vitrô:
– Só achei esta.

Vovô, também de volta, sentou-se no lugar de sempre, invariavelmente ao lado da esposa, ambos calados e respeitosos diante daquela chuvosa fúria dos céus. Já éramos de novo quatro no mesmo sofá verde-musgo. Os velhos podiam ter a vista fraca, mas ainda ouviam bem. Com aquele barulho de chuva, no entanto, eu podia esgoelar – não fosse a afonia – uma ária da *Tosca*, que nenhum dos dois iria escutar.

O pequeno vitrô, à frente, era agora a única televisão possível. Com os relâmpagos chapeando a parede, a sala ficou um permanente pisca-pisca de azul e noite, como num concerto de *rock*. Nesses momentos, em que o céu ameaçava confundir-se outra vez com a terra e reduzir os homens à sua verdadeira dimensão, São Jerônimo e Santa Bárbara eram automaticamente invocados pelos avós, castamente apoiados um no outro para melhor enfrentar a ira de São Pedro.

Vovô e vovó tinham o hábito de comer pouco à noite, geralmente uma leve sopa de legumes, servida sempre antes da Hora do Angelus, quando já estavam ao pé do rádio para recordar a anunciação do anjo Gabriel à Virgem Maria. Era natural que, por volta das oito, já estivessem com fome e dessem boas-vindas ao sequilhos da neta. Estavam, contudo, mais preocupados com a chuva do que em satisfazer os caprichos pagãos da barriga, e as bolachinhas acabaram mesmo no bucho voraz dos netos. Devoramos depressa os sequilhos de tia Adélia. E com um detalhe: sempre que me passava o embornal, Tata apertava o laço da abertura e ali prendia delicadamente o dedo do *bobinho*.

Meia hora depois, quando a chuva já prometia virar chuvisqueiro, acendeu-se de repente uma luz muito intrometida. Uma Tata dissimuladíssima, e agora semivirgem, separou-se bruscamente do meu dedo anular, o qual tinha trocado – não me lembro exatamente quando se deu a substituição – a abertura do embornal por uma certa outra, já anteriormente revelada a mim no monte de pneus do seu Nunes e no quarto lutuoso do tio Juca, embora jamais com a mesma profundidade.

Lâmpada acesa, fiquei de repente cara a cara com o retrato da Nonna que, da parede descascada, me olhava com a gravidade própria dos mortos e das velhas fotografias. Certamente, o espírito da velha rovigota não gostou nada do que tinha acabado de presenciar.

A prima levantou-se do sofá. Como era comum nas primas jovens e espertas, disse com a maior naturalidade:

– Ufa! Até que enfim... – e deslizou na direção do banheiro.

– Estou apertadíssima, vovó!

Eu não sabia onde enfiar a cara, nem o dedo sacrílego. As palavras não saíam. Estava mais rígido do que um robô japonês. Quando a prima voltou à sala, era como se eu estivesse invisível: não me olhou nem me disse palavra. Já era outra pessoa sob a luz, com a blusa e a saia bem compostas, o cabelo outra vez penteado. Foi espiar o tempo no alpendre.

– Será que já dá para eu ir, vô?

– Leva tua prima na casa dela, Dim – vovô pediu. – Pega o guarda-chuva no quarto.

Tata decretou, com a firmeza inabalável das montanhas, que de jeito nenhum não precisava:

– Vê lá... Bença, vô, bença, vó. Tchau, Dim – e nem me olhou, antes de descer correndo a escadinha do corredor. – Amanhã trago a sombrinha, vovó – gritou da calçada.

– Essa é doida que nem a mãe dela – vovô resmungou.

Como ela morava na rua Dom Bosco, no quarteirão logo atrás, vovó não se preocupou muito. Mas vô Domenico ainda achava que devia acompanhá-la:

– Não custa nada, Dim. Vai atrás dela.
– Num minuto ela chega lá. É esperta essa aí... – disse vovó.

Tia Zezé não demorou a voltar da reunião com as Legionárias, os sapatos encharcados das sucessivas enxurradas entre a Matriz e o bairro do Castelo. Quando a chuva recomeçou, os três já dormiam e ele tentava fazer o mesmo no sofá da sala, com o anular ainda muito impregnado de Tata.

Pensei mil vezes na prima e em *tudo* o que acontecera sob o pisca-pisca azulado da sala: o susto, quando a porta do banheiro foi aberta e o vulto do avô entrou no corredor com a vela na mão, e a retomada da recíproca exploração manual, que prosseguiu durante toda a chuva, mesmo depois de vovô botar novamente a vela na cristaleira – que felizmente ficava mais perto dele que de nós – e voltar a sentar-se, já aliviado dos gases, junto de vovó medrosa.

Tomado de ódio e ciúme, imaginava com quem a safadinha teria aprendido a fazer aquelas sacanagens. Foi o Pazzeto? Já dava aquela liberdade a ele? Será que já estavam fazendo tudo? A raiva não me permitia lembrar com gosto a parte boa da noite – os dois atrevidos tentando conter e disfarçar ao máximo a operação pecaminosa, a um passo de Tata perder o comando do corpo e começar a emitir ruídos comprometedores.

Por fim dormi, já resignado com que o jogo principal fosse sempre do grande herói, só admitindo a minha participação nos treinos sem bola... Mas outras coisas ainda estavam programadas para aquela noite, antes que o sol voltasse a iluminar o pequeno vitrô da sala. Não passava muito da meia-noite, quando fui subitamente acordado. Percebi que a porta da rua estava aberta e havia vozes no alpendre.

– Acorda, Dim! – tia Zezé me sacudia no sofá. – Você está bem?

Ninguém poderia estar bem com aquela voz estridente, pressionado com desespero pelas mãos nervosas da tia. Endireitei-me.

Via, pela porta aberta, o arrogante vizinho da frente conversando com vovô no alpendre. Seu Joaquim apontava para um ponto qualquer no corredor, vovô girava a cabeça, olhava, concordava. Como não concordar com aquele vizinho metido a besta?

Foi só então que vi a vó Isolina sentada na poltrona à minha frente, com a manta marrom envolvendo a camisola:

– Você está bem, filho?

– O que aconteceu, vovó?

– Que perigo você correu, menino! – disse tia Zezé a meu lado.

Vovô e seu Joaquim entraram na sala.

– Foi muita sorte de vocês – disse o vizinho. – Podia ter caído em cima de todos.

Vovô me perguntou:

– Tem certeza que não escutou nada, rapaz? – e me levou até o banheiro, empurrou a porta, sempre raspando no chão. – Olha só, Dim.

O chão estava forrado de cacos de telha, pedaços de tijolos, lascas de caibros. Era o telhado e o forro que tinham sido arrebentados por um raio de São Pedro, furioso capataz do Senhor, talvez no momento em que o mais recente cidadão de Sodoma & Gomorra provavelmente sonhasse com a filha conspurcada de tia Adélia, algumas horas depois de ter compartilhado com ela as virtudes mais sublimes da carne.

༄

A partir do dia seguinte, Tata começou a me evitar, mas era um comportamento que eu entendia sem muita dificuldade. Os dezesseis anos da jovem teriam visto, naqueles fatos sucessivos – a troca de carícias e o fogo punitivo do céu –, uma até compreensível relação de causa e consequência, apesar do esforço pazzetiano em deixar a prima bem moderninha, repelindo de sua alma aqueles sentimentos antigos que só combinavam bem com a raça dos covardes.

Como eu, também ela já tinha deixado de frequentar as missas da Santa Cruz. O máximo a que Tata tinha chegado era que Deus, se existisse, não interferia no mundo, ao passo que eu já estava bem mais adiantado naqueles assuntos de gente grande: Deus não existia, e portanto não comandava coisa nenhuma. Continuava fazendo o Nome do Pai antes de dormir e viajar, mas atribuía o fato a um hábito mecânico, já muito entranhado, do qual só com o tempo me livraria. Quanto a Nossa Senhora, eu preferia não pensar nada. Preservei-a obstinadamente de todos aqueles conceitos revolucionários.

O certo era que toda filosofia tombava no vazio, junto com o pedaço de telhado violentamente posto abaixo, na rua Duque de Caxias – e logo depois *daquilo*...

Ficamos algumas semanas distantes, desinfetando-se um do outro. Voltamos a falar, embora cada vez menos. Nunca, porém, sobre aquela noite profanatória a um metro dos avós, nem sobre o raio desferido pelo Céu para avisar que não vira *aquilo* com bons olhos. Ela preferia falar do Pazzeto. O fato de ele ser casado e ter dois filhos, o mais velho quase com os dezesseis anos da prima, não lhe provocava o menor mal-estar moral ou religioso. Descia a minúcias cruéis, que ajudavam bem na tarefa de reduzir a cacos o que tinha acontecido entre nós naquela noite. Eu sofria de ciúmes, mas de algum modo aceitava que não podia ser de outra maneira.

– Primo com prima não podia dar boa rima – como costumavam dizer os Rielli-Caselli.

Tata sumiu da casa da vó Isolina. Como estudávamos em períodos diferentes no ginásio, fiquei meses sem falar com ela. A casa de tio Nenê ficava a menos de dez minutos, mas parecia do outro lado do planeta, tamanha era a vontade de virar aquela página da nossa pequena história.

Professor Pazzeto, paciente ordenador do Caos e elemento civilizador de Canaviais, logo entraria definitivamente em cena para dar um rumo imprevisto ao espetáculo, muito ruim por um lado, mas bom por ter arrancado, de uma vez por todas, a prima Tata do tanque, da pilha de pneus, do quarto de tio Juca e do meu ignóbil dedo anular.

Não demorou a estourar o escândalo. Depois de alguns meses de namoro não tão escondido – ainda não havia motéis em Canaviais, àquela época –, a cidade descobriu o caso do professor com a aluna maluquinha e fez desabar sobre eles a ira santa, ao mesmo tempo puritana e anticomunista. Às pressões que o bigodudo mestre já sofria pela opção política, veio juntar-se a outra, com as mãos do padre vigário na dianteira. E a pulada de cerca foi a gota d'água que entornou o caldo da paciência municipal, fazendo que o sujeito sumisse definitivamente do mapa, com família e tudo.

A prima também saiu da cidade. Foi morar um ano com tia Hercília, em Cravinhos. Foi um bafafá medonho. Tio Nenê e tia Adélia sofreram o diabo, Tata mais que todos, e por tabela todos na família sofremos um pouco. Eu perdia e ao mesmo tempo ganhava a guerra, experimentando pela primeira vez aquela conjugação de sentimentos contrários que, mais tarde, conheceria melhor com Elzinha, e depois com ela própria, Maria Rita, quando se transformou naquela Ritavska da quitinete paulistana, até chegar à livre-docência nesses assuntos, com Maria de Lourdes.

Um dia, ligou-me inesperadamente de Cravinhos. Precisava falar do aborto, que tinha sido mais fácil que pensava:

– Fui na farmácia e tomei uma injeção para provocar, Dim – ela parecia a mesma Tata sarcástica de antes, sempre disposta a rir da própria dor. – No outro dia, bem cedinho, quando levantei para o primeiro xixi, vi uma coisinha vermelha no fundo do vaso.

Precisava ver que coisa engraçada! Parecia uma bolinha de gude. Ou um escarro maior que o normal, com sangue. Um escarro de tuberculoso... Apertei a descarga e meu bebê foi embora, tadinho...

"Fernando ou Francisca?", não pude deixar de pensar, com um desejo perverso de lhe fazer a pergunta. Se ela tinha o direito de disfarçar a angústia com humor negro, por que meu ressentimento e meu legítimo direito à vingança não podiam também vestir a mesma cor? Mas me contive, como um sábio chinês. "Justiça demora, mas vem", concluí triunfante – eu que acreditava que nunca mais seria irmão, primo, amigo ou seja-lá-o-que-fosse de Tata.

Sabia muito bem que o telefonema de Cravinhos poderia ser o reatamento daquela conversa íntima e literalmente cheia de dedos que tivemos no velho sofá verde-musgo, a um metro do avô-quase-pai e da avó-quase-mãe, interrompida pela volta da energia elétrica, pelo raio de São Pedro e, pouco depois, pelo professor Pazzeto, que consumou com mais competência aquilo que eu mal iniciara sob a tempestade. Mas de que servia a volta? Tata não gostava de mim. A qualquer momento, bateria as asas novamente para o príncipe seguinte.

Optei por acabar de uma vez por todas com aquela história, sem saber ao certo se era movido pela vaidade, que me impedia de aceitar de volta a moça que já tinha passado por outras mãos, ou se por aqueles remorsos ancestrais, fundamente enraizados em minha carne ainda muito recheada de consciência moral e religiosa, como se um primo não devesse chegar a certas intimidades com uma prima de primeiro grau.

Como precisava de mais lenha na fogueira do ressentimento, ressuscitava aquela maldita frase da infância, dita pela prima no distante velório da bisavó: "Acho que foi você que matou a Nonna, Dim". Fosse o que fosse, a verdade é que a deixei de lado quando Tata mais precisava dos verdadeiros amigos.

IV

Juquinha, o amigo de ginásio que hoje é taxista, cruzou comigo quando voltava do Banco e ofereceu carona:
— Sobe aqui, Dim. Precisava mesmo falar com você.
Pensei em recusar. Gosto de vir a pé, depois de um dia sentado atrás da mesa cruel. Só depois que entrei e não tinha mais como escapar, pois já subíamos pela rua Amador de Barros, avisou-me:
— Vou pegar uma carne no supermercado. É rápido.
Enquanto esperava dentro do carro, estacionado na própria rua da Estação, em frente ao supermercado, investigava as causas profundas daquele favor. Juquinha não faz nada de graça. Podia ser uma cerveja, dinheiro emprestado ou alguma *mercadoria* recente no Gegê.
Via pelo retrovisor as colinas do Tomba-Carro, o bar América definitivamente fechado – onde, nos velhos tempos, o avô Rielli andou ganhando torneios de bocha –, o salão de barbearia do Conde, o acende-apaga no sinaleiro do parquinho.
Liguei o rádio e girei ao acaso o ponteiro, sem achar uma emissora decente. Desliguei, acomodei-me melhor no banco.

Havia nuvens atrás da Estação e o sol começava a se pôr, mas o azul da tarde de maio era completo no resto do céu, chamando para longas caminhadas no Horto ou até o córrego do Retiro, com as quais mais sonho que propriamente faço.

    Foi quando vi, pelo retrovisor, estacionar o chevettinho branco. Parou meio torto a uns vinte metros. Dele desceu um menino a caminho da farmácia. No volante, a mulher acompanhava com os olhos a criança. Sem ter o que fazer, ainda sem decidir o que diria ao Juquinha, caso ele insistisse em entrar na Casa dos Leprosos para uma cerveja ou me aplicasse uma de suas facadas, fiquei implicando com a motorista do chevettinho, irregularmente estacionado na faixa amarela.

    Ajeitava melhor o retrovisor, mas não conseguia ver o rosto da infratora atrás do para-brisa, que os reflexos do sol tornavam mais indevassável. Parecia fumar. Logo, uma daquelas nuvens da Estação resolveu-me o problema: tapou o sol e mostrou subitamente o rosto da mulher. Tinha um ar desolado (agora via bem), meio pendido para o lado – o lado em que o menino tinha saído. Jamais o perdia de vista na farmácia, como se esperasse o momento de ela própria descer e resolver o problema.

    Estremeci. Como quem, num estalo, recuperasse a memória perdida, depois de fixar seguidamente o mesmo objeto, a princípio estranho e de repente familiar, abaixei-me no banco em rápida atitude defensiva. Era Elzinha.

    Ajeitei o retrovisor para a nova posição – a do entrincheirado. Era ela mesma, em pessoa. Reconhecia o nariz fino, as orelhas miúdas que quase nunca usavam brincos, o cabelo loiro bem curto, o queixo um pouco saliente, mal disfarçados sob o cigarro e os óculos escuros. As faces magras se encovavam dramaticamente ao tragar, o rosto triste e torcido para o lado, sempre o lado do filho.

Veio a Canaviais comprar o remédio que não achou em Altinópolis. Acaso Lívia estaria doente? Marta teria me avisado. Viúva há mais de ano do professor glutão, estava agora novamente solteira – disponibilidade que tinha feito minha filha procurar-me com mais frequência, na esperança de reconciliar o pai com aquela mulher que foi *minha* por alguns meses.

Olhei para a porta do supermercado e nenhum sinal do Juquinha. Pelo retrovisor via o filho de Elzinha, que ainda esperava ser atendido no balcão da farmácia. Podia até me erguer no banco e virar para trás, em posição de adulto. Jamais me reconheceria. Uns bons quinze metros separavam os dois carros e ela só parecia interessar-se pela farmácia.

O sol voltou e perdi Elzinha de vista. Nada impedia que saísse do carro, perguntasse por Lívia e pelo menino que poderia ter sido meu filho (misteriosamente, sempre o achei parecido comigo, no físico e no próprio jeito). Se não fosse tão mesquinhamente materialista, poderia pensar na milagrosa hipótese de fecundação tardia, quem sabe telepática, vários anos depois da última vez em que me deitei com ela.

O que custava um pouco de civilidade? Pediria honestas desculpas pelo jantar que não houve, que desmarquei quase em cima da hora. Podia até convidá-la para um café na Casa dos Leprosos, que ela evidentemente recusaria. Prometeria uma ida a Altinópolis assim que desse, pensando sobretudo em minha filha Lívia, que sempre sofreu com essa situação, sobretudo agora que lhe falta o padrasto.

Lívia não media esforços para a reaproximação. Dissera-me, um dia:

– Papai, mamãe está cada dia mais bonita. Você viu aquele filme americano, *Cabo do medo*?

– Ainda não.

— Que pena... Ela está a cara da Jessica Lange. Você não tem saudade, não?

Bastava abrir a porta do carro e aproximar-me do chevettinho da Jessica Lange, acabar com esse estúpido hiato que um Deus punitivo abriu entre nós. Ela em princípio se espantaria, talvez eu até emudecesse por alguns minutos. Mas tínhamos uma coisa muito importante em comum – Lívia –, na qual nosso sangue se misturara para sempre, aquela moça que me amava e ao mesmo tempo odiava, que talvez fosse menos infeliz se o pai dobrasse o orgulho idiota, voltando a falar com a mãe. Casássemos quinhentas vezes com outras quinhentas pessoas: nada ameaçaria o fato de estarmos irremediavelmente embaralhados em Lívia.

Era sobre Lívia que poderíamos falar agora, eu de pé na calçada, ela sentada no carro. Mas já perdia minha chance, pois o menino saía da farmácia com o pequeno pacote na mão e entrava no carro. Jessica Lange jogou fora o cigarro, ligou o motor. Quando passou pelo carro do Juquinha para fazer o balão, abaixei o corpo e fechei os olhos, fingindo o mais inconvincente dos sonos.

— Isso é hora de dormir, Dim? – Juquinha abriu a porta alguns segundos depois, botando a calabresa no banco traseiro.

Ele sabia de Elzinha e de meu passado, poderia contar-lhe o que tinha visto, depois de tanto trabalho inútil no Banco. Convidaria Juquinha para uma cerveja na Casa dos Leprosos, e, se fosse o caso, lhe daria algum dinheiro. Preferi, medrosamente, calar-me. Antes de o carro sair do asfalto e pegar a estrada de chão que levaria à minha casa, disse-lhe com frieza:

— Para aqui. Vou andar um pouco na avenida.

Era mesmo hora de as pessoas caminharem pela avenida Washington Luís – vulgo Rodobanha ou Gordovia –, uma comprida e rápida procissão em homenagem ao Deus da Boa Forma. Ele parou e eu desci.

— Preciso falar com você, Dim... — Juquinha sorriu-me. — É coisa que vai te agradar.

Prometi ligar à noite:

— Depois da novela... — menti.

— Você acompanhando novela? — debochou.

— A Globo, finalmente, acertou meu gosto.

— É sobre o Gegê.

— O que é que tem? — perguntei.

— Tem uma joinha lá, nesta semana. Material de primeira. É uma balconista de loja, menina de família, que anda apertada com umas dívidas. Com pouca coisa, você garfa o filé.

— Eu te ligo — repeti.

— Não esquece, hein. Você tem que ir lá conferir enquanto é tempo.

— Tchau — bati a porta e comecei a andar.

Juquinha alcançou-me:

— Se fosse você, não passava de hoje. Pode ser que ela arranje logo o que precisa e pare de ir no Gegê...

Enquanto pudesse ser visto pelo retrovisor, fingia que caminhava na avenida. Quando ele virou a esquina, voltei e segui para casa. Era aquela a razão da carona: Juquinha descobrira uma *joinha* no agenciador de garotas e sabia que o assunto me interessaria, depois de algum tempo desanimado com o *material* que ultimamente aparecia por lá. Além de eu ficar devendo mais um favor, o que significava flanco aberto para novas facadas, haveria no leva-e-traz da menina algumas corridas de táxi.

Preocupava-me o fato de já não me importar em perder a nova garota do Gegê. A única coisa que me interessava, naquele momento, era pensar em Elzinha. Entrei na Casa dos Leprosos e deitei-me na sala escura. Os pastores, percebendo minha presença, começaram a chorar. Por nada me levantaria daquele sofá, entorpecido pelas lembranças, como se caminhasse no fundo de um lago noturno.

⁂

Lembrava-me do quartinho de sua casa, em Altinópolis, onde Lívia foi feita. As anteriores e doces liberdades tomadas no escuro do cine São João, com corrida obrigatória ao banheiro para livrar-me dos efeitos de tanta meiguice. O prazer cheio de temores no alpendre de sua casa, entre samambaias e antúrios, enquanto tentava, no escuro, uma aproximação mais ousada. Os primeiros beijos e abraços no banco da pracinha da Estação. O primeiro olhar trocado no velho ônibus da São Bento, depois de Elzinha ter fechado o livro que lia ou um caderno que corrigia (dava aulas na roça, como minha mãe).

A serviço do Banco, ia duas vezes por semana a Altinópolis. Como era sempre no mesmo horário, via-a subir sempre no mesmo ponto de roça, com os cadernos e os livros debaixo do braço. Em duas semanas, já estava apaixonado. Não desgrudava os olhos daquela professorinha, que também passou a incluir-me, discretamente, em seu campo de visão, junto com os morros de Minas, os bois no pasto, o céu azul e os cafezais que, naquela época, ainda faziam parte da paisagem.

Usava a mesma cartilha de minha mãe – *Caminho suave* –, que ainda tinha a velha capa: duas crianças, em uniforme estudantil, seguiam por uma estradinha bucólica que acabava no alto, à porta de uma pequena escola branca quase sumida sob o título. Apesar de não ter boas lembranças dessa cartilha – certa vez, antes de completar sete anos, desanimada de botar com bons modos a vida civilizada em minha cabeça, minha mãe perdeu a paciência e jogou-me na cara o *Caminho suave* –, nunca me livrei daquela visão idílica de escola.

Exagerando um pouco no papel de poeta, permaneci em silêncio, confiando demais na linguagem dos olhos. Num dia qualquer, ela parou de embarcar no ponto da roça e o ônibus começou a chegar a Altinópolis sem aquele louro conteúdo, de um metro e setenta, altura próxima da Nonna, com os olhos azuis, serenamente melancólicos, de minha avó adotiva, e além de tudo professorinha da roça como minha mãe – mulher sob medida para quem não conseguia livrar-se, para o bem e para o mal, das velhas damas de sua casa.

Em seu lugar, passou a viajar a dona do cargo, uma senhora já vergada pelo tempo e a profissão, a quem poderia perguntar sobre a jovem substituta. Mas faltava-me coragem. Significava revelar a um estranho um sentimento ainda inicial – broto de planta que é necessário manter em estufa, ao abrigo do sol e do vento. Corria o risco de não ver mais o corpo magro chegando sempre atrasado, esgueirando-se entre árvores, passadores de cerca, arames de *estronca*, seguida por alguns alunos que a ajudavam a levar os cadernos até o ônibus, antes de subir e sentar-se numa poltrona não muito longe da minha.

A alternativa era começar a frequentar mais Altinópolis, esperando revê-la. Não era esperança vã: a cidade era pequena, tinha cinco mil habitantes e, mais cedo ou mais tarde, aconteceria. Talvez no próprio Banco. Num dobrar de esquina. Na sorveteria Princesa. Fui a bailes e quermesses, entrei no cinema duas ou três vezes para longas sessões de tortura, com filmes imprestáveis. Por que ela não saía de casa, naquela cidade menor que a palma da minha mão?

Numa tarde de sábado, tomei coragem e fui de ônibus à fazenda em que ela lecionou. Ao primeiro colono que vi, perguntei por ela, descrevendo-a.

– É a dona Elzinha – disse-me –, substituta da dona Wanda.

Na segunda-feira, de posse do nome precioso – como um passarinho que era preciso segurar com muito cuidado –, tomei nova coragem e falei sobre o assunto com o Osvando, colega do Banco. Conhecia-a de vista:

– É a filha de um fazendeiro quebrado de Rio Fundo, que já bateu as botas. Ela recebe o pagamento pelo Banco.

Apesar do nome, Osvando era gente boa e, para meu desespero, aceitou sondá-la. Naquela mesma semana, avisou-me:

– Positivo, jovem! Ela ainda não se esqueceu de você. Sábado vai estar na praça, depois da missa.

– Calma, Osvando. Também não é assim.

– Falo que você não vai?

Se alguma religião ela seguisse, teria de encontrá-la mais cedo ou mais tarde, na porta da Matriz ou das duas igrejas evangélicas da cidade. Como não tinha pensado na coisa mais óbvia?

Na missa de sábado, reencontrei a jovem que tanto procurava, ao lado da mãe. Quando o padre finalmente expulsou o rebanho da igreja – "Ide em paz, o Senhor vos acompanhe" –, a futura avó da minha filha foi sozinha para casa, enquanto o destino da professorinha começou a aproximar-se desajeitadamente do meu.

O namoro não começou naquele sábado nem no domingo seguinte, mas na segunda-feira – que não é o dia mais indicado para essas coisas. Segundo minha irmã, dava até azar.

Vovó, papai e Marta simpatizaram na hora com ela, quando um mês depois levei-a até Canaviais. Minha mãe, por algum tempo na defensiva, acabou por se render à docilidade da colega de profissão. Maria Rita sumira da casa de vovó e de minha vida: não pude vingar-me dela.

– É um encanto a tua namorada, Dim – sorriu minha avó.

Marta era especialista na arte de irritar o irmão:

– Pode encomendar o enxoval, Dim.

☙

Fui à vitrola e fechei aquelas lembranças com velha canção de Dolores Duran, cantada por Lúcio Alves com terrível, dolorosa profundidade: "...que eu viva para sempre a morte desse amor". Acabei adormecendo, em seguida, com a alma cheia daquele finado amor.

Despertei depois das nove. A luz do poste iluminava a espingarda na parede. Enfiei-me no chuveiro para tentar uma espécie de ressurreição. Por que não ligar para o Juquinha e conferir a nova moça do Gegê? Não sei se movido por vingança contra Elzinha ou por simples instinto de sobrevivência, saí de casa e fui sem o Juquinha.

A casa do Gegê, por mais discreta que se mantenha, fica em ponto central da cidade, a poucas quadras da Prefeitura, e desagrada profundamente a vizinhança. Mas o agenciador é amigo de alguns senhores muito exigentes, com livre trânsito junto a policiais, vereadores, fazendeiros, para os quais descobre, com facilidade, as garotas mais bonitas da cidade e da região. Canaviais, cheia de antigos pudores, vai tolerando. São razões da carne que a frágil razão municipal desconhece.

Frequentava-a com certa assiduidade, desde que chegara de São Paulo. Se voltei a Canaviais arrastado pelo fantasma de minha mãe, era Gegê quem me fazia permanecer aqui – ele e seu harém regularmente sucessivo, espécie de disk-sexo que funcionava muito bem. Descrevia-me, por telefone, as prendas belas de que dispunha no momento, detalhes sobre os corpos, os seios, as nádegas, a cor da pele, até o temperamento.

Gegê era bom retratista e razoável psicólogo. Só quando precisava muito dos seus trinta por cento é que mentia um pouco, vendendo gata por lebre. Em geral, escolhia mesmo por telefone, exceto nas ocasiões em que havia mais de um retrato falado interessante. Era o Juquinha quem entregava o produto em domicílio. De quando em quando, decidia mudar de ares, e então trocava minha simpática e aconchegante morada por um dos poucos motéis da cidade. O amigo motorista levava e buscava o casal.

Apertei a campainha:

– Quem é? – o vulto apontou entre as plantas do alpendre escuro.

– O amigo do Juquinha – disse-lhe, e é o bastante para ele saber de quem se trata.

Perguntei pela nova garota.

– Ela já está reservada essa noite. Logo o cara vem buscar. Mas entra aqui que vou te apresentar a ela. Se te agradar, amanhã está livre.

Entrei, fui apresentado a Andréia. Olhei para as outras duas que me sorriam do sofá, diante da televisão ligada. Simpatizei imediatamente com Andréia e prometi ligar, em breve, marcando um encontro. Disse-me com profissional doçura:

– Liga sim. Vou ficar esperando... – sorriam os olhos escuros e puxados de índia.

Na noite seguinte não foi possível: meu pai teve uma súbita alta de pressão e, preocupado, levei-o ao Pronto-Socorro. Nas semanas e meses seguintes, outras moças, também simpáticas e profissionalmente doces, se interpuseram entre nós, desviando para outros mares o curso dos rios – e o grande encontro das águas acabou não se realizando. Esqueci-a. Ou pelo menos esqueceu-a a memória superficial, preservando-a mais embaixo, na camada do fogo e da loucura.

Só voltaria a rever Andréia – esse era o nome de guerra da *joinha* – quase dois anos mais tarde, depois de reencontrá-la por acaso no ônibus da São Bento. Chamava-se, na verdade, Maria de Lourdes e, embora nunca a tivesse visto antes, saberia mais tarde que não se tratava de uma estranha.

Mas eu tinha de sair com uma mulher, naquela noite. Era o ansiolítico mais eficaz do mundo. Como se já devesse fidelidade a *Andréia*, saí do Gegê e fiquei vagando pela redondeza, aguardando chegar o cliente que a reservara. Depois que a vi subir no carro do estranho, aproximei-me e apertei de novo a campainha da casa. Gegê sorriu como um chinês, ao abrir-me a porta gradeada. Diante das duas jovens que viam tevê, usei rápida e mentalmente um velho método da infância para evitar a angústia da escolha:

— Ma-mãe-man-dou-fi-car-com-es-ta-da-qui...

Não me lembro mais com quem fiquei.

V

O que acaba com o homem – ao mesmo tempo que lhe dá certa dignidade – é viver atrás de coisas absolutas. Em Elzinha, eu pretendia encontrar todas as mulheres do mundo numa só: a fêmea, a mãe, a irmã, a amiga. Ninguém, por mais versátil, consegue alternar tantos papéis, e decepção não tardou a chegar.

Com cinco meses de namoro, no início daquela noite em que dona Cida fora à igreja, levei-a ao pequeno quarto de solteira cuja veneziana emperrada dava para o pequeno e descuidado quintal, onde secava um pé de limão galego. Fechei a janela com um rangido, corri a cortina.

– Estou com tanto medo – ela tentava soltar-se.
– Medo de quem te ama?

Em minhas frustradas investidas anteriores, dizia-me que só faria *aquilo* depois do casamento.

– Me larga, Hildo – recompôs-se e foi sentar-se na secretária *art nouveau*, presente da falecida avó riofundense. – Por favor...

Sem que eu entendesse por quê, lágrimas desceram em seu rosto envergonhado. Quando cheguei perto, repeliu-me com rispidez e começou a contar, sem coragem de olhar-me, que já não era... virgem. Olhava os tacos irregulares do assoalho, que andavam soltos, sem ninguém para providenciar o conserto. No ponto em que tínhamos chegado, naquela ou em uma noite bem próxima eu acabaria descobrindo. Podia ser, até, que nem descobrisse nada, se ela fosse tão esperta como eu ingênuo.

Naquele mesmo momento, em diversos pontos do mundo ocidental, algumas mulheres estariam fazendo confissões semelhantes, em situações parecidas – sem que as bases do velho Ocidente estremecessem. E foi assim que procurei me comportar: modernamente ocidental. Se ela lamentava não ter sido eu o primeiro, fiz o que pude para convencê-la – sob forte atração física... – de que não ligava o mínimo se seu sacrário já não era tão secreto nem sagrado, se alguém já transpusera antes de mim a porta que fechava a pequena entrada. Além do mais, aquela bela seminudez ferida, de mistura com as lágrimas da autopunição, tornavam-na misteriosamente ainda mais desejável. Mais que tudo, eu a queria – amava-a mesmo, se ainda for permitido usar a palavra mais corrompida do mundo. Não era isso que tinha importância?

O relógio andou muito depressa, no sôfrego país de Eros, e dona Cida quase nos surpreendeu.

Mais tarde, a caminho do ônibus que me levaria de volta a Canaviais, caí fragorosamente em mim mesmo. Diferente dos outros homens da minha tribo, eu não seria o inaugurador da mulher da minha vida, feita para substituir minhas velhas damas e sereias. Era um fato líquido e certo, mas inaceitável. O católico sem Deus começou a tremer. Era como se, junto com aquela membrana rompida, tivesse ido, para sempre, o principal de Elzinha – o seu selo de qualidade. A perda da virgindade era uma vitória da mulher: devia ocorrer *no* casamento ou, no máximo – concessão de católico sem Deus –, *para* ele.

Aqueles homens antigos da minha família, vindos do passado mais remoto da espécie – os ascendentes Riellis mais próximos do Velho Testamento e de Adão –, começaram a urrar indignados dentro do jovem namorado. Ao mesmo tempo, nada me enchia de tanta vergonha, em pleno final do século XX, que saber-me subitamente tão vulnerável àquelas velhas paixões, às quais, de certo modo, já tinha sido apresentado quando prima Maria Rita decidiu salvar seu sonho na companhia do professor Pazzeto.

☙

No encontro seguinte com Elzinha, quase não falamos. Nem foi necessário. O silêncio dela era um envergonhado pedido de desculpas, ao contrário do meu retraimento, que valia por uma sentença condenatória. Podia ao menos ter dito que não esperava por aquela confissão tardia. Por que não avisara *antes*, no início do namoro? Não ligava para aquelas bobagens de virgindade, mas era inflexível com a mentira, ou, pelo menos, com o adiamento da verdade...

Permanecia mudo. Nada saía da boca, já de natural propensa a diminuir o volume de voz nos momentos mais graves, que vinte anos mais tarde me levariam ao bloqueio quase total e ao consultório da fonoaudióloga Renata. Hildo Rielli era um homem muito antigo, sobrecarregado dos velhos homens das cavernas, e não sabia disso. Ou não queria saber.

Nos dias seguintes, misturaram-se em mim, sempre silenciosamente, o ciúme patológico e o desejo brutal, impulsos de hostilidade sucediam o pensamento mais terno. Não tocava no assunto proibido, nem haveria explicação no mundo capaz de convencer-me de que tudo poderia voltar a ser como antes da *mentira*.

Nesse momento do jogo, já estava começando a convencer-me de que o principal motivo da revolta era o fato imoral da *mentira* de Elzinha – o não ter revelado sua *verdade* logo no início do namoro. Estava conseguindo, com belos sofismas, abafar a verdadeira causa – ela já ter passado por outro guerreiro, outra espada, outra cama –, irracional demais para continuar abrigada à sombra de um homem moderno. Um sujeito que vivia lendo e escrevendo tinha o direito de alimentar esses preconceitos sórdidos, altamente comprometedores para sua reputação intelectual?

– O que você tem? – perguntava-me ela, com razões de sobra para andar desconfiada.

– O Banco... – era a desculpa mais fácil. – Não suporto mais aquilo.

Eu era um completo estranho a mim mesmo. As palavras não saíam da língua, as ideias embaralhavam-se na mente confusa, a alma sobrecarregava-se de torpes ressentimentos. O ciúme e o ódio azedavam a carne, a carícia brotava de dedos pesados, quase rudes. Como única vingança possível, aprimorava-se o desejo bruto e a posse animal. Elzinha resignava-se, como se cumprisse catolicamente uma pena merecida. "Quem inventou o amor não fui eu. Não fui eu, nem ninguém...", falava a canção que me perseguia. "Não fui eu, nem ninguém..." Teria sido Deus, o Diabo?

Nem nas brigas tinha coragem suficiente para tocar no assunto, perguntar-lhe por que não me contou *aquilo* antes. Era o mínimo que podia ter feito, uma forma mais aceitável de dar sentido às brigas. Se confessasse o ciúme, despertaria nela a vaidade e a compaixão, que toda mulher adora sentir. Dizer-lhe, humilhando-me, que aquela *mentira* – ou, se ela preferisse, aquele adiamento da *verdade* – era uma coisa absolutamente imperdoável, a causa real de todo o desconforto.

Um dia, quem sabe, até evoluísse ao ponto de admitir que não conseguia carregar o fardo – tão simples e no entanto tão pesado – de ela não ser mais virgem, como provavelmente vovó tinha sido, e minha mãe, e tia Adélia, e todas as outras damas da família. Elzinha, afinal, não havia feito o que podia, revelando-me sua *situação* antes do casamento? *Aquilo* também não era um problema para ela?

Se não fosse tão orgulhoso e libertasse as velhas palavras da tribo, envolvesse compreensivamente Elzinha em seu próprio drama, é provável que tudo tivesse sido diferente. A verdade verdadeira, porém, é que ainda não estava preparado para amar.

✧

Foi depois de uma daquelas brigas que um espermatozoide fora do controle juntou-se ao óvulo de Elzinha. Do jeito como as coisas andavam, emoções à flor da pele, cabeças confusas, mais cedo ou mais tarde acabaria acontecendo. Era inevitável.

Com a gravidez de Elzinha, a situação se complicava. Não queria deixar a faculdade de Direito, em Franca, nem abdicar do meu glorioso futuro literário. Pensei cinicamente em propor-lhe – não percebendo de início o absurdo da proposta – que continuássemos bons namorados, ternos e discretos namorados, numa espécie de celibato compartilhado, durante o qual fosse proibido falar em casamento. De bom grado assumiria o bebê, material e moralmente, e nos fins de semana continuaríamos namorados. Não era perfeito?

Eu tinha dois bons suportes literários para aquela decisão, sempre escondendo com ideias brilhantes o verdadeiro motivo da retirada. Era um trecho de Montaigne e o final de uma tragédia de Shakespeare. Tudo "para continuar vivo espiritualmente" – jurava a mim mesmo.

Comecei com Montaigne. Para quem escolhia a carreira das armas (ou a guerrilha literária, como no meu caso) a dupla felicidade de ser marido e pai, ainda tão jovem, comprometeria a coragem do soldado.

– Cada coisa tem sua hora, Elzinha. O que não vem no momento certo deve ser afastado. Nada melhor que ficar com você o tempo todo, o dia inteiro, a vida inteira... – pegava-lhe a mão, beijava-a com ternura. – Mas preciso terminar o curso de Direito... Quero ser escritor. Não imagina como me sinto, sabendo que já tenho vinte e um anos e ainda não li coisas fundamentais. Se a gente começa junto na hora errada, pode ser pior para os três.

Pensava nas inúmeras vezes em que deixaria a máquina de escrever ou fecharia o livro, para ajudar Elzinha no inglório trabalho doméstico – preparar mamadeira, limpar cocô de bebê, segurá-lo ao colo nos impedimentos da mãe. Além disso, como poderia viver em paz com alguém que era fonte de tanto prazer e tanta preocupação?

Tentava afastar, depressa, o sórdido fantasma caipira: não eram ciúmes o que mais me incomodava. A razão era de outra natureza. Só a mentira me causava indignação... Era moralmente insuportável, para o poeta-filósofo, viver com uma impostora. Ainda incapaz de compreender as profundas razões femininas das pequenas ou grandes mentiras, minha incipiente literatura corria o risco de não levantar voo, sabotada por essas duas bombas mortíferas: a instituição familiar e uma mulher incapaz de ser leal, de revelar as verdades na hora certa.

Montaigne batia o seu martelo em minha cabeça – família cansa, sexo extenua. Mas pensava também naquele imperador romano que preferiu perder o império a sair da cama da inesgotável Cleópatra. Eu também não conseguia resistir aos encantos de Elzinha, que a gravidez só aperfeiçoava.

– É só o que te peço, Elzinha: um tempo. Dá para entender isso?

Eu não queria perder meu pequeno império de palavras e ideias. Continuei citando Montaigne e Shakespeare. Elzinha, que gostava mais da vida que de filosofia e literatura, sobretudo agora que já trazia Lívia em seu ventre, percebeu depressa que o namorado só pretendia enrolá-la. Brigamos.

☙

Foi no ônibus de volta à minha cidade que me ocorreu a mais suja das ideias. A mais indigna. A mais humilhante de todas. Uma solução drástica, talvez a única que resolvesse aqueles problemas. Depois de um dia inteiro remoendo-a, tirei do gancho o telefone e disquei o número de sua casa. Abaixei a cabeça envergonhado, como se estivesse diante dela, e disse-lhe:

– Me desculpa, Elzinha. Mas não vejo outra saída além do aborto...

Se Montaigne e Shakespeare forneceram munição para a principal briga do casal, o canto VI da *Ilíada* fundamentou a inflexível decisão de não voltar atrás.

Com o bravo Heitor, aprendi que o mundo não era só feito de amantes incondicionais. Apesar de trazer o coração ocupado pela esposa Andrômaca e o filho Escamândrio, bebê de colo à época da partida urgente do pai, esse tinha um dever a cumprir, e cumpriu. Não houve choro de Andrômaca – com o filho ao colo – que segurasse o guerreiro em casa. Uma batalha mais importante o chamava. Como seu sangue fervia pela pátria, que os gregos castigavam sob o comando do corno mais indignado do Ocidente, depois de Hildo Rielli, para a guerra devia encaminhar-se, mesmo sabendo que, nas estrelas greco-troianas, estava escrito que morreria nas mãos de Aquiles.

Cada um a seu modo, Hildo Rielli na poesia brasileira contemporânea e Heitor estripando gregos enfurecidos, era necessário lutar contra as limitações que o Doce Ninho impunha às artes e à civilização. O meu caso não era diferente. Precisava escapar do casamento inoportuno e sobrar inteiro para a luta com as palavras, que os compromissos domésticos jamais beneficiariam, sobretudo quando faltava ética na conduta da companheira... Não era decisão fácil. Sem aqueles valores estoicos da magnanimidade, da renúncia e da abnegação, que fizeram de Heitor digno da condição de herói, não teria coragem para meu grande gesto heroico: abandonar Elzinha grávida.

Quando a procurei, pessoalmente, para outra vez explicar minha posição, sempre baseada naqueles grandes escritores (o que eu fazia, naquela época, sem apoiar-me em suas ideias?), permaneceu no mais estranho silêncio. Era orgulhosa demais. Tudo em Elzinha se exprimia melhor pelo olhar, desde a mais prosaica dor de dente até o mais intenso prazer. Era pelos olhos, brilhantes ou embaciados, que eu acabava descobrindo muitas coisas. Mas quem tinha pela frente tantos deveres intelectuais e literários não podia abater-se pelas lágrimas mudas de uma jovem abandonada. Para salvar o próprio espírito, o jovem Goethe não deixou a namorada Frederica?

Quando acabei de falar, expulsou-me de casa. Ficamos dois ou três meses sem conversar, enquanto sua barriga crescia saudavelmente. Foi nessa época que consultei o Banco sobre a possibilidade de transferência para alguma agência da capital. Quando me doía a culpa, lembrava-me da *mentira* de Elzinha, suficiente para restaurar outra vez, ao menos por algum tempo, o equilíbrio sempre em vias de romper-se. Ou socorria-me de Homero e Montaigne, Shakespeare e Goethe (quando devia, na verdade, ter lido e relido o *Othelo*, mais instrutivo para minha paranoia).

Depois de complicadas negociações familiares, tendo à frente minha irmã e a mãe de Elzinha, sentamos na casa de Altinópolis para chegar a um acordo. Já que o ódio tinha ficado maior que o amor, nos casaríamos formalmente, aguardaríamos pelo nascimento do bebê e depois... – depois cada qual iria para um lado, esperando a hora certa de novamente voltar, se fosse o caso.

Topei sem hesitar. Elzinha não aceitou, orgulhosa como sempre:
— Não preciso de esmola. Posso me virar sem teu sobrenome.

❦

Alguns meses depois, apeou no mundo minha filha, loira como a mãe e com os olhos castanhos do pai – mais uma peça-chave no meu jogo de damas. Já passava das oito da noite, e eu ainda estava no Banco, quando ela chegou do céu (dezoito anos antes daqueles espasmos horríveis no quarto aqui ao lado, enquanto o médico e Elzinha cuidavam dela).

Decidi ficar sozinho naquele instante. A mesa, uma montanha de papéis, ainda não tinha computador. Além do guarda na gaiola escura, ninguém mais vigiava o meu trabalho. Podia considerar-me sozinho, pois o guarda contava pouco: era só um par de olhos atentos e uma arma na mão, escondido sob o vidro blindado.

Não poderia ir ao hospital, pois não saberia portar-me com decência. Nada havia de mais indecente que aquela situação em que deixei Elzinha, sem melhores condições para receber a filha que vinha de tão longe, depois da cansativa viagem de nove meses. Merecia pais unidos pela lei do céu e da terra, parentes felizes, vizinhança de bico fechado. Teve justamente o contrário.

Sentia um grande vazio na alma. Não o vazio de um cômodo limpo e recém-desocupado, mas vazio imundo de bueiro, como se Deus, naquele dia de nascimento e vida, mandasse a bebida mais amarga que um homem pudesse provar: a experiência de nada, como um novo Jó arremessado ao abismo.

Fingia que trabalhava. A qualquer momento poderia tocar o telefone e eu – pela voz de minha mãe, de minha irmã – receberia a boa nova, restituindo-me os movimentos, a respiração, a memória, as paixões, tudo o que habilita um monte de carne e ossos para a tarefa normal de ser homem, arrancando-me daquele vazio aparentemente autoinfligido, mas que no fundo parecia imposto por alguma autoridade invisível, uma inevitável pressão de fora, que até poderia chamar de Deus, se Ele não estivesse tão fora de meus planos naquela época (mas... e se eu continuasse fazendo parte dos planos Dele? E se Ele continuasse acreditando em mim, do outro lado da minha descrença?).

Estava quieto, à espreita de algo, como se escutasse meu próprio rio de sangue correndo em mim. Ia ser pai pela primeira vez – estrear minha eternidade. Não importava se, a cada minuto, o tempo me dividia e retalhava. Naquele pequeno ser, que logo estouraria a placenta de Elzinha, estava garantida a minha permanência no mundo. Obediente a Deus, tinha crescido e agora iria multiplicar – um dia seria mil, um milhão. Onde estava tua vitória, ó morte?

Olhava o telefone, que podia chamar a qualquer momento do hospital, com minha irmã anunciando do outro lado: "Vem depressa, Dim. Nasceu! Deixa de ser Jeca-Tatu". Minha irmã era a única representante da família no hospital, enquanto Elzinha gemia e suava com contrações uterinas, tentando a todo custo arrancar nossa filha do paraíso.

Não estávamos junto, provavelmente nunca viveríamos junto, nem depois da Faculdade de Direito, nem depois de – ai de mim – ter lido todos os livros do Ocidente e concluído que a carne era mesmo triste, em Canaviais, Altinópolis ou São Paulo. Mas, além de tudo o que houve entre nós, desejava sinceramente que ela me perdoasse.

Passava das nove horas quando tocou o telefone e o vazio de bueiro cedeu lugar a uma estranha inquietação. Uma voz feminina, que não era de minha irmã, nem de dona Cida, avisava que minha filha tinha nascido. Na hora, não reconheci quem fosse, talvez alguma parente de Elzinha.

– Correu tudo bem? – perguntei aflito.

– Graças a Deus, sim.

Agradeci, e a voz desconhecida desligou o telefone. A vontade era sair depressa para o hospital, mas só fui bem mais tarde, sem saber que o horário de visitas fechava às nove horas. Implorei uma exceção à enfermeira-chefe da maternidade e, finalmente, consegui ver o pedaço de carne comum – ainda meio sujo de Elzinha – que tinha saído de nossa carne dividida.

Dona Cida cumprimentou-me sorrindo, sem deixar de lamentar, mais uma vez, a minha intransigência e a de Elzinha:

– Sei que não é hora de falar essas coisas, meu filho. Mas rezo tanto para vocês se entenderem de novo...

Era clara como Elzinha, tinha os olhos castanhos do pai, e atenderia, enquanto vivesse, pelo doce conjunto de fonemas *Lívia*.

Naquelas primeiras semanas, gostaria de ter ido diariamente vê-la em Altinópolis. Teria mesmo ido, não fosse o ódio de Elzinha por mim, plenamente justificado. Não desgrudaria do berço, pegaria minha filha no colo quando necessário, ajudaria a levar coisas sujas para o tanque, a buscar coisas limpas e cheirosas na cômoda muito organizada da mãe. Um pai, como deve ser um pai nessas horas. Que me importava se a vizinhança, de olho naquela pequena casa, não estivesse entendendo nada, um estranho pai solteiro que todo dia chegasse às sete e dali só saísse às dez para o ponto de ônibus?

Elzinha consentiu, por fim, que fosse ver Lívia uma vez por semana. Nas primeiras semanas, não vinha receber-me nem se mostrava. A avó trazia Lívia até a sala – a mesa de mármore, com cadeiras estofadas de nogueira, era quase tudo o que tinha sobrado da velha casa riofundense – e botava aquela coisinha miúda em minhas mãos. Pegava-a com medo, como se deve pegar uma frágil porcelana chinesa, olhava o rosto inocente que jamais me estranhou, como se já soubesse quem era o cidadão que a embalava.

– Ela sabe que é o pai... – dona Cida dizia-me com os olhos úmidos.

Uma hora mais tarde, acompanhava-me ao portão:

– Até a semana que vem, Hildo. Ando rezando muito para a Nossa Senhora fazer um milagre. Tenho fé na minha oração.

A partir do terceiro mês, Elzinha abrandou-se. Permitiu que o pai proibido viesse quando quisesse. Encerrado o expediente no Banco, duas ou três vezes por semana tomava o ônibus em Canaviais e ia pingar pequenas gotas de papai na frágil memória da menininha esperta. Elzinha aparecia, ela mesma, com Lívia no colo, para dividirmos a graça de ser papai e mamãe.

Na semana seguinte, voltei a Altinópolis com uma fotografia minha – sugestão de dona Cida que resolvi aceitar. Lívia pegou com a mãozinha o pedaço de papel. Para minha suprema alegria, conseguiu relacionar o sujeito que estava de pé, junto ao berço, com aquele outro que aparecia no papel, escorado a um tronco de mangueira no sítio do velho Rielli. Lívia reconheceu o pai. Logo, o pai existia, estava, era – mais que poderiam garantir a certidão de nascimento ou um exame de DNA.

Minha foto ficou em seu quarto, sobre a cômoda cor-de-rosa que mandei a loja entregar "o mais rápido que puder". Não demorou muito, e logo apareceu outra foto – arte de dona Cida – para fazer companhia à minha: Elzinha aos quatorze anos, recebendo o diploma da quarta série ginasial. Para completar a galeria, minha irmã tratou de providenciar uma foto mimosa de Lívia. Veio com a câmera, bateu – e a foto encantou a todos, sobretudo à autora, que jurou transformá-la, em futuro bem próximo, num quadro a óleo muito bonito.

A fotografia de Lívia, depois de circular por toda Altinópolis, veio finalmente descansar entre o pai, sempre apoiado ao tronco da mangueira, e a mãe segurando sorridente o diploma ginasial.

Numa noite, numa das saídas estratégicas de dona Cida para deixar a sós o casal teimoso, mostrei a fotografia à pequena. Perguntei quem era, mas Lívia não soube o que responder. Disse-lhe, então, que era a Livinha. E aí ela entendeu:

– Lifim... – murmurou.

Elzinha não aguentou e tirou-a do berço, cobria-a de beijos. Falsamente enciumada, jurava não compreender aquilo:

– Ela reconheceu o pai, antes de reconhecer a si mesma – olhou-me com ternura.

Uma vontade incontrolável de tocá-la fez-me esquecer de Montaigne, do canto VI da *Ilíada*. E então abracei as duas no mesmo abraço. Elzinha devolveu-a com cuidado ao berço e voltou-se envergonhada para mim, aninhando-se em meu peito. O que mais podia querer no mundo aquela moça? Enquanto chorava baixinho, abraçava na frente de sua filha o homem que a plantara em sua carne. Quando começou a soluçar, com direito a boas lágrimas – "Por que tem que ser assim, Hildo?", perguntava-me trêmula, "Por quê?" –, Lívia assustou-se e passou a imitar a mãe, separando providencialmente o casal em vias de reatar.

Dessa vez, foi ela quem me acompanhou ao portão. De volta à minha cidade e à casa de minha avó (onde já era uma espécie de hóspede no exílio), sentia doer a carne por não ter levado Elzinha à velha cama de casal de dona Cida. Tentava, novamente, socorrer-me de Montaigne, do canto VI da *Ilíada* e de um recém-lido poema de Goethe, que me davam coragem para manter inabalável a decisão:

> *Se aqui estivesse a bela,*
> *Eu lhe daria estas uvas...*
> *Mas que me daria ela?*

Ora, o que me daria ela!... "E então abracei as duas no mesmo abraço. Elzinha devolveu-a com cuidado ao berço e voltou-se envergonhada para mim, aninhando-se em meu peito." Que mais haveria de querer um homem?

Mas o projeto-de-poeta Hildo Rielli não podia enredar-se, não *ainda*, no Doce Ninho. Metáforas e expressões estranhas borbulhavam em minha cabeça, para que providenciasse, urgentemente, o meu testemunho do circo. Afinal, podia morrer amanhã de manhã e o mundo ficaria sem meu ponto de vista, meu comentário do jogo, meu riso escarninho, meu súbito alarme etc. Infelizmente, nessa idade, a gente se deixa iludir bastante por fantasmas.

Como dona Cida insistisse em largar sozinho o casal, ocorreu o inevitável: depois de quase um ano do nascimento da filha, o pai e a mãe voltaram a fazer na cama o que, em geral, costumam fazer pais e mães da maioria dos filhos. Homero e Montaigne não podiam mais nada contra aquele corpo esguio, muito branco, de olhos azuis, com as chamas muito bem escondidas sob a neve.

Passamos a viver como sempre desejara. Dormíamos juntos algumas noites e depois voltava à minha vida de rapaz solteiro, sempre preocupado com meu ponto de vista, meu comentário do jogo, meu riso escarninho, meu súbito alarme... Quase esquecera-me daquele fato antigo, a revelação de Elzinha antes da primeira vez... Confortava-me, de algum modo, não saber com quem ela tinha perdido a virgindade. Podia ser, até, que me casasse. Minha família vivia insistindo, com veemência, na tese do casamento. Dona Cida não mudava a ladainha:

– Vocês precisam voltar de uma vez, Hildo. Pensa em Lívia. Elzinha gosta muito de você...

✺

Depois de seis meses, a pequena Lívia teve sua primeira gripe. A temperatura subiu um pouco. No meio da tarde, dona Cida ligou para o Banco e saí correndo atrás de um táxi. Nessa época, Juquinha ainda não trabalhava na praça. "Minha filha também está sujeita a essas doenças idiotas?", pensei. Até então, o pequeno organismo funcionara perfeitamente, dando a impressão de que fosse invulnerável às tristes oscilações da matéria.

Quando cheguei a Altinópolis, vi uma Elzinha descabelada e apavorada. Começou a chorar assim que me viu. Apavorei-me também. Só dona Cida, calejada do mundo e das pessoas, mantinha-se imperturbável, serenamente ativa:

– Deixa de besteira, gente. É normal.

Estava escrito nos olhos de Elzinha que o culpado daquela primeira doença de nossa filha era eu mesmo, o pai que não queria estar perto, o homem desnaturado que não fizera caso de suas camisolas cada vez mais transparentes, de seus apelos cada vez mais insistentes para morar junto. Insistência e transparência que significavam, a um só tempo, vontade de perdoar e pedido de perdão. Como se Elzinha sempre soubesse que a deixei por não ser mais virgem pura. Como se soubesse de tudo que ficou sob o silêncio, sob minha covardia, sob sua mentira, e agora se humilhasse com aquele pedido de perdão disfarçado de seda e estampado de flores discretas.

Noutra tarde, dona Cida ligou-me para avisar que Lívia andava chorando demais. Não tinha dor de ouvido nem de barriga.

Não era dor nenhuma. A vizinha da direita tinha sugerido que a levassem a uma benzedeira – até sabia de uma muito competente, uma certa dona Justina. A vizinha da esquerda também achava conveniente benzer.

– Quero saber se você não se opõe, Hildo. A Elzinha, que também não acredita nisso, falou que posso levar.

– Pode levar na dona Justina. Depois, por via das dúvidas, passa no pediatra.

O roteiro acabou sendo alterado: primeiro o médico, que não encontrou nada de anormal no corpo da minha filha. Depois a benzedeira, que rezou e pediu a Deus o melhor para Lívia.

Dona Cida, para quem liguei no dia seguinte, contou-me rindo que Lívia já estava tão bem, que até quebrara "aquele disco bonito que você deu para a Elzinha". Elzinha até descobrira uma forma muito canalha de fazer a filha obedecer-lhe: sempre que ela embirrava com alguma coisa ou queria fazer alguma coisa que não podia, a mãe ameaçava-a:

– Quer voltar para o bercinho, quer? – e então Lívia ficava quieta.

Eu era mais pai do que amante. Nas minhas idas semanais a Altinópolis, fui colecionando as primeiras palavras que minha filha começou a usar para tomar posse do mundo, em geral variações engraçadas das palavras ditas por dona Cida e Elzinha. *Buise* era música. *Cádi* ou *cádu*, quadro. *Áua*, água. *Lets*, leite. *Abá*, passear em Canaviais. *Arf*, árvore. *Tum*, foguete. *Au au*, cachorro da vizinha. *Pummmm*, barulho do liquidificador. *Naná*, seu travesseiro ou a camisola cada vez mais transparente de Elzinha, que ela segurava para dormir. Nenê era ela mesma, as outras crianças da rua ou qualquer figura humana em ponto menor, em jornal, revista, televisão. *Fhu*, bem soprado, eram os livros do *bapá* (que era eu mesmo), diferente do *papá* que usava para indicar comida

(comida que, ocasionalmente, inexplicavelmente, também podia ser *méis*).

Começou, já nessa idade, a revelar especial sensibilidade aos sons que vazavam da vitrola de Elzinha, em casa de minha mãe ou mesmo na de minha avó. Bastava alguém ligar o aparelho e aparecer aquele *hummmm* do alto falante, para Lívia gritar:

– *Buise*!

Quando falava isso, levantava o dedinho indicador à altura da face, a meio caminho entre o olho e a boca. Era ali que ficava seu ouvido.

☙

Um dia, minha filha saiu de Altinópolis e do círculo estreito da casa da vovó Cida. Geralmente trazida por Marta, que se dava bem com Elzinha, conheceu outras casas por dentro: a da vovó Augusta, da bisavó Isolina e a da própria tia Marta. Já ficava comigo fins de semana inteiros.

Para não ficar atrás de Elzinha, também descobri uma forma de tornar Lívia mais obediente em suas visitas canavienses. Quando queria que fizesse alguma coisa, bastava pedir o contrário – e então Lívia fazia com todo gosto. No fundo, os dois saíamos ganhando: *bapá*, porque conseguia o que queria, podia ler e escrever mais tranquilo. E Lívia porque tinha aprendido a contrariar-me.

Numa dessas tardes, sentara-me à mesa do meu quarto para escrever, deixando a janela aberta para o quintal sem sol. Lívia arrastou uma cadeira velha até a janela. Gritando *bapá, bapá, bapá*, olhava-me escrever os grandes poemas da literatura brasileira contemporânea. Eu sorri, repeti o seu nome e continuei construindo tenazmente a futura poesia do meu país.

Apontou para a parede do quarto:

– *Cádu Mata*!

Era uma das obras-primas da minha irmã – uma paisagem com montanha, coqueiro, casebre –, gentilmente doada à vovó Isolina.

– Deixa o *bapá* escrever... – implorei.

Como notava que eu não fazia caso da sua presença, desceu da cadeira e foi no tanque aborrecer a bisavó. Lívia já começava a entender que o pai era aquilo mesmo, seria sempre daquele jeito: um sujeito debruçado nuns pedaços de papel para ler ou escrever, com coragem de considerar isso mais importante que dar atenção à menininha bonita e inteligente que arrastava uma cadeira, escalava a janela e vinha, amigavelmente, propor conversa.

Cansada de conversar com bisavó Isolina, pegou uma pequena bacia encostada ao tanque e começou a rodá-la pela parte cimentada do quintal. Minha avó ralhou:

– Faz assim não, filhinha. Barulho... Papai está estudando.

Ela obedeceu contrafeita e saiu falando sozinha pelos canteiros. Parei de escrever, fiquei prestando atenção. Depois, agachadinha atrás das couves, Lívia começou a cantar uma *buise* que ela mesma improvisava naquela hora, uma vocalização sem letra e quase sem melodia. Talvez um canto de resignação, pois o pai a expulsara da janela, a bisavó a proibira de rodar a bacia. Que casa mais chata e proibida era aquela de Canaviais!

Quando, de repente, começou o vento e a chuva, ela saiu correndo pelos canteiros, magnetizada pelas duas coisas mais antigas do mundo.

– Sai já da chuva, malandrinha! – vovó gritava, correndo atrás dela. – Chuva dodói!

Eu fechei a vidraça e saí do quarto, também corri para o quintal. Ela veio rindo para os meus braços. Mas em geral tinha medo do *bento*, que para nós era só o vento. Noutro dia, ficou apavorada com o *bento* que agitava a toalha da mesa e a cortina. Quem seria esse bicho que balançava a cortina e não mostrava a cara? Mas depois ela chegou perto e viu que não tinha nenhum bicho sob a mesa. Eu mesmo abri a cortina e ela pode constatar que ali também não tinha nenhum bicho. E aí o medo acabou.

༒

Mas o vaivém da filha, entre Canaviais e Altinópolis, não agradava à mãe. Com mais de dois anos naquele esquisito namoro, que ocupava os fins de semana e as quintas-feiras roubadas do curso de Direito, Elzinha passou a insistir que fosse morar na casinha de Altinópolis:

– A gente não precisa casar por enquanto, querido. Mas vem morar comigo... Nós duas precisamos muito de você.

Sthendal disse que o amor nada podia recusar ao amor. Tudo parecia encaminhar-se nessa direção, se não fosse certa tarde de sábado, a chuva caindo fininha.

Como sempre fazia depois do almoço, tomei o ônibus para Altinópolis e fui ver as duas principais mulheres da minha vida. A caminho da casa de Elzinha, encontrei por acaso o Osvando. Conversa vai e vem, aceitei o convite para uma cerveja. Uma hora a mais ou a menos não interferiria no meu destino, se casar com aquela mulher fosse mesmo inevitável.

Podia ter falado com Osvando sobre qualquer coisa – futebol, política, Banco –, mas não sei por que cargas d'água fui bulir naquele assunto. Meu subconsciente talvez andasse atrás de pretextos para sabotar o Doce Ninho, cada vez mais próximo.

– Você conheceu os namorados dela, Osvando?

Era influência do tempo feio, sem dúvida. Não é só na poesia romântica que a garoa parece predispor a alma para os abismos e os mistérios. Osvando, como sempre, não sabia de nada. Só sabia que Elzinha era filha de um fazendeiro arruinado de Rio Fundo, já morto, e recebia, pelo Banco, o salário das aulas substituídas.

Depois da terceira cerveja, porém, a memória do colega melhorou. Lembrou-se até de um certo Marcão Beltrani, que já tinha ousado aproximar-se da mãe da minha filha.

– Já faz alguns anos, Rielli. Foi só um rolinho. Águas passadas, como diria o poeta.

Se queria emoções fortes, consegui: a boca do estômago gelou, fiquei trêmulo. Na quinta Brahma, deu-me a ficha completa do sujeito. Novo rico, dono de terras e bois, era divorciado. Andava pela meia-idade e tinha como *hobby* deflorar moças pobres... inocentes... de preferência as mais resistentes e honestas... Não queria levar Elzinha para o cartório civil e fazer dela sua segunda tentativa. Preferia-a como amante. Para ele, o fato de a professorinha ser filha de um Brito de Azevedo nada significava. A futura namorada de Hildo Rielli mostrou caráter – Osvando bateu com o punho na mesa de lata – e decidiu ficar sozinha. Não queria retornar à condição de fazendeira pela porta dos fundos.

– Antes só que mal acompanhada. Marcão é um filho da puta.

Foi então que tive a certeza definitiva, a cruel e confirmatória certeza de que eu era mesmo o mais antigo dos homens, um fóssil pré-histórico que ardia de ciúmes atrozes, absurdamente retroativos – a pior espécie de ciúme. Agora, além da mentira de Elzinha e do hímen rompido, havia um Marcão no meio do caminho, o sujeito que decidira manchar minha honra com antecedência – uma antecedência metafísica... –, e que até podia ser o pai de minha filha, apesar de o rolinho ter acabado há alguns anos. Quem garantia que Elzinha tinha "mostrado caráter" tão prontamente? Quem garantia que ainda não andava se encontrando com ele? Quem podia garantir o quê, nesse mundo?

Não fui ver Lívia e Elzinha naquele dia. Voltei para Canaviais taciturno – não há outro adjetivo para explicar como me encontrava depois de saber do Marcão, caminhando com aqueles sentimentos antigos sob a garoa fria. Eram problemas que um homem moderno pudesse carregar? Voltavam os fantasmas do passado recente, a história da mentira, o ciúme absurdamente retroativo, quase abstrato, sem sombra de rival por perto, o terrível mau gosto de Elzinha ao se apaixonar pelo Marcão do curral, a dúvida sobre o espermatozoide que a fecundou.

Arranquei a máscara com desânimo, completamente desacreditado de mim mesmo. Eu era *aquilo*. Não havia outra saída senão o caminho da solidão – ou uma virgem pura, como Maria Santíssima. Mas quem era Hildo Rielli para procurá-la e merecê-la?

Tudo tinha ficado muito claro para mim, apesar do tempo fechado e a chuva que me acompanhou até a casa da vó Isolina. Para Elzinha fazer sentido em minha vida, a virgindade devia ser parte daquele conjunto louro de olhos azuis, no dia em que, pela primeira vez, a levei para o quarto da pequena casa altinopolense. Não queria uma mulher livre – como se a pobre Elzinha o fosse! –, parecida com as personagens dos romances que lia, nos quais boa parte das damas que me agradavam tinha um comportamento conflitante com a normalidade pequeno-burguesa. E em vez de compadecer-me daquela moça, duplamente vítima de um deflorador irresponsável e um namorado egocêntrico, preferi condená-la pelos mesmos supostos motivos que me fizeram absolver Emma Bovary, que nada tinha em comum com a mãe de Lívia.

☙

Diminuía as idas a Altinópolis, alegava infindáveis trabalhos para a faculdade, horas extras no Banco para aumentar "nossa receita". Já enforcava até alguns finais de semana, que ela considerava sagrados. Era Lívia quem ainda nos prendia, só para ela iam meus cuidados. Era atento a tudo o que acontecia com ela, o que compensava a frieza com que tratava a mãe – Elzinha, de certa forma, sentia-se atingida por meus desvelos.

Com dois anos, Lívia e o *bento* ficaram grandes aliados. Foi um ano de muita chuva, com a terra encharcada no quintal de vovó. E nos outros três quintais que ela frequentava além desse: o de dona Cida, da minha mãe, da minha irmã. O de Luísa, irmã de Elzinha, era um quintal todo cimentado e sem árvores em Ribeirão Preto. Desse, Lívia não gostava.

Mas havia o *bento* vergando as árvores e entortando as antenas de televisão da rua Duque de Caxias. Certa vez, Livinha correu para o quintal e parecia querer subir com o vento, imitando os passarinhos que voavam no céu. O máximo que conseguia, depois de pequenos arrancos para cima, era erguer-se a um palmo do chão. Não demorou muito para aprender que isso também era impossível.

Numa daquelas tardes de domingo, percebeu o bem-te-vi cantar e saiu no quintal para melhor ouvi-lo. Voltou correndo à cozinha e arrastou uma cadeira para fora de casa, até a goiabeira. Subiu. Ouvia-o, concentradamente. Logo o passarinho assustou-se e saiu voando pelo céu. Então ela começou a traduzir em seu dialeto, cantando muito afinada, uma cantiga que tia Marta lhe ensinara:

Bem-te-vi, bem-te-vi,
Canta logo ao romper da aurora,
Bem-te-vi, bem-te-vi,
À menina gentil.

Em seguida, arrastou a cadeira até minha janela e perguntou se eu tinha ouvido o *pilazinho*, que, em seu vocabulário particular, era passarinho mesmo. Jurei que sim, dei-lhe um beijo na testa e continuei substituindo palavras no papel.

Mas eu em Canaviais, falando cada vez mais baixo, e Elzinha em Altinópolis, quase do outro lado do mundo... O que a pobre inocente estaria achando de tudo aquilo? Como a mãe resolvia as dúvidas que iam aparecendo na cabecinha da pequena curiosa?

Não me lembro de Lívia perguntando-me sobre o fato de papai e mamãe não morarem junto, mas certamente pescava, nesse estranho e turvo lago, algumas duras verdades que ia guardando na memória – e que, muitos anos depois, estouraria com numeroso cardume de espanto e decepção.

Um dia, peguei Livinha olhando-se seriamente no espelho da cristaleira, talvez confusa diante daquela inesperada duplicação do mundo e de si mesma. Do outro lado da cristaleira, havia uma outra realidade, paralela à nossa, e da qual não podia participar, senão rindo para a outra menininha que também mostrava a cara do outro lado, imitando-lhe os gestos de cá, o bilu-bilu-teteia, a língua de fora.

Para um mundo inacessível, talvez como aquele do outro lado do espelho, é que logo partiria o *bapá*, abandonando pela primeira vez, e com muito remorso, a menina mais bonita e inteligente do mundo, para só voltar quando ela já era moça. A transferência para uma agência em Taboão da Serra, na Grande São Paulo, era coisa quase certa. Bastava o meu sim. Meu pai, minha mãe, minha avó, minha irmã e o resto da família diziam não. Talvez prima Maria Rita me tivesse apoiado, mas estávamos em planetas distantes.

– Você é um irresponsável, Dim – quase me martelava o nariz o dedo acusador de Marta, porta-voz da indignação familiar.

– Você ainda vai conseguir o que quer: me matar do coração – dona Augusta ameaçava-me. – Um pai que abandona os filhos é um desnaturado. Não foi para isso que te criei, Dim!

Saía de perto, não queria confrontos, mesmo porque não estava com dicção ideal para polêmicas. Passei, mais ostensivamente, a evitar Elzinha. Quando soube da transferência, já imaginando que ela e Lívia não estavam incluídas naquela mudança, fez chegar até mim, por minha irmã, os votos de muito sucesso e felicidade. Ela é que seria feliz sem a minha companhia... Não sabia o que estava ganhando, quando se viu livre de mim. Consolava-me, de certo modo, saber que o mal que lhe causei com a separação seria muito menor que o da convivência diária, quando o animal ciumento começasse a Santa Inquisição.

VI

Era um fim de tarde, em São Paulo, vários anos depois. Aproveitando a última luz da tarde, lia com a página do livro voltada para a veneziana aberta, talvez esperando por uma brisa que diminuísse a opressão do quarto. Como aquelas brisas de longe, de Canaviais ou de Altinópolis, que sopravam na varanda da avó e viravam as páginas dos romances enquanto cochilava. As mesmas, enfim, que depois deixariam a pequena Lívia em êxtase.

Maria Rita não precisava pedir licença e entrou no quarto em penumbra, cigarro na mão, os quadris balançando sob a bata cor de vinho.

– O que está lendo tão absorto, primo? – sentou-se na cama do namorado, no outro lado.

Notei-lhe os olhos vermelhos, como se tivesse chorado. Quase estendido na cama, agora com o livro descansando no peito, poderia ter respondido que não conseguia, naquelas primeiras semanas de São Paulo, concentrar-me nas páginas dos livros. Tudo ainda era muito estranho para o rapaz da roça, que vinha transferido para uma agência do Banespa na Grande São Paulo e pretendia tentar a sorte literária na metrópole.

Fechei o livro. Antes de deixá-lo no criado, virei-lhe a capa. Ela fez um comprido humm e leu:

— Já tentei ler. Fui vencida pelo tédio e por aqueles terríveis jesuítas.

Maria Rita continuava adorando uma disputa. Acomodou-se melhor na cama do namorado, o braço apoiado na cabeceira que rangeu um pouco (se viesse a brisa, os cabelos ruivos poderiam estremecer de leve, como um trigal). A perna direita subiu para a cama, compondo com a outra um triângulo de bordas pardas – a cor da sua calça –, sobre o fundo azul-marinho da manta de Túlio. Os pés, que nunca aprovei irrestritamente e agora estavam livres da sandália de couro cru, apareciam mais brancos e delicados do que sempre foram, delicados demais para aquele novo e inquieto corpo da prima, de rosto quase convulsivo, e que as sardas deixavam ainda mais dramático. Parecia a única parte que não sofria naquela escultura de moça intelectual, angustiada por problemas ordinariamente pouco femininos.

— Gostei mais da obra seguinte do autor — ela completou.— Mudou a história do romance e da linguagem.

— Comecei várias vezes e parei em todas elas — disse para provocar, no velhinho joguinho de antes, embora esforçando-me desconfortavelmente por ser ouvido. — Também vitória do tédio.

— É um direito nosso — Maria Rita sorriu. — Direito e uma espécie de maldição. Seria tão bom poder gostar de tudo...

Esticou o rosto até a velha mala de viagem que nossa avó comum me emprestara, interposta entre minha cama e a do namorado Túlio, que concordara em dividir comigo o quarto, depois que a prima soube que vinha transferido para São Paulo. Ela mesma ligou para Canaviais, insistiu que aceitasse a pensão provisória, enquanto não achasse coisa melhor. Garantia que ia me dar bem com o Túlio e dona Rita, sua futura sogra e xará, que não acharia nada ruim receber um aluguelzinho no final do mês. E ela mesma foi esperar, na antiga rodoviária, o caipira de mala na mão que desceu meio espantado do ônibus da Cometa. Como a gente não se falava há muito tempo, e o táxi pegou um engarrafamento de quase uma hora até o apartamento em Santa Cecília, deu para trocar algumas informações básicas dos dois lados.

Maria Rita ficou assim estendida, as ancas um tanto ressaltadas, apesar da bata larga, enquanto investigava a biblioteca de dois palmos, improvisada sobre a mala. Leu os nomes dos autores:

– Só os medalhões...Você tem alguma coisa contra a *minha* época?

Havia petulância naquele uso do pronome, mais excludente que possessivo. Gostaria de deixar bem claro que não me sentia muito à vontade na *sua* época, mas limitei-me a explicar:

– Foi o que coube na mala, enfiado meio às pressas. Vou trazer o resto depois, se houver depois.

– O que a gente escolhe no sufoco é mais emblemático. São os teus arquétipos – riu. – Os atos falhos do espírito...

Como a prima tinha ficado esperta e metida! Sentei-me na cama. Ela estava completamente deitada e virada para mim, a perna esquerda sobre a direita, o braço servindo de coluna à cabeça, a cabeleira ruiva esparramando-se no lençol. Cinzeiro sob o peito, batia de leve no cigarro para a cinza cair, mesmo se não houvesse cinza suficiente. Eu não poderia continuar daquele jeito: apesar de em camas separadas, me parecia inoportuno ficar na mesma posição de Maria Rita – os dois estirados, conversando quase sem luz, olhando um para o outro como se ainda estivessem na casa da avó, em Canaviais. Mas há muito que já não estavam: ela tinha um noivo e eu ainda trazia o coração muito cheio de Elzinha.

Com a cabeça feita pelo Pazzeto, de quem continuou amante depois que veio para São Paulo, a prima virou bacharel em Filosofia pela USP e estava completamente rendida ao "pensamento dialético", como preferia chamar o marxismo frankfurtiano, no qual fundamentava o que classificou de sua "modesta ação cotidiana contra essa nojenta ditadura militar". Trazia na ponta da língua uma terminologia incompreensível para mim, sobretudo a hegeliana. Seus gurus eram Walter Benjamin e o primeiro Lukács, mas já se dizia seduzida por um certo Michel Foucault, de quem eu nunca tinha ouvido falar. Dizia-se filósofa como eu poderia dizer que era bancário – uma classificação que para ela era profissional e prática.

Algumas semanas depois, soube que já preparava uma dissertação de mestrado, com bolsa da mesma universidade, sobre a autobiografia de certa atriz americana, Frances Farmer, orientada por certa professora doutora Teresa Schneider. Continuava, porém, com algumas aulas de História numa escola judaica, depois de ter ensinado por um ano na periferia.

– Vai ser uma abordagem benjaminiana da infelicidade dela... – explicou-me num daqueles fins de tarde no quarto.

Quando lhe disse que também nunca tinha ouvido falar da atriz americana Frances Farmer nem da doutora Schneider, espantou-se:

– Você fez bem em sair de Canaviais, Dim. Antes tarde que nunca.

Era a primeira vez que voltava a chamar-me pelo apelido. Quando lhe disse que literatura podia ser lida, ou feita, em qualquer aldeia, olhou-me com desprezo:

– Se a poesia não se abrir à história e à dialética, tá condenada a falar sozinha – decretou. – Não pode haver história nem dialética onde nada acontece.

Por pura provocação, socorri-me de um poeta espanhol:

– Quem fala sozinho, espera um dia falar com Deus...

Diante de alguma formulação que lhe parecesse absurda, era comum a antiga Maria Rita soltar do cigarro uma baforada prematura, antes da fumaça lhe ter percorrido toda a alma e o corpo, como alguém que tivesse urgência de atacar. Mas a de agora, contrariando as expectativas do espantado interlocutor, saía-se com aquela fala tranquila e cheia de si, quando ele esperava o velho torpedo verbal:

— Deus não marca entrevistas individuais. Prefere plateias maiores.

Com quem a diabinha tinha aprendido a exprimir-se daquele jeito, ao mesmo tempo em que conseguia guardar para batalhas mais importantes o antigo gênio explosivo? Com a filosofia da USP é que não seria. Foi o sofrimento, sem dúvida. Aquele sofrimento de Canaviais contra o qual eu não tinha movido sequer uma palha – e depois, cinco ou seis anos mais tarde, ainda ser recebido como um irmão naquele lugar estranho.

Onde estava aquela moça agitada, que entrava depressa na casa de vovó, como se trouxesse uma notícia urgente ou viesse buscar informações preciosas, mas sempre atrás de alguma coisa muito importante? A rigor, não procurava nada. Era somente o seu jeito de ser – bem ao contrário da mulher agora, como que possuída por uma calma que nada tinha a ver com a antiga turbulência, uma calma intimidadora, com as palavras sacadas lenta e provocadoramente da língua.

Os óculos tinham deixado marcas em volta das órbitas fundas, com dois olhos miúdos e atentos, com o discreto e irônico estrabismo que eu conhecia muito bem. Não podia dizer que aquele rosto sardento estivesse feio, apesar de aparentar mais idade que realmente tinha. A expressão era quase sempre dolorida, como se uma inquietação funcionasse sem pausa em sua alma, e cada palavra ou gesto – bater no cigarro sem necessidade, contração do rosto, mudança rápida de posição na cadeira – fossem traduções imperfeitas daquele desconforto interior, sinais de certo modo envergonhados da própria fragilidade e por isso vestiam a capa da presunção. Era difícil precisar, no caso dessa doida criatura, onde terminava o camarim e começava o palco.

Maria Rita mexia em meus livros, quando estava no Banco. A biblioteca de dois palmos aumentava devagar, chegou a um metro, logo a dois, com as visitas semanais aos sebos. Vinha para casa antes do Túlio, e logo sentia o cheiro de cigarro no quarto, os livros fora da ordem habitual. Noutras vezes, era a colcha da cama enrugada e até morna que denunciava a presença recente da filósofa.

Sabendo do seu hábito, parei de guardar rascunhos em livros – numa novela de Conrad, achei uma recente e comprometedora carta que não tive coragem de enviar a Elzinha –, passando a escondê-los entre as caixas que ocupavam o fundo do quarto, com alguns móveis que o namorado (como ela dizia, ou noivo, como dizia ele) já tinha comprado para o futuro apartamento. Pobre Túlio! Muitas vezes, divertia-se olhando para aquele pequeno caos de coisas encaixotadas: máquina de lavar, geladeira, fogão, cama. Perguntava-se se tudo aquilo, um dia, estaria ordenado e distribuído de acordo com a função de cada peça, num ambiente comum, para mim completamente absurdo, ao mesmo tempo de Túlio e Maria Rita. Parecia-me inacreditável.

Algum tempo mais tarde, confessou que vinha mesmo deitar-se em minha cama:

– Depois que o pai do Túlio morreu e dona Rita começou a dar pensão, essa cama era a minha. Minha mesmo, comprada numa loja de móveis usados.

Antes de começar a namorar o filho da mulher que lhe dava pensão, dividia esse quarto com uma colega da USP.

– Ainda não me desacostumei daqui. De vez em quando me pego entrando aqui, abro a veneziana e me sento aí onde você está. É um ângulo que adoro.

Automaticamente, olhei para fora: vi os dois prédios adoráveis, uma adorável e cinzenta faixa estreita de céu, ouvi o barulho adorável subindo da rua – buzinas, motores, gritos desconexos.

– A cama ainda é sua. Sou trem de passagem na estação – tranquilizei-a.

– Pensa em sair logo daqui? – perguntou, me pareceu, só por perguntar, sem nenhuma preocupação com o destino do trem.

Confesso que, mesmo quando já tínhamos recuperado parte da antiga amizade, nada me encabulava mais do que o jeito quase indiferente com que ela me olhava, ao cruzar por mim no corredor ou na cozinha do pequeno apartamento. Algumas vezes, mesmo, com uma gélida indiferença, como se ainda não tivéssemos sido apresentados. Noutras, ao contrário, era de uma expressão benevolente e até maternal. Cheguei a desconfiar, em princípio, que Maria Rita estivesse representando o papel de filósofa displicente, mas a conclusão que se impunha cada vez mais era a de que tivesse aumentado a lacuna de telhas naquela cabecinha ruiva.

– Ainda não sei – respondi-lhe. – Penso alugar um pequeno apartamento.

– Não tem melhor coisa no mundo, primo: um lugarzinho só meu e do Túlio. Também não vejo hora de sumir daqui!

Andava mesmo distante o tempo em que eu sofria de ciúmes, só de ouvir a prima falar em outro homem. Acabou. Tata acabou. Tinha uma prima que se chamava Maria Rita, que estava sendo muito camarada comigo e exatamente mais nada. Agora os ciúmes eram só por Elzinha e por Lívia, quando me lembrava das duas morando sozinhas em Ribeirão Preto.

☙

Antes de me mudar para a quitinete da rua Bela Cintra, foi Maria Rita quem me apresentou São Paulo, levando-me a lugares que, segundo ela, "tinham de estar, obrigatoriamente, na agenda de uma pessoa afinada com a época".

— Com franqueza, ando pouco entusiasmado com minha época e essa cidade — tentava esquivar-me. — Cansei de ser moderno sem nunca ter sido.

— Como é medroso! — dizia-me sem nenhuma chance de erro. — Amanhã é sábado e temos o dia livre, eu, você, Túlio. Vamos começar com um *tour* especial pelos museus. A cidade não mostra a cara de uma vez, sabia? É cheia de segredos, uma hidra de muitas faces. Você anda meio espantado com algumas delas, quem sabe as mais antipáticas. Mas há outras, muitas outras, você vai ver. Coisas que a gente nem imaginava naquele cu-de-mundo, primo.

Supunha que houvesse. Quando eu falava mal da sua cidade adotiva, aquela pauliceia de trezentas, trezentas e cinquenta faces ocultas, Maria Rita me reduzia serena e filosoficamente a pó. Cidade que fazia História era assim mesmo: cruel. Não havia parto sem dor. Canaviais era tranquila porque não contava. E ela considerava-se criatura e criadora daquilo tudo à nossa volta, participante da sua primeira causa, presente na sua última consequência — faces que eu e o míope Túlio, pouco chegados em prismas e filigranas, jamais enxergaríamos.

Era justamente por elas — as faces simpáticas daquela cidade — que afinal estava ali, distante da minha filha Lívia, transferido para uma agência do Banco, em Taboão da Serra. Para um sujeito metido a fazer versos, atrás de projeção fora do âmbito papai-mamãe-vovó-filhinha, não parecia haver alternativa.

São Paulo diminuía o volume da minha voz como nunca antes na vida, ao mesmo tempo que me esforçava por esconder a deficiência. Conseguia, talvez, enganar um e outro, embora as palavras soassem desagradavelmente roucas. Maria Rita nunca mencionou o fato, mas era enorme o descontentamento pessoal com aquela eterna *diferença* entre o que gostaria de dizer – tinha uma alma de certo modo loquaz – e o que realmente saía da boca, depois de um esforço que acabava por interferir na organização do pensamento. Não se tratava só de voz baixa, mas, em certas horas, de um grande cansaço com as palavras, uma dificuldade em chegar até o final do que era preciso dizer. A consequência era que me tornava lacônico e, nos melhores momentos, conciso, quando na verdade era um sujeito fragmentário, pela metade, impedido ou envergonhado de exibir-me como era, ou pelo menos como julgava que fosse.

Não diria que a decisão de escrever poesia tivesse algo a ver com essa *diferença*, o canal entupido da linguagem, as palavras abarrotando o almoxarifado... Os poemas vinham de antes, da época da rua Duque de Caxias, quando o sussurro não era um problema grave – e que só apareceu depois que abandonou a esposa e a filha. Agora estava pesado de culpas e, além do mais, cercado por aqueles prédios sem fim, aquelas pessoas muito apressadas. Mas deve ter influído, sem dúvida, na forma compulsória de praticar a versalhada e no desejo de transcender definitivamente a limitação fisiológica da língua e das cordas vocais, para ser ouvido de forma mais essencial, mesmo sabendo que o auditório da poesia ia ficando cada vez mais sem cadeiras.

O primeiro passeio pelos museus não contou com o consultor Túlio, que analisava minuciosamente o dossiê de uma empresa em crise e não podia perder tempo com essas coisas de arte. Fomos só os dois, com inteira aprovação do namorado.

Nem nos acompanhou, duas ou três semanas mais tarde, à comemoração do Bloomsday joyceano. Como o *Retrato do artista quando jovem* era o livro que lia quando pela primeira vez conversamos no quarto, a prima achou que o escritor irlandês era santo definitivo do meu altar. E então, sem maiores consultas, arrastou-me ao sobradinho do *Finnegan's Pub*, simpaticamente revestido de carvalho por dentro. Parado na porta do bar, que ficava numa esquina pontuda e ameaçadora como uma seta, eu via o pequeno teatro de vaidades à minha frente. Havia alunos da USP e da PUC inflamados contra a ditadura, atrizes representando o papel de mulheres sabidas, belas modelos à procura de investimento espiritual, todos os concretistas e pós-concretistas da pauliceia.

Como eu me julgava um poeta autêntico, que usaria gravata amarfanhada e paletó ensebado se vivesse em Dublin, desculpei-me pelo mau jeito:

– Não entro nisso aí, Maria Rita.

Ela insistiu pouco. Viu logo que minha decisão era inabalável, e jurou que também não queria entrar, que achava tudo muito vazio e superficial etc. Mas acabou ficando:

– Acabei de ver a Cris lá no canto. Ela vai me ajudar a sofrer o ambiente... Gosto de me submeter a essas torturinhas de vez em quando.

Disse tchau a Maria Rita, ao Bloomsday e ao *Finnegan's Pub*, o último lugar da cidade e os últimos cidadãos do mundo – eu podia jurar por Maria Santíssima – com quem o pobre James Joyce se sentaria para um *drink*.

A militante Maria Rita me ensinou, também, o caminho de alguns bares onde as pessoas podiam beber e conversar sobre as *Diretas-já*, mas como eu não tinha o menor interesse em conversar sobre política, eram endereços logo esquecidos em favor de outros, em que a música razoável prevalecia sobre a política, como a *Lira Paulistana* e o *Madame Satã*. E ainda o *Riviera*, o *Ponto 4*, algumas boates de música brasileira e jazz. Havia os museus e os sebos. Fui à Vila Madalena ver cinema independente, com parada no *Bar da Terra* para uma caipirinha. No cineclube da Getulio Vargas e do Bexiga, vi com certo entusiasmo dois ou três Bergman e, morto de tédio, alguma coisa da *nouvelle vague*.

Nunca me conseguiu arrastar a um show "do Chico", "do Gil" ou "do Caetano", como ela intimamente dizia, poetas que botava no mesmo nível de Bandeira, Drummond, Quintana. A Livraria Francesa foi verdadeiro achado, onde passava horas, algumas vezes repartidas com a Duas Cidades e a Italiana. Maria Rita preferia a Brasiliense, farta em ciências sociais e filosofia otimista.

Quando quis me levar para os teatros, cortei na raiz:

– Necas de catibiriba. Não vou com teatro.

– E o *Antônio e Cleópatra* na tua mesa? E o Tchekhov de quem você fala tanto?

– É só para ler.

Durante todo o tempo em que fiquei em São Paulo, não botei os pés num teatro, numa sala de concerto, eu que não vivo sem ouvir esse tipo de música, e nem noutros lugares parecidos, que "tinham de estar obrigatoriamente na agenda de um sujeito afinado com sua época".

Mas, sempre arrastado por ela, passei por outros lugares menos sagrados, barulhentos e animados, ainda que na medida insuficiente para apagar ou mesmo esmaecer, na memória, as figuras de Elzinha e Livinha, sobretudo minha filha, cuja lembrança me enchia de sofrimento e para quem compraria, assim que pudesse, custasse o que custasse, um piano de marca boa e novinho em folha.

Por intermédio de Maria Rita, conhecia pessoas estranhas e presunçosas que queriam mudar a face do mundo. E outras, também presunçosas e estranhas que, como eu, tinham o estranho hábito de juntar, gratuitamente, palavras com palavras em folhas de papel, passadas de mão em mão naqueles bares inteligentes, entre rodadas de chope e conceitos de tal sutileza, que só iniciados naquela igreja podiam entender.

Não demorei a dispensar a cicerone, politizada demais para o meu gosto, e caminhar pelas minhas próprias pernas. Já sabia aonde ir, com quem devia falar. Até a lembrança de Elzinha e Lívia já importunava menos. Enquanto eu, nas horas livres do Banco, só pensava na *minha* poesia, a priminha paulistana preferia ocupar o tempo com política estudantil: não saía do Centro Acadêmico 11 de Agosto, quartel-general do movimento estudantil. Simpatizava com certa facção de esquerda, *Liberdade e Luta*, a *Libelu* trotskista.

– Quem diria, a Tata, hein? Uma radical.

– Radical mesmo! Gosto de tomar as coisas pela raiz.

Alastrava-se pela cidade a febre da grafitagem de muros, politizada ou alienada. Maria Rita acreditava que boa parte da melhor atual literatura do país estava ali, mas punha-se furiosa com uma delas: "A vida é um barato. O povo é que acha caro", pichada em parede do cemitério da Consolação.

Era a gloriosa época em que universitários da PUC e USP gritavam "Abaixo a ditadura", manifestando-se contra as bombas de gás lacrimogêneo e os cassetetes do coronel Erasmo Dias. A palavra do dia era *abertura política*, espécie de senha mágica para um paraíso que se abriria depois, quase automaticamente. Pipocavam as greves do ABC. Um dos orgulhos da prima era ter sido apresentada, pelo Pazzeto, ao *companheiro* Lula da Silva, que andava à frente de um partido operário recém-criado por sindicalistas, professores e padres.

– Sou uma das fundadoras do Partido dos Trabalhadores, Dim. Quando quiser, trago os estatutos para você conhecer.

Certa vez, num barzinho da rua Augusta de cujo nome não me lembro mais, e que ficava no sobrado em que morou Oswald de Andrade, única razão pela qual me levou até lá, contou-me como tinha ido parar no xilindró. Era o final de 1977. Naquela noite, tinha dois compromissos em vista e devia escolher um deles: ver o filme *Testa de ferro por acaso*, que estreava num cinema da cidade, ou tomar o circular do Butantã para a USP, onde haveria uma assembleia da UNE. Ficou tão indecisa que quase preferiu ficar em casa. Por fim, deixou o coração decidir: iria à USP. A assembleia durou pouco, logo dissolvida pela polícia. E Maria Rita ainda levou uns esbarrões doídos de um meganha, quando se recusou a subir no camburão. No final de tudo, acabou se considerando até uma sortuda, por ter participado mais intimamente da História...

— Viu no que deu trocar a arte pela política? — provoquei.

Então ela me classificou sem dó, com aquele jeito tranquilo com que dizia suas grandes verdades:

— No fundo, você é um *reaça* como o Túlio. Mas aprendi a gostar dos *reaças*, como Cristo gostava das ovelhas desgarradas. Ainda quero ter o gostinho de te converter à nossa luta.

Prova da minha mentalidade *reaça* eram aquelas roupas *caretas* de bancário, das quais vivia escarnecendo:

— O Túlio, tudo bem. Mas você, primo...

Conseguiu, pelo menos, que eu trocasse a calça social pela jeans. Já era um progresso... Na verdade, o *do it yourself* era naquela época um dos "princípios fundantes da minha práxis", como disse, certa vez, sem nenhum pedantismo. Quando pedi, noutra ocasião, que me acompanhasse a um *shopping* para um modesto sorvete de milho verde, dissertou meia hora, serenamente, a favor de feiras *hippies* e comida macrobiótica, dissecando a sociedade de consumo com impiedosa lucidez adorno-marcusiana — embora nunca tenha abandonado, de todo, o velho bife com fritas, a *pizza* napolitana e a empadinha com pimenta. Eu dou testemunho.

Ficava até altas horas, no seu quarto abarrotado de almofadões, ouvindo o que chamava de música alternativa — Ravi Shankar, Rolling Stones, Led Zeppelin, Bob Dylan, o último Coltrane, John Lee Hooker, sobretudo este último.

Numa tarde em que dona Rita saiu para as compras, fiz a seu lado a estreia pouco entusiasmada no Hooker, sem desejar o capítulo seguinte.

— Você não sabe a tortura que é não poder puxar um fuminho no meu quarto, primo!...

Repetia *ad nauseam* o blues "Little rain", que poderia ser o tema musical deste capítulo de lembranças, se a própria Maria Rita, numa futura e nefasta noite, já na quitinete da Bela Cintra, não tivesse ela mesma escolhido o "Coro dos Peregrinos", da *Tannhäuser*, como o verdadeiro fundo musical dos dois priminhos.

෴

Tudo isso dava para aceitar. Só uma coisa, porém, eu não conseguia entender de jeito nenhum: o que Maria Rita tinha visto num sujeito como o Túlio, economista de impecáveis ternos e horrorosas gravatas, empregado num escritório de consultoria de empresas da Consolação? Se Maria Rita, na visão do namorado, seria sempre, inevitavelmente, o outro lado de sua mesmice, a encarnação do inacessível e do diferente, a eterna promessa de aventura, Túlio não devia passar, para ela, de um joão-ninguém de luxo.

Um dia perguntei, numa daquelas conversas de quarto:
— E vocês dois, Maria Rita?
— Sei lá, Dim — olhou os móveis que o consultor vinha acumulando naquele quarto. — No quarto da mamãe Rita tem mais um pouco... Ele quer casar, você já pode perceber.
— É difícil acreditar que vocês dois... — disse-lhe, sem necessidade de terminar.
— Você acha mesmo difícil? — olhou-me.

Não respondi, nem ela disse mais nada. Mas voltei àquele assunto noutro dia, num café do Bexiga:
— Você vai conseguir viver um dia depois do outro com ele? — enchi-lhe o copo de cerveja.

Dessa vez, não vi em seu rosto nenhuma careta de dúvida ou desagrado. Esmagou o cigarro no cinzeiro e mudou de posição na mesa, encolhendo as pernas para cima da cadeira. Abraçou-as na altura dos joelhos, com a sem-cerimônia de quem estivesse na própria sala:

– Talvez a gente fique junto um dia... Talvez não... Como posso garantir agora o que vai ser amanhã? – virou um pouco da cerveja, riu: – Túlio é a pessoa mais estranha que conheço, Dim. O mundo pode estar desabando em volta dele, que ele fica no meio dos escombros assobiando, estoicamente, o "Tico-tico no fubá". Isso me provoca, compreende? Provoca no sentido etimológico. Fico louca para entender como é que pode...

– E você, entre os escombros, tentando reerguer o mundo derrubado...

– Pode até ser – ela riu mais alto, chamando a atenção das pessoas. – Mas juro que amo esse desclassificado. Juro por Deus!

– Ele não retribui com a mesma moeda, pelo que pude perceber. Ele simplesmente quer uma esposa, e você não me parece a candidata ideal, se a gente levar em conta esse tipo de expectativa...

– Aí é que você se engana. Ser amada me incomoda um pouco, sabia? Prefiro amar que ser amada. E a indiferença de Túlio me deixa mais à vontade para gostar dele. Mas será que vale a pena colocar as coisas em termos de casamento?... Gostar dele, hoje e agora, disso tenho certeza – riu alto outra vez. – Adoro aquele babaca jurídico, o terno de pastor presbiteriano, as gravatas horríveis!

Eu olhava disfarçado e com vergonha para as outras mesas, como sempre acontecia quando ela dava aquelas risadas. Percebia meu desconforto, o que só lhe aumentava o prazer de rir, rindo dobrado para deixar mais constrangido o primo da roça.

Quanto ao Túlio, sempre foi um sujeito muito ocupado, sem tempo para ninguém. Os problemas passados de Maria Rita, na época do professor Pazzeto, nunca o incomodaram. Era um homem do presente. Quase o perdia de vista, apesar de morar no seu apartamento e dormir no seu quarto. Nunca entrou na quitinete da rua Bela Cintra, que aliás me ajudou a alugar. Nossa conversa mais demorada foi quando voltávamos da imobiliária que me alugou a quitinete, e da qual ele foi o fiador. Tinha começado a chover e fomos obrigados a parar num barzinho tranquilo da Oscar Freire. Veio uma cerveja, falamos de algumas coisas sem importância. Como a chuva não parava e não havia mais do que falar, chamou um táxi e fomos embora.

– Acho que é por isso que eu gosto tanto dele. Por ser o meu avesso, compreende?, o meu absurdo diferente, embora nada me inquiete mais, já te disse, que ver um sujeito como Túlio, que não é burro, totalmente distante das questões que eu considero fundamentais, como a participação política. Ele é petista, como eu. Dá um por cento do salário para o partido, como manda o estatuto. Tem carteirinha de filiação... E pronto. Nada mais que isso. Os princípios socialistas que se fodam.

– Burros são todos vocês, dando dinheiro para partido...

– Lá vem o meu priminho reaça... Dim, você sabe o que é que o burrinho fez quando passou por Barrinha? Barrinha é aquela cidade da nossa região. O pai do Túlio veio de lá.

– Perto de Ribeirão, onde mora minha filhinha.

Jurava, porém, ignorar o que o burrinho tinha feito ao passar por Barrinha.

– Deu um berrinho, primo! – riu como uma idiota. – Pois saiba que foi o Túlio que me propôs, um dia, essa questão transcendental, seguida de resposta não menos profunda.

– Ele é um especialista em trocadilhos.

– Fica sabendo, de uma vez por todas, que o burrinho, quando passou por Barrinha, soltou um barrinho e deu um berrinho...

Depois, sempre por associação, ele acrescentou outro detalhe à narrativa, que ia ficando cada vez mais completa: o burrinho, quando passou por Barrinha, soltou um barrinho e deu um berrinho. Até chegar à forma que podemos considerar definitiva, pelo menos em língua portuguesa: o burrinho, quando passou por Barrinha, fez uma birrinha, soltou um barrinho e deu um berrinho. Não ficou ótimo? – pediu outra cerveja. – Eu acho que ficou. Túlio também é poeta. O burrinho de barrinha merecia um grafite nalgum muro da Paulista.

༺༻

Passei alguns meses na *pensão* de dona Rita, antes de alugar a quitinete. A presença constante da prima e a prática quase diária daquelas conversas profundas já me tinham deixado sábio na medida suficiente para desejar outra vez a solidão. Não queria brigar de novo com Maria Rita, mas ideias tão diferentes em atrito cotidiano só podiam levar ao confronto.

Além das conversinhas filosoficamente perigosas, havia outro perigo. À medida que voltava a se estreitar a ligação dos primos, preocupava-me o que Túlio estaria pensando daquilo tudo. Tudo bem: era difícil ele se preocupar com alguma coisa, além de si mesmo e dos processos, mas, afinal, eu já o substituía em quase todas as obrigações de namorado, exceto a principal. Antes que isso acontecesse, era bom estar bem longe dali.

Quando lhe falei da mudança, nuvens escuras passaram lentamente pelos olhos da prima. Eu também sentiria a separação: a amizade também cria os seus hábitos, e removê-los implicava uma certa taxa de sofrimento, que só podia ser paga em muitas parcelas. Apesar de moça independente, eu era a sua única referência familiar naquela cidade enorme e absurda. Desaprovou com os olhos, mas reafirmou com as mais belas palavras o meu direito a ter um lugar exclusivo, pois morar sozinho era a "liberdade suprema". Disse-lhe que não precisava tanto: me bastavam uns fiapos dela.

☙

A primeira visita da prima foi numa sexta-feira de algum frio e muito cansaço, um mês depois da mudança. Ela entrou e jogou a bolsa de couro cru no chão:
— Que amigo é você, hein... Nem um telefonema, nem uma passadinha pelo apartamento. Foi tão maltratado assim lá?
— Não fala isso... Foram todos ótimos, sobretudo você. Até pensei que você estivesse feliz com minha saída.

Não respondeu, preferindo olhar em torno com desprezo. A sala-quarto reduzia-se a uma cama, um pequeno sofá, uma cadeira de braço, os livros e um toca-discos de péssima qualidade, comprado numa loja de usados.
— A cela hedonista do monge... — escarneceu a filósofa, recostando-se na cama e acendendo um cigarro. — Sempre tentando conciliar Epicuro com Sêneca, num eterno vaivém sobre o muro...

Eu não tinha nenhuma vontade de filosofar, e contra-argumentei com um desanimado muxoxo. Razões não me faltavam para tão baixo astral. No começo da tarde, tinha recebido um telefonema de Marta, informando que Elzinha estava namorando um professor de Ribeirão Preto. Fiquei mal do estômago, uma forte azia que o copo de leite, bebido no bar da esquina, só tinha piorado. Mas nada contei à prima.
— Dona Rita foi num centro espírita. Dá para acreditar? O Túlio viajou até a cidade do pai, a tal Barrinha do burrinho.
— Naqueles lados é que eu gostaria de estar agora, longe dessa porcaria cheia de prédios, carros e pessoas apressadas.
— Lá vêm os clichês do provinciano padrão. Se não fosse a árdua missão da poesia...

Eu entendia, perfeitamente, que Maria Rita estivesse sozinha no mundo e desejasse o que eu menos queria naquela hora: conversar. Mas também gostaria muito que ela entendesse a minha situação: nem sempre a gente quer conversar. Sei que a culpa foi toda minha, pois ela de algum modo me compreenderia, se tivesse falado do telefonema de Marta.

Ela devia estar pior do que eu. Quando notou a minha má vontade, partiu para o ataque:

— Quer saber mesmo? Você não tem nada a ver com São Paulo, Dim. Se fosse você, largava mesmo mão disso tudo e voltava para sua cidade e sua filhinha...

Pra quê! Bastou a referência debochada a Lívia, para sumir a neutralidade que pensava em manter. Com que direito falava assim de Lívia? Se Maria Rita desejava que a primeira visita fosse também a última, que assim fosse:

— Você também não tem nada a ver com o consultor de empresas. Sempre estamos fazendo alguma coisa indevida.

— O consultor de empresas tem nome: Túlio.

— E o que você tem a ver com Túlio, o consultor?

O exercício da sinceridade nunca foi para Maria Rita uma atitude invasiva, por mais que pudesse ferir. Mas, naquela tarde, ela parecia predisposta a ferir além da filosofia, comandada por forças mais subterrâneas. Ela ficou me olhando em silêncio, cheia daquela raiva que conhecia bem. A pequena cobra de fumaça subiu-lhe pelo rosto, veio lentamente na minha direção.

Eu podia ter parado por ali. Mas não:

— É o que acho. Eu não gosto de São Paulo, você não gosta de Túlio. Estamos empatados na encenação. Só que eu admito isso, ao contrário de você.

Para provocá-la mais, estapeei a fumaça que chegava até mim. Naquela circunstância, evidente que não apagaria o cigarro só porque estava me incomodando. Ajeitou-se melhor na cama, pernas trançadas à oriental, com a longa saia marrom cobrindo-lhe pudicamente as pernas. Não demorou para soltar outra fumarada longa e provocante, na direção do desprezível adversário, para que ele se considerasse oficialmente ofendido, como dizia o nosso velho professor Matias.

— É um absurdo essa ligação. Confessa.
— Acaso você estaria com ciúmes, priminho?

Eu podia jurar que não tinha pensado naquilo, enquanto repetia o meu refrão sobre Túlio, mas ela tinha todo o direito de chegar àquelas conclusões. Fazia sentido, considerando-se as palavras ditas e o modo como foram ditas, embora minha alma estivesse toda ocupada pela recente fofoca de Marta.

— Não apela, Maria Rita. Estou falando de coisas absurdas do presente, não do passado...

Ela acusou o golpe.

— Não vejo absurdo algum, nem tenho nada que confessar — disse-me com a falsa calma de sempre, que era a sua mais recente pose.

— Pois acho um absurdo, sobretudo numa pessoa que procura eliminar a distância entre pensamento e ação. Não foi essa a principal lição do Pazzeto?

Era a segunda vez que o nome do professor de História circulava entre nós.

— Francamente, Hildo... Você é mais idiota que eu pensava, sabia?

Por falar em circulação, era a primeira vez na vida que a prima dizia o meu verdadeiro nome. Mesmo depois que passei a tratá-la por Maria Rita, em vez de Tata, ela continuou preferindo o apelido.

Na rua distante, uma cachoeira rolava num chuá sem fim, os prédios já se enfeitavam de luzes e luminosos, como se estivessem prontos para uma grande festa que jamais se realizaria. Foi com aquela estranha e irada serenidade que Maria Rita pôs-se a falar, prometendo mais um de seus calmos e quilométricos derrames dostoievskianos, que abusam do interlocutor por duas ou três páginas de paciência. Deitei-me no sofá para melhor suportá-la.

Ela não sabia de onde eu havia tirado aquela ideia mais idiota: ficasse sabendo que ela amava muito o namorado. Como tinha amado o Pazzeto, na hora que o coração mandou. Amor, aliás, que nunca conseguiu sentir por mim, embora sempre se sentisse culpada e até frustrada por isso. Pois o que mais valia a pena, "nessa merda de mundo", senão... senão o amor? Eu não precisava rir, não. Era essa mesma a palavra proibida: amor. "A, m, o, r: amor", como no samba.

– Palavra, aliás, já um tanto desgastada pela indústria cultural... – arrisquei. – Mestre Benjamin não ia gostar.

Que se fodesse Benjamin e todo o mundo! Para ela, ainda continuava uma palavra intacta e uma ideia viva. Não tinha vergonha alguma desse lugar-comum. E era com amor e com ódio que ela me olhava naquele momento, enquanto prometia a mim mesmo não mais interromper Maria Rita, Ritavska, deixando que a interlocução virasse monólogo, um enorme e compacto bloco de palavras inteiramente dela.

Ela continuou, serena e furiosamente. Parecia que eu tinha vergonha daquela pequena e desprotegida palavra. Ela – não. Gostava de amar, amar tudo, até as coisas mais abjetas, inclusive uma coisinha muito presunçosa chamada Hildo... Que eu ouvisse bem: ela me amava sim, não amor de mulher por homem, mas amor de quem tinha pena da minha vida sem sentido. Não era amor de freirinha não, mas amor de verdade. Eu não precisava ficar corado, não. Não iria me convidar para a cama. Ficasse calminho... Amava-me, e amava o ladrão que um dia a assaltaria de novo, amava os seus alunos idiotas da escola de Santo Amaro que andavam de peixeira debaixo da calça, amava as aluninhas que guardavam navalha no seio. Eu queria saber mais? Amava até o estuprador que rondava a escola toda noite, farejando menininhas pré-adolescentes por ali.

A leitora de Benjamin amava *inclusive* seus alunos judeus, chatos e pretensiosos, do Colégio Monte Sinai. Que eu não pensasse ser ela uma candidata a madre Teresa de Calcutá da Mooca ou do Brás – mas achava que, examinando bem, tinha mesmo alguma coisa de santa, sim. Santa Maria Rita... Havia maior barato?

Ela sorriu com infinita doçura. Se vivesse na época em que se fabricavam santas, garantia-me que teria sido uma delas, igual à do poeta bobinho que eu vivia lendo: santa Maria Egipcíaca, que teve de trepar com o barqueiro para atravessar o rio. Quem é que conseguia cruzar a linha sagrada sem livrar-se do que era mais precioso? Pois esse mesmo poeta detestável, que ela confessou andar folheando "naquele livro ali" – apontou minha pequena estante com o cigarro entre os dedos –, havia dito que só sabia amar de verdade as mulheres bonitas: pelas outras, só tinha piedade...

Ritavska riu com deboche. Quem dizia isso podia ser considerado um poeta? Não era isso que ele dizia? Que o amor dele não tinha bondade nenhuma, era fraco demais? Amor, para ela, era outra coisa: mais lamber feridas que comer maçãs. Lamber mesmo – ficasse sabendo –, lamber com muito tesão até. Se os outros estavam sempre sujando em cima da gente, o que é que podíamos fazer? Dar um tiro nos *outros*? A única saída era amar os cagões, onde quer que estivessem, nessa cidade maluca e maravilhosa.

Imaginou uma Ritavska gigante e compassiva, num também enorme palco de teatro, abraçando de uma só vez São Paulo inteira, de Santo Amaro a Santana, de Higienópolis à Freguesia do Ó, das últimas mansões da Paulista às favelas cubistas de esgoto aberto, as árvores do Butantã e os inferninhos da Boca do Lixo.

Com uma necessidade quase religiosa de fundir-se, sem rancor, com tudo e todos, como se devesse beber até a infecção generalizada uma poça de água parada e suja, borrando-se da cabeça aos pés, por dentro e por fora. Amor, para ela, era isso. Ou então não era merda nenhuma, além de repugnante remorso pequeno-burguês.

Aquela moça nascida para gigante e para arte dramática falava sem parar – e com que serenidade! Jurava que queria derramar toda a alma sobre tudo aquilo, como um vulcão generoso, feito de piedade, raiva e nojo. Não suportava resignar-se à piedade mental pelas pessoas que estivessem sofrendo – como ela, como eu, como Túlio...

– Você devia ter estudado Enfermagem e não Filosofia... – disse-lhe, quebrando irresistivelmente a jura de nunca mais interrompê-la.

Mas filosofia tinha de ser mesmo uma espécie de enfermagem da alma. Só idiotas como eu não conseguiam admitir aquilo. Tinha que ser muito mais do que só consolação, como queria Boécio. A vontade que ela tinha, mesmo, era de ser onisciente, onipresente, onipotente, sair procurando um por um os que sofriam – e enfiar suas cabeças em seu peito gigante. Mais que isso, precisava do seio de Deus, um grande seio cósmico, para chorar com eles, sofrer com eles, coisa que o Deus tomista, mais afeito a sacristias, jamais poderia proporcionar. Se possível, tudo isso de uma vez só, como se ninguém merecesse ficar fora do seu consolo e da sua piedade, da sua enfermaria universal. Eu estava ouvindo? Ela achava que um dia ainda ia morrer disso: de compaixão. Estourar de piedade pelas porcarias do mundo.

E tome *words, words, words...* Parou um pouco, olhou-me com suprema piedade e continuou ladeira abaixo. Haveria no mundo pessoa mais cheia de merda que eu, mais covarde, mais presunçosa? Apontou-me com o cigarro acusador, brilhando com a pontinha vermelha na quase noite da quitinete. Minhas luzes podiam continuar apagadas, pois as que vinham dos prédios vizinhos quase davam contam do recado.

Ela insistiu na pergunta. Haveria, ao mesmo tempo, pessoa mais merecedora de compaixão do que eu? Segundo a delicada Ritavska, minha mente fedia como pele de leproso (e isso bem antes de eu virar proprietário da Casa dos Leprosos, na Canaviais do futuro). Eu, cheio de merda? Sinceramente, nunca tinha pensado naquela verdade tão elementar. E foi aí que, ousando interromper o seu já longo delírio totalitário, voltei a enfrentar com palavras mais duras a minha cândida priminha. Afinal, eu tinha sim um pouco de merda na carcaça, não me sentia tão absolutamente fecal nem tão exageradamente fétido. Tinha o direito de emergir daquele monte de sujeira em que fora soterrado:

– Esta testa empinada vem de longe, prima – disse-lhe. – Mas não pensava que o teu objetivo era substituir o próprio Deus no comando do universo. Faz parte do programa do Partido dos Trabalhadores? Mas devo reconhecer que você é uma boa atriz, o que é uma pena, digo mais uma vez, pois fez a graduação errada.

Queixo apoiado na mão esquerda, destacou calmamente cada uma das palavras que me disse em seguida:

– Vai à puta que pariu, Hildo.

Não foi preciso jurar que não era puta a mulher que me parira, para que Ritavska mergulhasse a cabeça na cama e, de costas para mim, começasse a chorar. Com a cabeça enfiada em meu travesseiro, soluçava num choro parecido demais ao das crianças para que eu pudesse duvidar de sua autenticidade. Mas era um chorinho vagabundo demais para uma gigante daquelas.

Torci sinceramente para que ela se afogasse no próprio sal, embora meu travesseiro, ao qual ela se agarrara com todas as unhas e dentes, fosse enxugando o que dela vazava. Depois os soluços foram diminuindo, até permanecer silenciosa e encolhida, totalmente desamparada na cama, sem que eu fosse capaz de uma pequeníssima fração da superpiedade que ela tão bem defendera.

Era o começo da noite paulistana. Fui até o vitrô aberto e fiquei olhando, por um bom tempo, a rua iluminada de carros, de postes, de letreiros, a trinta metros abaixo do nosso ódio. Quando me virei para a cama, notei que ela tinha adormecido com o rosto voltado para a parede. Eu nada podia fazer por aquela pessoa infeliz, exceto cobri-la com uma manta.

Deitei-me no sofá. Olhava o vaivém de sombras geométricas, provocadas pelos luminosos, que se sucediam no prédio em frente. Ouvia o rugido de rio que, infelizmente, era só uma incansável rua cheia de carros inúteis, rolando sem fim pela noite. O luminoso acendia e apagava – mostrando e depois escondendo Maria Rita, aparentemente ali, a poucos metros de mim, mas na verdade a anos-luz do meu coração. Onde estava a jovem que tanto me tinha feito sofrer, na distante Canaviais, com seus Túlios e com seus Pazzetos? Será que eu ainda a amava? Será que eram ciúmes, de fato, a implicância com o seu namoro?

Olhei para o lado: desabado na minha cama, o corpo da prima era só uma coisa sem vida que também acendia e apagava, acendia e apagava... Depois de muita hesitação, me levantei e cheguei perto do corpo encolhido. Sentei-me a seu lado e ameacei pedir mil desculpas humilhadas. Quase lhe toquei nos ombros, mas não tive coragem e voltei ao sofá.

Quando acordei, já no sábado, ela estava de pé, encostada à janela, fumando e olhando para um ponto indefinido na manhã, talvez para o próprio luminoso da Pirelli que já não acendia nem apagava, e era só um pedaço morto de acrílico, sem fogo e sangue, colado ao prédio em frente.

– Eu não queria ter dito aquelas coisas – disse-lhe.

Ela continuou fumando e olhando para fora. Tudo o que eu tinha a dizer era aquilo, nem uma vírgula a mais. E era muito. Fui, então, passar um café. Enquanto fervia a água, preparei um rosto dramático para recebê-la daí a pouco. Não era só a prima que tinha vocação para o teatro. Jurava que *daí a pouco* ela viria até o pequeno balcão.

– Tchau... – a ouvi dizer, e logo em seguida a porta bateu, deixando-me mais sozinho do que sempre fui.

♋

Pensava que nunca mais veria Maria Rita. Ela voltou, porém, muitas vezes, dezenas de vezes, e já era novamente Tata, acolhendo-me no compassivo seio cósmico e ajudando-me a esquecer Elzinha.

Apesar de jurar, ao final de cada encontro daqueles, que não haveria o seguinte, não fazia nenhuma questão quando, dias depois, ela de novo apertava a campainha e entrava jogando a bolsa de couro no chão. Eu achava, mesmo, que o namoro com Túlio não teria futuro, com ou sem a minha interferência, e isso me dava suficiente paz moral para continuar com aquela coisa imoral.

A filósofa Tata e o poeta Dim duraram alguns meses semijuntos, talvez mais de um semestre, na certa menos de um ano, numa rápida ascensão ao que de mais sórdido pudesse existir entre macho e fêmea – àquelas sublimes, transcendentais sessões de amor e ódio a trinta metros do nível da rua. Em vez de choro e ranger de dentes, uma louca gargalhava entre os cabelos ruivos e revoltos, querendo me transformar, à força, noutro marquês de Sade.

Seria justo fazer o que me pedia? Satisfazer-lhe as fantasias mórbidas, e, por tabela, descobrir em mim estranhas e noturnas veleidades que nunca, antes, tinham saído do fundo da alma condenada? Depois do assassinato da Nonna e das brigas com a irmã Marta (com a atenuante, aqui, de ter sido na infância), era a primeira vez que tocava *tão* delicadamente numa mulher... Já não atendia aos apelos cada vez mais inconvincentes do bom senso, que cessaram de uma vez por todas quando ela, alternadamente, começou a me situar entre os mais vis dos mortais ou entre imprevistos semideuses.

Esses atributos inesperados andavam, na certa, adormecidos nalguma parte secreta e sombria de mim mesmo. Tata, parteira do bem e do mal, os trouxe à luz. Descobria, maravilhado, que havia um monstro muito criativo em mim. Depois das primeiras manobras no inferno, cansado de me espantar, aceitei com tranquilidade minha nova versão, começando a achar tudo aquilo sublime demais para tão curta vida.

Não custei a perceber, agora que já não a amava, que aceitara participar daquele jogo por pura vingança – por ela nunca me ter amado. Elzinha também não era definitivamente de outro? Um estranho não a levava para a cama, em Ribeirão? Tinha todos os motivos para agir como um ressentido. Um ressentido feliz. O melhor e pior de tudo é que era imensamente feliz, enquanto durava.

Que o monstro Rielli, portanto, crescesse e atingisse a maturidade, com direito a apocalipse, o céu fundindo-se ao inferno – numa espécie de perda provisória da consciência moral, que durava pelo menos enquanto duravam aquelas elevadas sessões da carne. Em seguida, eu voltava a ser o filho do congregado mariano Arlindo com a professorinha de roça Augusta, o papai distante da pura Livinha, que em breve viveria sob o comando de um homem estranho.

Havia uma respeitável distância entre ter lido que o ódio e o amor formavam o casal mais unido da história da humanidade, e ter experimentado, ao vivo, essa ignóbil e majestosa aventura. Em todo caso, era material excelente para um poeta que, finalmente, descobria seu lado decadente e marginal e não fazia outra coisa senão correr atrás de sua futura obra literária. Um *beat* caipira e tardio, como Tata dizia.

A prima se portava como a competente atriz de sempre, agora mais para Boca do Lixo que para a ECA da USP, com suas brilhantes e surpreendentes *mise-en-scènes*, um vocabulário pródigo em metáforas zoológicas, de mistura com estranhos sons inarticulados, quase aos urros, provindos das regiões mais ignotas de Ritavska. Quando, enfim, conseguia me libertar dela, corria exausto e culpado ao confessionário da poesia, cuja lâmpada nem tinha coragem de acender direito. Quem era aquela mulher permanentemente estendida em minha cabeça? E eu próprio – por acaso ainda seria eu mesmo? Por quanto tempo conseguiria manter aquela divisão esquizofrênica entre o esforçado monstro de algumas horas e o comportado bancário do resto do dia?

Vivíamos os mesmos papéis de sempre: eu, um coronel nefando e asqueroso, e ela a ditosa vítima cruelmente martirizada pelo algoz, ambos criados pela fértil imaginação da socialista frankfurtiana que, além de autora do drama, também o dirigia com competência e o representava com admirável *performance*. Obra de arte total, como ensinava mestre Wagner.

Antes do inevitável desfecho, quando decidimos descansar para sempre um do outro – para o bem da saúde recíproca, sobretudo da minha língua, consagrada totalmente a Tata e obrigada a frequentar lugares pouco recomendáveis do ponto de vista da higiene corporal –, houve o inevitável clímax.

Foi quando Tata me obrigou a vestir um uniforme de coronel da polícia militar paulista, a que não faltavam as botas pretas e resplandecentes, o quepe altaneiro, o glorioso cassetete, e que ela tinha mandado fazer especialmente para mim, para uma sessão digamos extraordinária. Não tenho coragem de revivê-la com palavras: jamais conseguiria repetir o brilho da cena.

O encontro seguinte, poucos dias depois, que prometia ser ainda mais memorável, teve como trilha sonora o "Coro dos Peregrinos", da *Tannhäuser*, por ela mesma escolhida, e que certamente a faria chegar ao delírio máximo.

Todo o imaginário nazista, coroado com a música do, segundo ela às gargalhadas, não menos *nazista* Wagner, estava ali corporificado, naquela noite e naquele minúsculo apartamento suspenso no abismo, quando ela se transformaria na vítima mais satisfeita e vitoriosa da Pauliceia – e eu, no algoz mais desajeitado do mundo, pois o uniforme era um número acima do meu, apesar da inconfessável honra de ter sido tão rapidamente promovido a coronel.

Se, na vez anterior, eu já tinha me sentido incomodado dentro daquela jaqueta e debaixo do quepe imponente, manuseando um luzidio cassetete, que a prima untou com gel de lubrificação íntima, a segunda experiência foi ainda mais constrangedora, sobretudo pela música de Wagner que saía da vitrolinha vagabunda. Eu sempre fui um sujeito muito sensível à música, em especial à música de Wagner.

Olhei Tata espalhada nua pela cama. Parecia uma imensa ave desacordada, mas esperando ansiosa pelo falcão que a rapinaria com truculência. "*Beglückt darf nun dich*", cantava o coro dos peregrinos, "é com alegria que te encontro de novo", e eu via muito bem os lábios da prima, que sabia um pouco de alemão, acompanhando baixinho e fervorosamente o coro.

– "É com alegria que te encontro de novo"...

Foi quando, despertado pelo mesmo Richard Wagner que ela usava para me entorpecer, tomei a decisão corajosa e irrevogável: aquilo estava ficando bom demais e era preciso, urgentemente, ter um fim. Em que abismos sem volta tombaríamos, ao som daquela irresistível sereia? A que requintes de cruel felicidade? Ao mútuo assassinato? Ao duplo suicídio?

Como um herói de romance antigo, joguei o quepe no chão. Quase arrebentando os botões, tirei a jaqueta cinzenta, e depois a calça, e por fim as botas reluzentes:

– Para mim chega! Já pensou se me acostumo com esse personagem, Tata?

Ela riu como uma doida do velho apelido utilizado numa circunstância tão pouco *família*. Talvez ela esperasse ouvir Elisabeth... E disse, depois, que seria ótimo se eu incorporasse para sempre o personagem! Permaneceu deitada enquanto rodava o disco, e em seguida vestiu-se, calmamente, como se eu não tivesse dito nada.

Ainda falou, durante algum tempo, sobre um filme de Antonioni que estreava em São Paulo e, em seguida, saiu como sempre fazia: sem me beijar nem olhar para trás.

Foi o fim. Nós já sabíamos que seria o fim.

Nunca mais vi a prima depois daquele ano, que foi o mais perturbador, o mais rico em descobertas condenáveis, o mais cheio de pecados nesses mais de quarenta que já pesam em minhas costas – embora tenha sido fundamental, repito, para esquecer o que Elzinha fizera comigo, depois do que eu tinha feito com ela.

Não foi fácil o papel de estoico a que me obriguei em seguida, tão acostumado estava àquela loucura. Mais que acostumado, dependente. Consegui, mas não só por virtude minha: a ajuda de Tata foi importante, pois ela parecia tão decidida como eu a não atravessar a última fronteira. Eu não liguei, ela nunca mais ligou. Também nunca mais revi o Túlio. Como encararia os seus olhos pacíficos, sem me sentir o mais calhorda dos cafajestes?

Soube, por vias indiretas, que a prima logo se desiludiu com a filosofia frankfurtiana e a USP, depois que defendeu a dissertação de mestrado. Sem abandonar a militância petista, fez um doutorado na área de gestão pública, enquanto fazia carreira no Banco do Brasil. Ela e Túlio casaram-se no civil e foram infelizes por vários anos, antes da prudente separação sem filhos – filhos que é preferível não os ter, se for para tê-los num campo de batalha, e para campos de batalha treiná-los.

Isso eu sabia muito bem.

VII

Uma vez por mês vinha de São Paulo para ver Lívia. Dona Cida levava a menina até uma pracinha perto da casa em que moravam, em Ribeirão Preto, e ficávamos juntos por uma hora ou duas. Diante daquela coisinha inocente, sorrindo para o mais infame dos mortais, as dúvidas desapareciam completamente. Ninguém que nascesse do fazendeiro Beltrani sorriria daquele jeito doce. Era minha filha!

Quando Lívia fez três anos, a mãe se casou com o professor de Matemática. Vingou-se das letras com os números? Ela tinha o direito. Quase perdi minha filha de vista, embora todo mês fatiasse um pedaço do salário que era dela, e o mandasse pelo próprio Banco. Só a via algumas vezes por ano, quando voltava para Canaviais nos feriados maiores e dona Cida a levava de Ribeirão para Altinópolis.

Apesar de tudo, eu ainda era o *papai*, coisa que minha quase sogra e minha ex-namorada mantiveram viva. Minha irmã foi outra que colaborou para manter acesa a chama, para a qual também contribuiu o piano que comprei, de surpresa, no oitavo aniversário de Livinha, mandando entregá-lo em Ribeirão Preto.

Suei para pagá-lo, mas o belo *Yamaha* ficou sendo meu porta-voz na casa do padrasto. Elzinha, que não ligava muito para música, tratou imediatamente de arranjar professor para a menininha de "ouvido absoluto" (segundo o diagnóstico altamente especializado da tia Marta...).

Só fui rever Elzinha, ainda bonita, mais magra e esbelta, no velório de minha mãe. Conheci-lhe o marido professor – careca, gordinho, risonho, um pouco menor que a esposa –, junto com o filho que, misteriosamente, achei parecido comigo.

Quando deixei São Paulo, Lívia já passava dos quinze anos e vinha visitar-me com frequência. Para prendê-la um pouco mais a mim, comprei-lhe um segundo piano, um *Fritz Dobbert* surrado, instalando-o num dos quartos da Casa dos Leprosos – o mais luminoso e ventilado dos três, com janelão aberto para o quintal e as árvores. Ficou sendo a Sala do Piano. Algumas reproduções de quadros com assunto musical colaboravam na criação da atmosfera. Minha filha chegava a ficar semanas inteiras em minha casa, estudando e tocando.

Dois anos depois, Elzinha ficou viúva. Removeu-se para uma escola de Altinópolis e voltou a viver com dona Cida. Marta logo viu nisso o dedo da Providência: ela estava predestinada a ser mesmo a minha mulher.

– Você não tem mais escapatória, Dim.

Minha filha começou a precisar mais do papai verdadeiro. Era previsível que tentasse reaproximar-me da mãe, mas impedi que obtivesse sucesso. Depois de um período inicial de convivência afetuosa e civilizada, começaram desavenças cada vez mais incontroláveis: Lívia não compreendia por que seu pai e sua mãe não podiam ser pelo menos bons amigos.

Marta garantia-me que Elzinha queria rever-me. Vinha a Canaviais com mais frequência, embora nunca tivesse me procurado.

Quando trazia a filha, fazia questão de deixá-la em casa de meu pai, depois da certeza de não me encontrar ali. Teria sido obra só de Marta e Lívia aquele jantar altinopolense, preparado cuidadosamente durante semanas, com minha presença confirmada na véspera e desmarcada algumas horas antes? Não sei de nada. Essas mulheres são capazes de tudo.

O certo era que o jantar fazia parte de uma estratégia mais ambiciosa de reaproximação de papai e mamãe, unidos na casa, na mesa e na cama que nunca chegaram a ter. Lívia, decepcionada, parou de visitar-me, embora nunca mais voltasse a tocar no assunto. Chamava o meu telefone só para exigir dinheiro.

Um dia, sem mais nem menos, alguns meses antes do vestibular, ligou para avisar que deixaria de ir às aulas de piano, em Ribeirão Preto. Muito espantado – por que abandonar o piano, quando o estudo parecia ir de vento em popa? –, procurei saber os motivos. Explicou com má vontade, como se o assunto não me dissesse respeito:

– O vestibular exige muito da gente. Além do mais, perdi o tesão. Tenho o direito, não tenho?

O cursinho estava enriquecendo o vocabulário de Lívia. Tesão, para mim, sempre foi outra coisa, embora imaginasse que pudesse ter outro sentido, além do que conhecia. Abri o Aulete para conferir: "Rijeza, tesura, força de corpo teso e estirado. Força, intensidade. É palavra muito clássica, mas hoje excluída da boa sociedade pelo significado chulo: potência, desejo sexual ou estado do pênis em ereção". Para esquecer o piano abandonado, deixei-me levar por compridas reflexões filológicas, que é excelente maneira de escapar da vida.

O segundo sentido da palavra era figurado, em relação ao original. O terceiro e atual, figurado em relação ao segundo. Foi palavra nobre, morava na boca dos reis e das rainhas, dos papas e dos padres. Depois caiu na vida e prostituiu-se. Só era usada nos bordéis e nas ruas. Nos quartos burgueses, só depois que a luz se apagava. Agora procura voltar à boa sociedade, às novelas de televisão, aos cursinhos vestibulares, logo estará no púlpito e nas tribunas. Mas sempre trará das ruas e dos prostíbulos o perfume proibido, o decote exagerado, as coxas à mostra. Pensei em outras palavras chulas que, por aquela transposição de sentido, pudessem enriquecer o vocabulário dos jovens. Havia muitas. Não ficava bem ensiná-las a uma filha, mas poderia passá-las aos professores do cursinho.

Recebi outro telefonema de Lívia, na semana de inscrição para o vestibular. Enquanto todos esperávamos, sobretudo eu, que entrasse para o curso de Música e se formasse naquilo que mais gostava de fazer – ou que, pelo menos, mais *gostara* de fazer –, optou inesperadamente por... História.

– Nada contra História. Mas por que História, Li?

– Sempre fui muito alienada. É hora de abrir minha cabeça para o mundo. O cursinho serviu ao menos para isso: mostrar minha verdadeira vocação – e com ironia: – É minha vez de entrar para a história, papai...

– Nada impede que continue com o piano. Pago um bom professor em São Paulo, se você quiser.

– Desiste, papai. Já falei que não quero mais saber de piano. Se você quiser me dar um teclado japonês, aceito com muito gosto...

E entrou mesmo para a história. O exame vestibular foi fácil, poucos candidatos disputavam as vagas daquela nobre ciência. Liguei para Elzinha, pedi-lhe que deixasse tudo por minha conta. Aluguei e mobiliei um pequeno apartamento em Campinas, no tranquilo bairro do campus – Barão Geraldo. Juquinha levou-nos de carro, cheios de malas e caixas. O amigo voltou sozinho. Como era final de semana, fiquei para ajudar na acomodação das coisas, montei-lhe a cama, instalei o chuveiro, comprei o bujão de gás. Nem uma só vez, naqueles dois dias, Lívia tocou no assunto do jantar de Altinópolis.

Domingo à tarde, quando saí para a rodoviária, abraçou-me e pediu:

– Você liga para mamãe e diz que está tudo bem?

Embora já tivesse me despedido de Lívia tantas vezes nessa vida, estava emocionado e prometi que ligaria. Faria tudo que ela pedisse. De fato liguei, mas para dona Cida, numa hora em que Elzinha estaria na escola.

❧

Nos primeiros meses, Lívia veio a Canaviais e Altinópolis em quase todos os fins de semana, mas raramente passava-os comigo na Casa dos Leprosos. Para as primeiras férias da universidade, em julho, voltou com o guarda-roupa completamente mudado. Uns longos e horríveis vestidos de algodão barato, chinelas de couro compradas em feiras *hippies*, bijuterias afro-indígenas, cabelos encaracolados. Já tinha até um namorado:

– É o Lu, papai. Um cara supergentefina. No fim das férias ele vem me buscar.

Lu também estudava na Unicamp, segundo ano de História. "Um anarquista, papai". Comecei a compreender melhor as roupas e as bijuterias.

Quando Lívia me visitava, depois de passar o dia com Marta ou com o vô Lindim, fazia questão de ignorar a Sala do Piano. Nas poucas vezes em que insisti para que tocasse um pouco de Bach ou Schumann, chamou-me de pai autoritário, incapaz de respeitar as decisões maduras da filha. Parei, então, de pedir-lhe músicas.

Não queria brigar com minha filha. Sua presença, naquele mês, era mais importante que Bach ou Schumann.

Mas logo notei que já tinha perdido aquela ingênua menina do quintal, que rolava bacia no terreiro e corria espavorida do vento. Nada mais podia fazer para retê-la. Mesmo que pagasse um preço muito alto – reatar com Elzinha, por exemplo –, sentia que Lívia já estava a caminho de outro mundo, sem conseguir avaliar até que ponto eu próprio, com minhas decisões, havia influído em suas escolhas.

Ainda naquelas férias, mostrou-me sorrindo uma pequena peça de quase dez centímetros. Era um fio vermelho, com dois conectores de mola em cada ponta.

– Para que serve isso, Lívia?

– Não parecem duas boquinhas de lagartixa? Olha os dentinhos... – abria-os, fechava-os.

– Para que isso? – quis saber.

– É muito simples... – dizia com o ar falsamente ingênuo de quem contava para crianças uma fábula. – A gente enfia esse troço na parte de trás dos telefones e liga dois fios que tem lá. Não é muito fácil no começo. Mas logo a gente pega prática.

– Quem te ensinou esse negócio? – perguntei-lhe com espanto.

– Foi o Lu. Você faz interurbano para qualquer lugar do mundo, e de graça... – piscou-me. – Não é fantástico?

– Deixa a companhia telefônica descobrir. Vou visitar os dois na cadeia, você e o Bakunin.

– O Lu jurou que dá para falar com o exterior: Japão, Canadá, Suíça. Já pensou que barato?

A vontade era dizer tudo o que pensava do anarquista campineiro. Contive-me. Em nome da paz com Lívia, esquecendo que era um homem muito antigo e preconceituoso, embora adivinhando que aquilo podia acabar muito mal, decidi ser o pai mais tolerante do mundo. Mas jurei a mim mesmo que falaria com o vô Lindim, com a tia Marta, com a vó Cida, que por sua vez falaria com a mamãe Elzinha, que falaria com a filhinha Lívia, mostrando-lhe os verdadeiros riscos daquela séria brincadeira de adultos.

— A gente tem que se defender dos opressores, não é?

Evidentemente, incluiria entre eles o homem solitário que dava cano em jantares reconciliatórios. Como vingança, era preciso posar de delinquente pelas ruas de Campinas, fazendo coisas reprováveis pelas noites, ela que sempre fora a mais dedicada e estudiosa de todas as garotas.

— Cuidado, Livinha — foi a única coisa que ousei dizer.

Quando ela saiu, corri para o telefone e comecei a mobilizar aquele pequeno exército familiar em defesa de Lívia. Cheguei a pedir a dona Cida o telefone do Bakunin campineiro, mas não tive coragem de falar com o estranho que ensinava truques perigosos à minha filha. Podia descontrolar-me, dizer grosserias, afastando-me ainda mais daquela que já sentia para sempre perdida.

Antes de voltar para Campinas, consegui convencê-la a vir jantar comigo. Apesar de preocupado, tudo parecia ir muito bem entre o pai solteiro e a filha carente, naquela tarde em que ficaríamos juntos. Mas não era paz o que ela mais desejava. Lívia cometeu um equívoco elementar (de resto, perdoável) para a moça estudiosa que sempre foi, sobretudo para quem acabara de ser massacrada pelo cursinho vestibular.

— Tem o Congresso, onde ficam os senadores, e a Câmara, onde ficam os deputados, papai.

Caí na besteira de corrigi-la:

— Congresso Nacional é a Câmara dos Deputados junto com o Senado Federal, Lívia.

— Como você quer teimar comigo, papai? Fiz um ano de cursinho, o Lu faz História...

— Como você é teimosa! Se aprendeu assim, aprendeu errado! — não pude deixar de alterar a voz.

Bastou ouvir a palavra *errado*, com entonação um pouco acima do normal, para enrugar a testa e desferir-me o golpe baixo, inesperado:

— Sabe mesmo o que você é, papai? Um nazista! — seu rosto ficava vermelho como o de minha mãe, quando se exaltava.

Pego de surpresa, dei uma gargalhada estúpida.

— Você sabe o que é um nazista, filha? — peguei o guardanapo, limpei a boca.

— Claro que sei. É a pessoa que gosta de fazer assim com as pessoas... — imitava, com as mãos, o gesto de torcer roupa.

Vendo que tinha exagerado um pouco, ela mesma corrigiu-se:

— Não um nazista físico, mas um nazista psicológico. Desses que querem acabar com a mente das pessoas. Olha o que você aprontou com minha mãe!

Lágrimas desceram no rostinho corado. Classificar-me como inimigo da mente da própria filha era o fato mais terrível do mundo, sobretudo para um pai cercado de livros.

— Mamãe nunca fala comigo assim — Lívia enxugava-se, depois de ter abandonado o garfo sobre o prato. — Quando estou errada, ela tem jeito de mostrar as coisas sem ferir. Você, não. Tem que falar sempre desse jeito autoritário, de quem acha que sabe tudo — encarou-me, furiosa. — Você não sabe nada, papai! Você não passa de um adolescente de cabelos brancos. Só um moleque faria o que você fez com minha mãe!

Outro exagero: ainda não tinha tantos cabelos brancos. Adiantaria insistir que a amava? Que a corrigia não para exibir-me ou maltratá-la, mas porque era um hábito meu — corrigir ou ser corrigido, com mais ou menos ênfase –, desenvolvido com amigos e inimigos ao longo dos anos? Percebendo que a conversa não levaria a nada, o mais recente Hitler de Canaviais levantou-se da mesa e foi fumar na biblioteca.

Lembrava-me do uniforme de coronel da polícia militar que, por duas vezes, Maria Rita me forçara a usar para aquelas encenações paulistanas de teatro do absurdo. Mas não era um nazista. Era ou não era? Estava convicto, pelo menos, de que não vivia para cumprir um programa rigoroso em que o Mal entrasse como a prioridade número um. Errara muito na vida, continuaria a errar, mas sabia distinguir entre o bem e o mal. Quando errava, fazia-o contra a vontade, obedecendo ao astucioso Senhor do Mundo.

Quando a procurei para desculpar-me de ser ou não ser nazista, vi que não estava mais em casa. A porta da rua estava mal fechada. Olhei para o escuro em volta. As poucas casas do bairro ficavam a mais de cem metros, junto aos postes de iluminação. Antes de Campinas, Lívia jamais se atreveu a enfrentar aquele pequeno deserto urbano à noite.

Também saí para uma volta. Só voltei para casa de madrugada, depois de várias cervejas com o Juquinha no bar da Santa Cruz. O amigo, por várias vezes, jurou que eu não era nazista, nem minha filha uma pobre judia prestes a virar fumaça em crematório do Terceiro Reich.

– Isso é rusga de família. Vocês são, simplesmente, um pai e uma filha vivendo nesse mundão perdido. Você sabe que esse mundo está perdido. Não sabe, Dim? – e botava mais cerveja em meu copo.

Agradeci as palavras reconfortantes e paguei a conta, para alegria do amigo. Dispensei a carona do taxista e, meio cambaleando, voltei a pé para casa.

Conforme tinha prometido, o namorado Lu veio buscá-la no final das férias. Mas Lívia não o trouxe à Casa dos Leprosos, nem veio despedir-se de mim.

☙

Três ou quatro semanas depois, em nova folga da universidade, Lívia entrou rispidamente em minha sala. Jogou a mochila de viagem no chão – como tinha feito Maria Rita na visita com o noivo e como costumava fazer em São Paulo – e sentou-se no sofá como o velho Buda. Queria remarcar o eternamente adiado almoço de Altinópolis:

– Você vai comigo lá em casa, papai! Não precisa almoçar nem jantar. Nem quero mais que você volte a viver com minha mãe. Acho que já estou entendendo certas coisas da vida. Só quero ver meu pai e minha mãe conversando como gente. Será pedir muito? – as mãos juntas pareciam implorar. – É pedir muito, papai?

– Espera mais um pouco, filha. Preciso me acostumar com a ideia de rever Elzinha. O coração tem razões... – comecei com Pascal.

– Que a cega razão desconhece... terminou Lívia. – Todo mundo conhece essa frase boboca.

– Não é bem assim.

– Eu sei que não é. De qualquer maneira, não me convence. As atitudes são racionais ou irracionais. A sua é irracional, papai. Por que você sente tanto ódio por ela? Acaso ela te aprontou alguma? – olhou-me com a terrível sagacidade das mulheres, quando desconfiam de algo.

– Ninguém aprontou com ninguém, filha. São as coisas da vida, como você mesma disse. Não deu certo conosco, como não deu com gente muito melhor que teu pai, de caráter mais íntegro...

Quando lhe disse, sem nenhuma certeza do que dizia, que jamais voltaria a viver com sua mãe (coisa que ela ainda acreditava possível para o dia seguinte), insistiu que não era aquilo que queria:

— Só quero que vocês sejam amigos. Juro que minha saúde depende disso, papai!

Quando lhe disse que aquilo também era impossível (como ser amigo da mulher que... ainda amava?), começou a culpar-me de muitas coisas erradas entre o céu e a terra, inclusive de sua infelicidade e a da própria Elzinha. Nada me abalou tanto, porém, como aquele petardo à queima-roupa:

— Você não sabe o que é viver sem pai!

O velho Arlindo Rielli sempre estivera à minha disposição, na rua Comandante Salgado. Não, felizmente eu não sabia o que era viver sem pai.

— Vô Lindim nunca te mandou viver com um estranho.

Como não ousasse dizer nada, olhou-me com tristeza, furando meus olhos com aquela dor que eu mesmo botara ali, ainda que involuntariamente. Os olhos de Lívia estavam cheios daquela dor. Um límpido copo de cristal que contivesse água suja até a borda. Foi cruelmente lapidar:

— Eu sei o que é. E não é uma coisa muito legal...

— Você teve um padrasto muito bom, Elzinha teve um bom marido. Foi bem melhor do que eu seria, posso te garantir.

— Você não entende nada da vida, papai. Não consegue imaginar o mal que faz aos outros.

Não queria mais brigar, e fui saindo da sala. Ela não permitiu, barrando-me a saída:

— Por que você nunca olha nos meus olhos quando conversa comigo? É medo, por acaso?

Então obedeci. Olhei-a. Via aquela moça loura e magra, com os braços abertos entre os batentes da porta, fuzilando-me com ódio de inimigo mortal.

— Quando a gente não tem medo, olha nos olhos. Sabia? Incontrolavelmente, comecei a rir.

— Não disfarça, papai.

Dei alguns passos para o lado, fui até a janela aberta. O teco-teco fazia a curva para descer no Campo de Aviação, um redemoinho atravessava a minha rua, lá embaixo, e levantava poeira. Voltei-me, como mau aluno de arte dramática:

— Não tenho medo de você, nem estou disfarçando. O que eu tenho a te dizer, falo na cara — fui enumerando algumas coisas que Lívia seguramente não era, fantasiadas por minha raiva: — Por exemplo, que você é uma garota muito malcriada.

— Com que direito você fala isso? Aliás, sou mais adulta que você.

— Fazendo aquelas coisas nas ruas de Campinas, como uma vagabunda?

— Vagabundas são as garotas que você traz aqui. Pensa que não sei?

— Pivetinha insolente! — disse com o máximo de voz que consegui. — É isso que você é. Em vez de levar o curso a sério, só fica viajando e trepando com esse barbudinho. Que por sinal também não vale nada, pelo que andou te ensinando.

— Viajando para tocar com o grupo, entendeu? Faço parte de uma banda, seu Hildo Rielli. Toco *rock*, toco *pop*, toco tudo o que você despreza. Ou você acha que, só porque não toco mais no teu piano e parei com o Chopin, abandonei a música? Você sabe que o dinheiro que me manda só dá para o básico.

— É mentira. Você sempre teve mais que pude dar.

— Conversa! E vê se dobra a língua quando falar do *barbudinho*, entendeu? Você nem conhece ele direito.

— Tem gente que basta ouvir dizer...

— É bom saber que você o despreza. Mais um motivo para eu ficar ainda mais apaixonada... Quanto a trepar, trepo sim. Ou é você quem vai dizer o que devo fazer com meu corpo? Que direito tem você sobre mim?

– Me respeita, Lívia!

– Nunca pude contar com você para nada. Aliás, cresci sabendo disso.

– Não fala besteira. Que dinheiro te sustenta fora de casa? O de Elzinha?

– Você é mesmo um crápula – ela vem e fica na minha frente, chorando. – Um crápula que só pensa em dinheiro. Um crápula nojento!

Mais um adjetivo para a minha rica coleção particular.

– Pois fique sabendo que de hoje em diante você está dispensado da minha pensão – Lívia soluçava. – Não quero mais um único centavo teu. Pode dar tudo sem remorsos para as putinhas.

Não pude conter a mão que se levantou veloz e, impulsionada por imprevisto ódio, só foi detida pela face esquerda de Lívia:

– Sua porcaria!

– Você é um monstro! – olhou-me horrorizada, abrindo a porta da Casa dos Leprosos. – Um monstro! – repetiu e saiu em disparada pelo deserto.

Só quem fugia de um monstro correria naquele desespero, quase colidindo com a carroça que subia lentamente a rua. Podia, enfim, considerar-me vingado das varadas, dos tapas, dos beliscões e dos puxões de orelha, justos ou injustos, que levara de minha mãe?

☙

Menos de uma semana depois, Lívia adoeceu em Campinas. Minha irmã ligou-me, desculpando-se por não poder buscá-la no ponto de ônibus:

– Sinto muito, Dim, sei que vocês brigaram. Não sei qual dos dois tem o queixo mais duro... Mas realmente não posso. Nessa hora, vou estar saindo para Franca, tenho reunião logo cedo com o delegado de ensino. Não tive coragem de negar à Elzinha.

Como o ônibus chegava muito cedo e Lívia tinha, necessariamente, de passar por Canaviais, Elzinha ligou para minha irmã substituir-me na tarefa de apanhá-la no ponto, tarefa que sempre fora minha antes da briga, antes do primeiro e último tapa na cara que lhe daria nessa vida.

– É claro que vou, Marta. A obrigação é minha.

– Não se trata de obrigação. Se pudesse, sabe que eu iria. Lívia é como se fosse minha filha. É uma judiação ver uma moça tão inteligente desse jeito... Ando seriamente preocupada, Dim. Esse pessoal de banda de rock vive sempre envolvido com droga. E esse tal de Lu...

Lívia era quase uma filha de Marta, adoção a que se obrigou para compensar a imperdoável falha moral do pai, sempre preferindo dissipar-se com putinhas a reatar com a mãe de sua filha (que, segundo ela, Deus havia feito especialmente para suportar-me). "A única que te aguentaria nesse mundo, Dim."

– Ela não está bem – avisou-me. – Sente umas dores fortes nas costas, nos rins... Paciência com ela, tá? A coitadinha anda completamente insegura. Você nem precisa acompanhá-la até Altinópolis. O Juquinha fará isso por você... – percebi claramente o tom irônico de minha irmã. – A Elzinha faz questão absoluta de pagar quando chegar lá, o que, evidentemente, você não vai permitir...

Fui dormir preocupado. Achando que tinha perdido a hora de buscá-la, despertei assustado no meio do segundo sonho. No primeiro, dava uma entrevista, para a *Rádio do Povo*, sobre "As putas na vida do poeta Hildo Rielli". No meio de uma fala, parei com a garganta entupida de palavras, enquanto o repórter ansioso esperava que desobstruísse o ralo. No segundo, sonhava que ia no carro do Juquinha, seguindo a curta distância um Monza velho dirigido por Bida, a jovem esposinha de Pedro. Logo a janela esquerda do veículo se abriu e uma criança foi atirada à rodovia. Paramos para socorrê-la, peguei-a: já era uma boneca plástica. Em seguida, do carro sempre em movimento, outras crianças eram lançadas no asfalto e se transformavam em bonecas.

Acordei assustado, levantei-me e vesti depressa a primeira roupa que vi pela frente. Só depois pude notar, no relógio, que pouco passava das três e meia. Não voltei mais para a cama. Preparei um café e sentei-me no sofá da sala, esperando a hora de sair para buscar Lívia. Pensava naquela briga idiota que tivemos. Tudo por culpa daquele maldito jantar de Altinópolis que não houve. Como tive coragem de dizer aquelas coisas e estapeá-la? Sempre amei e continuava amando Lívia – era a pessoa mais importante na minha vida –, mas não sabia o que fazer com aquela porcelana chinesa, delicada demais para esses dedos de monstro.

Antes das cinco, saí para a rua. Ia fumando devagar pela avenida Washington Luís, já com algum movimento àquela hora, sobretudo ônibus de boias-frias. Chegando no ponto do Cometa, tratei de combinar a corrida para Altinópolis com o único taxista que ali estava. Não ia acordar o Juquinha nessa hora.

Acompanharia Lívia, no carro, pelos vinte e cinco quilômetros que faltavam até Altinópolis. Nada me incomodava mais que pensar em olhar outra vez nos olhos daquela infeliz que me odiava, andar vinte metros, até o táxi, ao lado da pessoa que me queria ver pelas costas. E mais vinte e cinco quilômetros a seu lado, até Altinópolis. Eu merecia. Minha irmã, se também não me odiasse, podia ter-me livrado dessa cruz.

Mas cruzes são intransferíveis. O ônibus de Campinas ainda ia levar uns quinze minutos para chegar. Passavam outros ônibus pela rua Ana Luísa, carretas pesadas, caminhões de cana. Ainda estava escuro, a padaria do semáforo fechada. Ventava um pouco, um vento frio que me obrigou a entrar na sala do Cometa e ficar a dois metros do agente de passagens, que sempre nutriu por mim uma inexplicável antipatia. O que lhe fiz eu? Trato-o até com gentileza. Deve saber ler na alma dos outros, por trás dos disfarces da cordialidade que escondem os monstros e as lepras morais.

Alguns minutos depois, atrás do caminhão amarelo da *Folha de S.Paulo*, apontava o ônibus da Cometa, trazendo de Campinas minha filha doente. Quando a vi descendo daquele jeito do ônibus, amparada pelo provável e gentil vizinho de poltrona, não tive dúvidas: Lívia não estava mesmo bem.

Não me cumprimentou. Mas não me impediu de substituir o vizinho de poltrona na tarefa de ampará-la. Na hora da dor, até um inimigo serve. Sem coragem de forçá-la ainda mais, por vinte e cinco quilômetros, até Altinópolis, levei-a para a minha casa. Lívia não esboçou a menor reação contrária.

Mal entrou na sala, uma estranha dor, mal situada entre o queixo e o ombro, deixava-a de pescoço torto. Quando ficava mais intensa, só conseguia mexer o pescoço para um lado. Jurava, também, que doía na altura dos rins, dor que se prolongava até uma das pernas. Passou mais de uma hora assim.

Num certo momento, bateu-me o desespero. Liguei correndo para Marta:

— Ela já saiu para Franca, seu Hildo — avisou-me a empregada. — Mas dona Elzinha acabou de ligar, preocupada. Eu não sabia o que dizer. Falei que o senhor é que ia buscar ela no Cometa.

Não vi outra saída. Disquei o número de Altinópolis e foi dona Cida quem atendeu:

— Elzinha já está indo aí, Hildo. Viu que o Juquinha nunca chegava e ficou desesperada. Mas a Lívia está com você? – perguntou-me surpresa.

Tive de acudir Lívia duas ou três vezes, pois a dor ficara mais aguda e houve necessidade de mudar-lhe de posição. Deitou-se de bruços, dobrei-lhe seguidamente as pernas com movimentos alternados. Em mais de um momento, pensei em desistir e chamar o Juquinha, levá-la depressa ao hospital.

Depois de um tempo que parecia a própria eternidade – se houvesse eternidade no purgatório –, a mãe chegou de Altinópolis. Antes de tocar a campainha, acabava de massagear a nuca de Lívia, no ponto em que a dor ficara mais intensa. Relaxara um pouco, a dor diminuíra. Era a primeira vez que Elzinha entrava na Casa dos Leprosos. Como as emoções estavam todas empenhadas no caso Lívia, não sobrou muita coisa para nós dois. Cumprimentamo-nos rapidamente e levei-a ao quarto da filha.

— Por que você não chamou logo um médico? – sem olhar-me, Elzinha recriminou-me com brandura, sentando-se na beira da cama e assumindo imediatamente, com a conhecida eficiência feminina, o comando daquela terrível operação.

Eu entrava e saía do quarto a cada minuto. Sem palavras, olhava quase assustado para aquela mulher à minha frente, depois de tê-la visto pela última vez, alguns meses atrás, em frente à farmácia da rua da Estação, eu no carro do Juquinha e ela no seu. Não pareciam a mesma mulher. A distância de dez ou vinte metros – era o que me separava do chevettinho branco – melhora a aparência das pessoas.

De perto, podia ver melhor, com exatidão cruel, o que a distância e os anos encobriam. As mãos ásperas, os pés de galinha bem desenhados nos olhos, a barriguinha indisfarçável sob a calça justa, a coluna arqueada pela leitura de redações e provas. Se ainda estivesse ameaçado de recaída, acaso conseguiria enxergar tudo *isso* assim, com fria meticulosidade de laboratório? Ou só lhe exagerava a decadência para defender-me daquilo que, em Elzinha, ainda me perturbava amargamente? Será que ainda amava mesmo aquela mulher, depois de tantos anos e ressentimentos?

Minha filha ficava em paz por algum tempo e, em seguida, recomeçava tudo de novo – sempre as mesmas dores nas costas, nos rins e na perna esquerda. Ao menos conseguira, depois de tantos espasmos, ver papai solteiro e mamãe viúva novamente juntos, separados por alguns palmos, um na cabeceira, outro aos pés da cama. Mas, na verdade, nunca estive tão longe de Elzinha como naquele momento. Jamais pensei que um abismo pudesse ser tão pequeno, com pouco mais de um metro, que era a distância que agora nos mantinha distantes – mais distantes que duas estrelas. Entre as estrelas, com os olhos esbugalhados, a cabeça de Lívia procurava, num tremendo repuxão, separar-se do frágil e pálido corpo. Olhava com piedade e remorso aquela moça contorcendo-se no lençol, pobre resultado de uma supostamente morta e enterrada paixão.

Lembrava-me de coisas passadas, quando ainda não existia em sua cabecinha de menina a obsessão daquele jantar de Altinópolis, em que ela, minha irmã e talvez até a própria Elzinha tinham apostado todas as fichas da esperança familiar. Revia-a nas mãos da enfermeira, recém-nascida e provavelmente cansada da longa viagem de nove meses. Voltaram as vezes em que dona Cida trazia-a até a sala de Altinópolis e eu a pegava no colo, medroso de quebrar o bichinho delicado de porcelana. Ou quando, para espanto de Elzinha e dona Cida, identificou a fotografia do papai fujão. E a primeira gripe de Lívia. E as primeiras palavras de Lívia. Meus truques sórdidos para fazê-la mais obediente. Lívia arrastando a cadeira até a janela e puxando conversa com o poeta sempre ocupado. As brincadeiras com a bacia no quintal. A correria pelos canteiros. O medo do vento, as pazes com o vento, a atração da chuva, a canção do bem-te-vi, o espelho da cristaleira, o piano que mandei de surpresa no seu oitavo aniversário.

– Vou chamar um médico! – decidiu Elzinha. Sem olhar para trás, saiu depressa pelo corredor, à procura de um telefone e uma lista.

Dei-lhe o telefone do cardiologista da família, Dr. Nelson, o primeiro que me veio à cabeça. Talvez não fosse o mais indicado naquelas circunstâncias, pensei em seguida. Dr. Nelson é um depressivo. Com aquela voz baixa, melancólica, dava o diagnóstico mais otimista com infinita tristeza nos olhos. A natureza e a humanidade, para ele, iam sempre de mal a pior. Sempre gostei do Dr. Nelson.

O médico não demorou. Enquanto ele e Elzinha cuidavam de Lívia no quarto, refugiei-me na sala, já resignado com o único jeito de conviver em paz com Lívia, dali em diante: no etéreo mundo das lembranças. Ninguém me roubaria aquela Lívia da casinha de Altinópolis ou do quintal da rua Duque de Caxias – a Lívia do passarinho que cantava logo ao romper da aurora, *bem-te-vi, bem-te-vi*, à menina gentil. Ninguém, jamais, me tiraria a menina gentil. Só a morte.

– Felizmente, não é nada grave – o médico entrou devagar na sala, cabisbaixo, seguido de Elzinha. – Só uma nevralgia de fundo emocional.

– Não é preciso preocupar, então, doutor? – levantei-me, aflito.

Ele sorriu. O sorriso amargo de sempre, que vinha do fundo daquela alma atormentada:

– É preciso preocupar-se, sim. Mas nada que se possa resolver só com a medicina, meu amigo.

Fiquei envergonhado, pois Dr. Nelson sabia da minha vida e de Elzinha. Os médicos sabem tudo a nosso respeito, sobretudo os médicos pessimistas. Todo escritor devia ser médico, como Tchekhov ou Céline. Pedi licença para buscar o talão de cheques na biblioteca. Quando voltei, minha ex-namorada já tinha acertado a conta e o tristonho cardiologista já estava do lado de fora da casa:

– Se houver necessidade, me liguem. Tenham um bom dia.

Não percebi nenhum acento irônico nessa última frase. Dr. Nelson não é humorista. O carro fez meia-lua e se distanciou depressa, levantando uma grande nuvem de poeira que envolveu todo o universo.

VIII

Era sábado. Dedilhava o piano de Lívia, quando minha irmã ligou:

— Quer comer um filé naquele restaurante da Ana Luísa, Dim?

O primeiro impulso, evidentemente, era já de início falar não para Marta. Não a quero mal, apesar das briguinhas. O lamentável é que elas acabam falando mais alto, impedindo de me sentir bem quando estou em sua companhia. É um desconforto que provoca sempre remorsos, por não saber amar a minha única irmãzinha.

— Vale mesmo a pena? – perguntei-lhe.

— É um maravilhoso filé com legumes, Dim! Convidei papai, mas você conhece a peça. A coisa mais difícil é arrancá-lo daqueles hábitos.

Com toda a capacidade de resistência que pude acumular, também estava decidido a não me deixar arrancar dos meus. Estando ela, porém, separada do marido, compadeci-me e aceitei, apesar de ter sido a segunda opção nos planos de Marta. Preciso admitir que a irmã foi corajosa, ao pedir o divórcio perto dos cinquenta anos. Surpreendeu a todos. Ela gostava do Edson, davam-se bem. Mas o orgulho ficou por demais ferido quando descobriu que a amante era do início do casamento... Se não cheguei a ser amigo do ex-cunhado, nunca lhe quis mal – foi ele que, vereador já no terceiro mandato em Canaviais, trouxe-me de volta para a agência canaviense do Banco.

– Minha filha deixou Adriana e Rodrigo comigo nesse fim de semana. Voou com o marido para um congresso de Odonto em Brasília. Topa ou não?

– Vamos... – aceitei já previamente arrependido, sofrendo por antecipação o futuro mal-estar, mas que, de qualquer modo, podia ser compensado pela prática da filantropia.

Por que se atrevia a voltar tão cedo àquele lugar, ainda tão impregnado da memória do ex-marido? Era naquele restaurante que Edson a levava, de preferência aos sábados, para o tradicional filé com legumes da casa. Conhecendo Marta como julgo conhecer, sabia bem: convinha transformar em espetáculo público, numa espécie de exibicionismo da revanche, aquilo que parecia ser um primeiro e inocente gesto de afirmação de vida, depois da separação. Era o primeiro capítulo da "volta por cima". Um dia, não precisará mais de mim nem de papai. Tem muitas amigas, está razoavelmente conservada. Não vai descansar enquanto não mostrar ao Edson que homem nenhum é insubstituível.

Pouco antes das sete, chegavam a vovó divorciada com os dois netos. Assim que entrou em casa e viu a nova caixa de correio, não se conteve:

– Para que duas caixas de correio, Dim?

Tinha mandado fazer mais uma caixa de correio, maior que a outra, para caber o jornal e os livros que compro pelo correio. Não se contentou com a explicação:

– O entregador não podia continuar jogando no jardim?

Expliquei que Tonico e Tinoco, quando ficavam soltos, estraçalhavam os pacotes atirados, tanta era a raiva que tinham de entregadores e de carteiros.

– Esses cachorros! – ela nunca lhes dizia os nomes, que achava de mau gosto. – Se fosse você, ficava só com um. Para que tanto bicho em casa? Um só já me dá trabalho por um batalhão.

O cachorro de Marta era o pastor Ájax, que dei de presente ao Edson. O nome, evidentemente, foi posto por ela.

– Você sabia que o Ájax é mestiço, Dim? – ela resolveu ligar-me alguns dias depois.

– Não é mestiço, Marta. Quem me vendeu entende bem de cachorros.

Ela insistiu. Tinha mostrado para fulano de tal, que também era autoridade no assunto.

– Se quiser devolver, fica à vontade – disse-lhe.

– Você acha, Dim? Não foi para isso que liguei. Só estou dizendo que ele é mestiço, o que em nada diminui a gentileza do presente. O Edson adora o bicho. Mas como é difícil conversar com você!

Porque Marta havia decretado, a partir de então Ájax ficou sendo um pastor mestiço. Outra implicação com cachorro foi quando resolvi comprar a Piaff – nome aprovado por Marta –, uma *fox terrier* que o caminhão vermelho da prefeitura atropelou e matou. Aceitou o nome, mas achou inconveniente a aquisição, vindo pessoalmente à Casa dos Leprosos para implicar:

– Vai te trazer problemas quando estiver no cio, Tonico e Tinoco vão baixar a guarda... Ouça o que estou falando, Dim.

Quando, algumas semanas depois, liguei comunicando o atropelamento e a morte da cachorrinha, ela não pôde esconder o perverso júbilo:

– Deus sabe o que faz. Vai ser melhor assim.

– Não mete Deus nessa história, Marta. Foi terrível!

Ela sabia que sim, era muito doloroso, era de fato terrível etc. Mas eu devia pensar na relação complicada que dali em diante passaria a existir entre Piaff e os pastores. Aliás, meu principal problema era fazer as coisas de supetão, sem planejar:

— Você é muito impulsivo, Dim. Nunca escuta ninguém.

Depois que Marta chegou com os netos, fui para o quarto mudar de roupa. Da janela entreaberta, pude ver o filho gordinho de minha sobrinha (que era o avô Edson em tudo) tentando escalar a mangueira, enquanto a irmã e a avó, aflitíssimas embaixo, insistiam para que descesse.

Subi a vidraça e gritei para fora:

— Deixa o menino, Marta!

Ela gritou mais alto de lá:

— Se ele quebrar um braço ou perna, você se responsabiliza? — virou-se com as mãos na cintura. — Eles estão sob a minha guarda, querido. E vê se troca depressa aí. Estou morta de fome.

Depois que minhas três companhias já estavam no carro, lembrei-me dos pastores. Desci ao fundo do quintal para soltá-los.

— Só um minuto, Marta.

— Como é difícil marcar horário com você, Dim! Você vive sempre atrasado.

Mal começamos a rodar, a caminho do maravilhoso filé da rua Ana Luísa, Marta começou a implicar com minhas araras:

— Sabia que é proibido ter esse bicho em casa? Se algum vizinho te dedar ao Ibama, você está frito.

— Então todo mundo vai ter problema. Qualquer um que tiver um passarinho em casa, um passo-preto, um canário, uma coleirinha, vai se fritar...

— Se fosse você não corria esse risco. Eles estão rigorosos.

Tinha jurado a mim mesmo que não iria, naquela noite, discutir com minha irmã. No máximo, uma provocação ocasional,

recuando imediatamente o exército para as trincheiras, à espera de uma ofensiva mais contundente de Marta. Sempre jogando mais na defesa que no ataque. Essa perdoável necessidade surgiu no carro mesmo, enquanto fazia uma pergunta inocente ao Rodrigo:
– Você já sabe guiar carro, garotão?
– É moleza, tio Dim. Dirijo de olho fechado.
Não aguentei:
– Pede para a vovó deixar você mostrar.
– Para com isso, Dim. Não sei qual dos dois é mais criança! – ela rosnou. – Não vai na conversa do tio, querido. Ele está só brincando.
– Por que você não gosta de carro, tio Dim?
– Acho os carros brasileiros muito feios. Quando tiver dinheiro para comprar um importado bonito, aí eu compro. Sou muito enjoado.

Marta torceu o nariz e chamou-me de metido, quando podia ter sorrido incrédula. No fundo, acho que acreditou mesmo que eu pudesse ter um carro importado antes dela...

– Por falar em enjoado, fiquei sabendo que você deu uma palestra na faculdade, em Brodósqui. Que chique, hem?
– Foi uma catástrofe, isso sim. Não tenho jeito para essas coisas.
– Você tem um jeitão de professor universitário. E agora que o Banco...
– Por favor, Marta.
– Com o Pedrinho lá dentro, não seria difícil entrar. Você faz o mestrado brincando.
– Só se for para dar aulas de megafone.
– E por que não? Ficaria até original.

Não lhe contei o que tinha acontecido na palestra, depois da palestra, nem que tinha aceitado mais para atender a um pedido de Bida, mulher de Pedro. Quando entramos no restaurante, ela ficou boa parte do tempo cumprimentando conhecidos com a cabeça. Ainda não vi ninguém com maior facilidade de ganhar a intimidade das pessoas, depois de cinco minutos de conversa. Dá-se com todos, não importando a cor da pele, o volume da conta bancária, o grau escolar. Não há ninguém, por outro lado, com maior capacidade para se desentender com o próximo. Na mesma proporção que dá, logo cobra. O pobre Edson experimentou-o na própria carne, até que não suportou mais e arranjou aquela amante do Riachuelo, com quem vive hoje.

– E as máquinas de xerox? Continuam dando problemas? – perguntei.

Edson não a deixou em má situação, mas deixou-lhe as tardes vazias. Além da pensão mensal do ex-marido, de uma parte no aluguel do sítio, arrendado a uma usina de álcool, e do salário de diretora de escola, alugou duas máquinas de xerox e um pequeno salão na rua Coronel Joaquim Rosa (três metros por quatro, com um balcão branco de fórmica na frente, as máquinas a um canto, algumas prateleiras). Encheu as prateleiras com cadernos, lápis, borracha, livros didáticos, e contratou uma moça que, além de os vender, copiava documentos pessoais, atestados, certidões, recibos, livros etc. Não sei se tinha lucro, mas as tardes vazias ficavam cheias de problemas, além dos que já enfrentava na escola pela manhã e à noite. Mas Marta e problemas dão-se muito bem.

– O movimento compensa? – perguntei-lhe.

– No começo era melhor. Agora já está decaindo. Como tudo, aliás, nessa cidade.

– Teu preço continua bom?

– O melhor da praça. Pode comparar.

– Apesar de as cópias serem quase ilegíveis.

– Você nunca fez uma cópia lá...
– Claro que fiz. Se fosse você, botava mais um pouco de tinta.
– Você está exagerando.
– Uma hora te mostro.
– Faço questão de ver.

O sujeito entrou assoviando a valsa "Aurora" de Zequinha de Abreu. No fim de cada frase, trinava como canário. Passou por Marta, cumprimentou-a.

– Esse é o irmão da Noca, aquela costureira da rua Amador de Barros – Marta informou-me. – Um caloteiro.

Tentei lembrar-me da Noca e do irmão, mas não consegui. Rodrigo e Adriana já tinham acabado de comer e foram para a calçada olhar o movimento de carretas da rua Ana Luísa. Mais que rua, é na verdade o nome da rodovia Cândido Portinari quando corta a cidade. A irmã ficou comigo na mesa, ainda comendo com gosto a carne macia, de fato muito bem feita, os legumes mergulhados no molho de manteiga, a meia-cerveja gelada ao lado.

– Como é que você consegue cortar a carne com a mão esquerda, Dim? É muito mais prático com a direita – levantou o rosto do prato, olhou-me repreensiva –. Além de ser mais educado.

Como não fez muito caso da minha provocação do xerox, não iria aceitar a sua, agora. Era uma noite para o jogo terminar empatado, numa dessas partidas amistosas em que não valia a pena arriscar um tornozelo ou um joelho, num campeonato que prometia durar a vida toda.

(Lembrei-me do maldito churrasco que tinha feito no último aniversário do marido, antes da separação. Quando Marta viu os nove pés de frango em minha mão, não aguentou:

– Mas é muito, Dim! Já tem carne de boi suficiente para nós todos.

Nós todos éramos minha filha, minha sobrinha com os dois filhos e o marido, o aniversariante, nosso pai e ela própria. Eu sabia o que estava fazendo. No entanto, ela me segurava o braço:

— Não põe tudo na churrasqueira, pelo amor de Deus! Vai colocando aos poucos.

Como ninguém nos via, desobedeci e botei tudo na churrasqueira, insensatamente, como se estivesse em minha própria casa. Foi o bastante para ela se sentir agredida, e com toda razão. Ficou amuada pelo resto da noite, quase não participou do churrasco. Ficou semanas sem me cumprimentar, quando nos encontrávamos em casa de papai.)

No restaurante, tudo parecia ir adulta e civilizadamente bem, até que Marta, movida por ódios antigos, decidiu atacar com inesperada dureza, talvez lendo o meu pensamento ou respondendo um pouco tardiamente à provocação do xerox:

— Sabe, Dim? Conversei bastante com a Livinha num dia desses, antes de ela voltar para Campinas. Ela nunca vai esquecer aquela agressão... – disse com suavidade.

Olhei para minha irmã, já ia falar qualquer coisa pouco suave, mas consegui controlar-me em tempo, sempre lembrando do jogo amistoso que me prometera. Em silêncio, para melhor torturá-la, continuei cortando ostensivamente a carne com a mão esquerda, como se estivesse cortando a sua língua, em pequenas fatias bem martamente simétricas. Suspirei mentalmente, mais uma vez vitorioso pelo empate.

— Precisava daquilo? – ela sustinha no ar a faca e o garfo nas mãos adequadas. – Foi por isso que ela teve aquelas dores musculares estranhas. Tenho certeza. Uma reação claramente psicossomática.

— O que mais ela andou te falando? – deixei no prato a mandioca salsa que acompanharia a fatia de carne.

– Tudo. Contou tudinho. Para certos assuntos, ela parece confiar mais em mim que na própria mãe. Que, aliás, é uma excelente mãe, como foi excelente esposa...

– Lívia me provocou, naquele dia. Eu jamais faria isso.

– Mas já fez muito... – sorriu-me. – Lembra?

– A gente era criança, Marta. E você vivia provocando.

Inicialmente, por ser mais novo, era eu que apanhava. Depois que meu corpo ficou maior e mais forte, comecei a bater sem piedade. Como bati! Como fui cruel com Marta! Braços torcidos, tapas traiçoeiros nas costas, rasteiras: tudo, enfim, o que era possível ser feito a um corpo mais frágil. Está certo que ela provocava, sabia fazê-lo com muita habilidade, mas eu não precisava exagerar. Mal sabia que treinava aquele esporte para, bem mais tarde, praticá-lo com todas as nuances com certa amiga paulistana.

– A provocação de Lívia também foi insuportável.

– Pode até ser, mas olha a idade dela. Você não queria uma filha retardada, queria? Uma garota que aceitasse tudo o que você dissesse, fazendo assim com a cabeça – imitava o célebre boizinho do presépio. – Queria, Dim?

– Queria uma filha bem-educada e equilibrada, que não jogasse dez anos de piano no lixo por uma decisão tomada em momento de raiva.

– E se ela considerou que o melhor era fazer História? Que direito temos de interferir?

– A filha é minha. Tenho o direito de opinar.

– Opinar é uma coisa, pressionar é outra. Começo a crer que ela tem razão com aquilo de nazista...

– Há momentos em que desconfio que você é que andou enfiando besteira na cabeça dela.

– Como você tem coragem de dizer isso?

– Eu te conheço bem – disse-lhe, depois de levar o guardanapo à boca, já incapaz de controlar as palavras.

– Não se esqueça que, além de tia, sou madrinha dela. Tenho obrigação de aconselhá-la.

– Faço inclusive por ela o que você se esquece de fazer. Se, aliás, o senhor não tivesse abandonado aquelas duas na Rua da Amargura, número zero, talvez Lívia tivesse saído mais educada e equilibrada.

– Você mete a colher onde não pode, Marta.

– E você se omite do que não devia.

– Não te dou o direito de dizer o que devo ou não fazer. Cuida da tua vida.

– Pensa que é por você que faço isso? É por papai. Ele é daquele jeito, sempre de bem com todos. Mas no fundo está muito descontente e envergonhado com tuas atitudes.

– Você está sempre arranjando uma desculpa altruísta para encobrir essa implicância neurótica comigo.

– Doente eu sei bem quem é... Neurótico e despudorado. Se eu fosse você, seria um pouco mais discreto com essas putinhas que você leva para tua casa. Canaviais não é São Paulo, você sabe bem. É uma cidade com olhos e ouvidos bem atentos.

– Levo quem eu quiser à minha casa.

– Pensa que não sei que é por isso que você não mora com papai? Para ficar mais à vontade com aquelas vagabundas.

– Vejo meu pai toda semana.

– Um filho mais agradecido, nas tuas condições, moraria com o pai.

– Ele sabe se virar sozinho, não precisa de nós dois. Continua um esteio de aroeira. Só tenho medo de que agora, com você morando lá, ele perca a tranquilidade.

– Ele está muito contente comigo.

– O velho não gosta de magoar ninguém.

– Bem diferente do filho...
– Eu e você puxamos mais para a mamãe. Não é mesmo, Marta?
– Também não te dou o direito de falar mal de mamãe. Imagina como ela deve estar lá em cima, vendo o tipo de vida que você leva aqui.
– Levo a vida que quiser, gasto com quem quiser. Não preciso me arrepender por isso.
– Mas é um dinheiro que podia ir para tua filha.
– Nunca faltei com minhas obrigações.
– Custa dar o carro que ela te pediu? Um carrinho barato, só para ela se virar lá em Campinas.
– Já falei que, quando puder, eu dou.
– Você sabe muito bem que Elzinha, com aquele salário de professora, não tem condições.
– Tem a pensão que o marido deixou.
– Você chama aquilo de pensão? – ela riu.
– Bom a gente ir embora, Marta.
– Sempre o mesmo: com medo de ouvir verdades.
– Não tenho medo de porra nenhuma que venha de você.
– Perdendo a classe? Saiba que também não tenho um pingo de medo de você, Dim – dizia sempre em tom baixo, o sorriso falso no rosto. – O que tenho de falar, também te falo na cara. Não foi assim que você falou para a Livinha? – com a mão trêmula, limpou a boca no guardanapo. – Quando a gente era criança, apesar de eu ser mais velha, você me tratava daquele jeito. Lembra? Agora somos adultos, pelo menos eu sou, e você tem de me ouvir sem socos. Como gente.
– Não tolero ouvir asneira.
– Você é que é o bom. O grande deus do Olimpo, a cabeça iluminada da família.
– Não tenho culpa se você sofre com isso.

– Vê se te enxerga, Dim. Nunca permiti que você botasse banca por cima de mim.

Era verdade. Quando trouxe do sítio o galo Jair, ela trouxe uma galinha que tratou de batizar como Nair. Ao entrar para as aulas de piano, ela descobriu que era inclinada desde o berço para o violão. Depois que aprendi a jogar truco e já sentava à mesa com os velhos para a partida, ela não ficou atrás: aprendeu também, e passou a ser minha principal adversária. Nunca eu podia ser eu mesmo sozinho. Meu reino haveria sempre de ser rachado ao meio com Marta.

– O que você fez nesse mundo para justificar tanto tempo perdido com literatura? Aqueles teus livrinhos que ninguém lê? – olhou-me desafiadora.

– Se você lesse, ficaria muito surpreso.

– Nem eu, nem ninguém de bom gosto, perderia tempo com aquelas pornografias rimadas.

– Marta Rielli, minha crítica mais implacável.

– Não sei como a mamãe deve estar se sentindo no céu, vendo o tipo de mulher que você leva para casa.

– Você parece muito preocupada com o que os mortos estão sentindo lá em cima, com o que os despudorados fazem aqui embaixo. O raio de abrangência do teu cuidado é cósmico. Melhor: metafísico.

– Não adianta derramar essa retórica irônica para cima de mim. Tenho o corpo e a alma fechados contra você. Em vez de escrever aquelas coisas vergonhosas, você devia cuidar melhor da tua filha. O desamor é o melhor caminho para levar às drogas... Não esqueça que Livinha, na universidade, está cercada de viciados.

– Faço o que posso. Ninguém é totalmente responsável por ninguém.

Não me ouviu. Se minha irmã e minha ex-mulher já se davam bem, a perda dos maridos parecia aproximá-las ainda mais:

– E quer saber mais? Você devia reparar aquela bobagem que fez há quase vinte anos e voltar com a Elzinha. Nunca é tarde para se arrepender.

– Não fiz nenhuma bobagem há vinte anos. Não tenho do que me arrepender. Fiz o que precisava ser feito. Sorte dela não ter vivido comigo...

– Até que enfim, falou algo sensato. Parabéns! – cortou a pequena fatia de filé, cravou-a com o garfo. – Infelizmente, aquela bobona está disposta a te perdoar. É só você fazer assim com o dedo que a coitada vem correndo – estalou o médio no polegar. – Bastaria só um pouco de humildade e consideração da tua parte. O que não é nada fácil, reconheço, para quem tem se especializado desde muito cedo em maltratar mulheres. A Nonna que o diga...

– Não quero reparar mal nenhum, não quero ser perdoado. Quero é que você vá à puta que pariu, Marta!

Foi súbito. Ela não teve como continuar: deixou o garfo tombar no prato com o pedaço de carne. Os olhos logo ficaram úmidos e ela começou a chorar, chamando a atenção do japonês, na mesa ao lado. Marta percebeu:

– Você me dá ânsia de vômito! – ela estava perdendo o controle da situação.

Girei discretamente os olhos à nossa volta.

– Você é um escroto, Dim!

Antes que o escândalo começasse, Marta foi correndo para o banheiro, fazendo aquilo que mais a humilhava: chamar a atenção das pessoas. E agora? O que poderiam pensar de mim? Eu, que já fui torturador, crápula, nazista, agora recebia mais uma condecoração para minha lapela moral: escroto. Acendi um cigarro, fiquei olhando Rodrigo e Adriana correndo na calçada, alheios ao recente duelo dos irmãos adultos, na mesa do restaurante.

Pensei nas outras mulheres da minha vida – aquelas damas que nunca tinha conseguido amar direito, a começar pela Nonna. Tia Zezé, dona Gina, tia Marieta, vó Isolina, mamãe Augusta, prima Maria Rita, namorada Elzinha, filha Lívia, incluindo essa infeliz Marta – minha querida e odiada irmã, com quem sempre vou brigar, com quem sempre vou voltar a conversar, condenados para sempre ao ódio-amor que tem sido a tonalidade dominante em toda essa ópera-bufa.

Meu cigarro já estava terminando quando ela saiu do banheiro e foi diretamente ao caixa, pagou os filés e passou por mim sem me olhar, ignorando por completo os conhecidos nas mesas. Pegou as crianças, foi direto ao carro, deu a partida e ligou a seta da esquerda. Rodrigo e Adriana olhavam para trás sem nada compreender, olhando para a mesa em que eu ainda me encontrava. Depois que passou o enorme *treminhão* carregado de cana, estremecendo o asfalto da rua Ana Luísa, o carro de Marta saiu furioso do meio-fio e desapareceu da minha vista.

IX

Eu já não era mais criança quando fui procurado, algum tempo depois, para dar uma palestra no IACANP, em Brodósqui, substituindo um prestigiado professor carioca que recebeu inoportuna visita do mosquito da dengue e não podia viajar.

O convite partiu do amigo Pedro, que ali ensinava sociologia e fazia parte da comissão organizadora da *VIII Semana de Artes e Literatura*, SAL para os mais apressados.

Pedro, ultimamente, tinha uma obsessão: achava que o poeta bancário devia trocar os números pelas letras e investir na carreira acadêmica.

— Você está na idade-limite, Dim, e o Banco vai ser privatizado — disse-me, na última conversa telefônica, com aquela bela e insistente voz de Woody Allen dublado. — A universidade é a mamata de que você precisa, vai ter tempo de ler e escrever o que quiser. Mamata no bom sentido, obviamente. Não me entenda mal.

— Eu entendo muito bem, Pedrinho.

Pedro sempre foi boa gente, apesar das diferenças nas ideias. Éramos amigos à antiga, *amizade, amizade, negócios à parte*, ao contrário de certa tendência muito atual, entre gente intelectualizada, de usar fita métrica ideológica para regular a simpatia e o ódio.

— Banco não é lugar para gente como nós, Dim. E a universidade precisa das suas luzes.

Não me contive.

— Pode rir. Eu não ligo – suspirou Pedro muito serenamente. – Você precisa começar o mestrado *anteontem*. Sem pós-graduação não dá para prestar concurso.

A palestra, insistia ele, era um jeito privilegiado de apresentar-me aos colegas da casa. Bastava caprichar um pouco na coisa, mostrar o que sabia de literatura ("Você põe tranquilamente no chinelo aquele pessoal do departamento") e logo minha via de acesso ao IACANP estaria pavimentada. Cuidasse da palestra, ingressasse no mestrado e deixasse o resto com ele.

Acabei agradecendo pelas luzes, embora já não acreditasse muito nos próprios *quilowatts*. Quanto à privatização do Banco, era a pior ideia que o mundo podia ter, mas estava sinceramente disposto a recusar o convite e o brilhante futuro acadêmico que Pedro milagrosamente desentranharia de uma mísera palestra de afônico.

— Nunca fiz isso na vida – insisti.

— Discrepo, nobre colega! Você nunca fez outra coisa, na vida, senão literatura. Basta botar um paletó naquelas conversas informais e encarar a plateia.

— Tenho essa voz baixa que você conhece. Professor sem pulmão é centroavante sem chute.

— Você é um cabeça-dura, Dim. Temos excelentes microfones. É só caprichar na pontaria.

— Não vê que estamos perdendo de dez a zero, Pedro? Falta menos de um minuto para o fim do jogo.

— A gente perde a partida e ganha o campeonato. Vem pra cá, Dim.

Quanto ao SAL, eu sabia bem o que me esperava:

— Nunca tive simpatia pelo mundo acadêmico. Aqueles cinco anos no Direito foram um pé no saco. Me diga com honestidade: o que um curso de Letras tem a ver com poesia? É o túmulo da literatura, você sabe disso.

— Há defuntos que ressuscitam. A literatura é muito maior que a universidade. E ninguém vai te obrigar a ser um acadêmico típico, pombas!, falar aquelas coisas marxistas e freudianas que você tanto detesta. Aliás, nem existe mais o acadêmico típico. O templo do saber virou oficina do conhecimento.

— Deixa de ser idiota, Pedrinho. Você sabe que o pessoal anda atrás de outras coisas...

— Tudo bem, cara, tudo bem. Mas você vai poder ler, poder escrever! Imagina o que é ganhar um bom salário (que os coleguinhas do sindicato não me ouçam) para ensinar o que você mais gosta: literatura. Uma teta enorme, miraculosa. Não é justo você ficar contando dinheiro sujo no Banco.

— Vamos falar sério, Pedro, como adultos. É impossível caprichar numa palestra preparada em cima da hora.

Ele deu um profundo suspiro.

— Sinto muito, Pedrinho. Não dá.

Foi então que Pedro botou a pelota no morrinho artilheiro, mirou o ângulo e chutou:

— A Bida mandou você aceitar, Dim. Disse que é uma ordem peremptória de sargento.

— Diga a ela que agradeço, mas...

— Mas coisíssima nenhuma.

Eu não contava com aquele chute certeiro. Depois de enrolar mais um pouco na defensiva, suficiente para ele não vincular minha rendição com a ordem de Bida, acabei entregando os pontos. Pedro ganhou. A bola entrou redonda no ângulo.

Para dissipar qualquer suspeita, encobri a verdade com a própria verdade:
— Tudo bem, Pedro. Mas só porque Bida mandou.

※

Chamava-se Fernanda a professora que telefonou, na noite seguinte, para oficializar o convite:
— É desagradável convidar de última hora, mas foi o Pedrinho que nos animou. Fale sobre o que você quiser – disse-me com a voz neutra de quem não queria convencer. – O cachê, infelizmente, não é grande coisa, só um pagamento simbólico. Pensa em um tema. Um assunto qualquer. Amanhã ligo para saber.

Não era difícil perceber que só cumpria uma obrigação profissional. Se recusasse, tinha certeza de que ela não insistiria. Quem trabalha em banco conhece bem aquele tom de voz – frio, neutro, educado.

Tive vontade de perguntar se o professor carioca também receberia pagamento simbólico, mas me lembrei da ordem peremptória de Bida e fiz boca de siri. Talvez fosse bom desafiar aquela dicção frouxa, expondo-a pela primeira vez em público. Pedro levaria Bida ao *show* e eu seria o galã da noite.

Disse-lhe, neutra e educadamente:
— Vou pensar num assunto. Liga amanhã cedo, antes das nove.

※

Quando o telefone tocou de volta, no dia seguinte, sugeri à professora do IACANP o assunto de uma crônica escrita meses atrás, depois de ler um ensaio de Alfonso Reyes sobre a vida de Goethe.

Goethe era sempre um bom nome para impressionar os que jamais leriam Goethe. A crônica "Eu sou aquele que muda", sobre dois poemas e duas mulheres na vida do poeta alemão, tinha saído, terrivelmente empastelada, na página de esportes da *Voz da Mogiana*.

Era um episódio da vida do poeta que se encaixava como luva em minha própria vida. Interessei-me pela coisa. Goethe, ainda jovem, enrabichou-se por Frederica Brion, filha de pastor protestante. Decidiu abandoná-la em nome de tudo o que, depois, ofereceria ao mundo ocidental.

Para justificar a canalhice, o criador do *Fausto* consolava-se filosoficamente: "Eu sou aquele que muda." Não foi fácil esquecê-la. A vida passou e Goethe envelheceu. Um dia, já viúvo, estava no balneário de Marienbad e conheceu a moça Ulrica, por quem se sentiu atraído. Abriu o coração geriátrico e foi suavemente repelido.

O mesmo fiz com Elzinha, há mais de vinte anos, para ficar livre do casamento e poder me dedicar integralmente à tarefa de mudar a poesia brasileira contemporânea. Não é o que Bida provavelmente faria, se tivesse coragem de cantar a jovem mulher do amigo? Não era o que todas as jovens fariam comigo, de agora em diante, obedientes à mais natural das leis?

Valorizando o serviço, não disse à professora que a palestra já estava escrita:

— São notas de leitura. Preciso botar ordem no material.

Lembrei-me, logo em seguida, da *leproesia*:

— Tenho, também, um pequeno ensaio sobre poesia, "A lírica como modalidade de lepra". Se o Goethe não servir...

A professora não quis saber do que se tratava. Goethe tinha servido. Goethe era um bom tema. Combinava mais com um simpósio de literatura, para cujo time principal eu já estava definitivamente escalado.

Como ficou sabendo, por Pedro, que eu não dirigia automóveis, avisou que mandaria o motorista do diretor me apanhar em Canaviais.

– Às sete e meia. Tudo bem? Nossas palestras começam às oito e meia.

Tudo bem. Professora Fernanda agradeceu laconicamente, desejou-me bom dia no Banco (uma típica ironia involuntária) e desligou.

℘

Fazia muito calor naqueles dias. Eu tinha acabado de jogar "uma água fria no cadááááver" – como vivia dizendo um amigo taxista, o Juquinha, imitando filme de terror – e deitei-me no velho sofá da sala para esperar o motorista da universidade.

Enquanto isso, relia o ensaio sobre Goethe, impresso em três folhas de sulfite. Para continuar no clima goethiano e, ao mesmo tempo, aliviar o nervosismo, botei depois na vitrola a abertura *Egmont*, de Beethoven, versão Karajan, Filarmônica de Berlim.

Passava das sete quando tocou o telefone. Era a mesma professora Fernanda da véspera, avisando secamente que tinha havido um *pobleminha*: o motorista do diretor não podia vir buscar-me, requisitado de última hora para outra missão – certamente mais importante que o leva-e-traz de literatos provincianos.

Para surpresa do literato provinciano, viria ela mesma:

– Como faço para chegar até aí?

Ela não demorou a chegar. O velho Monza do amigo taxista perdia feio para o Renault macio da professora, limpo, cheiroso, de quase inaudível motor.

Professora Fernanda não desceu do carro. Buzinou discretamente, e lá se foi o improvisado palestrante, com um cigarro na boca e três folhas de sulfite no bolso da calça, a caminho de seu primeiro show acadêmico.

A professora não ofereceu o rosto para o beijinho, nem deu a mão para cumprimentar. Disse um discreto boa-noite e destravou a outra porta. Não era feia, apesar da frieza e daquele *pobleminha* telefônico. Clara como minha avó Isolina e minha ex-mulher, de altitude acima da média como esta, tinha o cabelo muito liso descendo um pouco abaixo dos ombros, suficiente para quase esconder uma pinta na nuca. Uma bela estátua de gelo.

— Interessante sua casa — comentou sem virar-se. — Deve ser relíquia de família.

— É uma das últimas da antiga Canaviais. Foi de uma família de leprosos, há muito tempo.

A estátua de gelo virou-se, arregalou os olhos, mas nada perguntou.

— Comprei na pechincha, quando voltei de São Paulo.

Dei alguns detalhes sobre a compra, de como a doença ajudou a desvalorizar o imóvel, a dedetização do ambiente. Falei também de como minha própria concepção de poesia, por influência da casa, foi lentamente impregnando-se da ideia de lepra, até francamente admiti-la como uma espécie perigosa dessa doença: uma leproética.

— Só agora compreendo porque o mundo anda se defendendo tanto da poesia, professora.

— Vem daí sua segunda **propo**sta para a SAL? — Fernanda lembrou-se.

— Pois é — disse-lhe.

Ela nada mais perguntou sobre a casa ou o palestrista. Parecia um pouco assustada. Apesar do calor, a temperatura desceu abaixo de zero no carro. Imaginei como iam ser longos os dez minutos que separavam Canaviais e Brodósqui. Ela devia ter logo notado

Capítulo IX | 191

que levava um louco no banco vizinho. Quanto menos provocar os doidos, melhor.

Honestamente, dei razão a ela. O que podia esperar de mim uma professora universitária, dessas que escrevem teses enormes e publicam artigos complicados em revistas que só os doutos leem? Eu não passava de um bancário metido a poeta, provavelmente candidato a levar um sumário pé na bunda dos novos patrões banqueiros.

Aproveitei o silêncio para pensar na burrice que estava fazendo. Quando ainda morava em São Paulo, nos quase vinte anos em que lá fiquei, jurava que a universidade era a última porta do mundo em que bateria para pedir um pedaço de pão. Sempre tive a pior das impressões do ambiente acadêmico, primeiro como péssimo aluno de Direito, depois nas poucas vezes em que escutei palestras. Como dizia um amigo, poeta concretista:

– É lixo de luxo, cara. Estou longe desses universotários.

Anos depois, não resistiu e doutorou-se. A última vez que soube dele, era chefe de departamento de uma universidade pública. Já deve estar a caminho da reitoria.

Agora entendo melhor o amigo concretista. O que as circunstâncias não mudam, sobretudo as femininas, com essas "ordens peremptórias" sem margem para apelação?

Durante o telefonema de Pedro, estava seriamente disposto a recusar o convite. Bastou ele falar em Bida, e a cabeça de baixo contradisse com veemência a superior, fazendo o calhorda mudar de ideia bem depressa. A palestra, intransponível muralha chinesa, seria agora a mais tranquila travessia do Mar Vermelho, com todos os soldados do faraó devidamente afogados na hora H.

Uma promessa de calcinha arriada faz mais milagres que o bom Deus: cursaria mestrado e doutorado, participaria do próximo concurso para seleção de professores, escreveria artigos ilegíveis para pasquins desconstrucionistas, viajaria para soporíferos congressos de literatura áudio-tátil-visual. Os homens sempre foram capazes das atitudes mais abomináveis para comer a mulher proibida. O diabo é que a mulher proibida sempre tem razão, pelo menos até a primeira noite. A palestra seria, quem sabe, o pontapé inicial de uma brilhante carreira *universotária*, agora que o Banco ia ser mesmo privatizado e eu podia ser jogado no olho da rua da amargura.

☙

Antes de Brodósqui surgir à direita, puxei assunto:
– Foi difícil achar o endereço, professora?
– Até que não – disse ela.
E nada mais disse. Depois de alguns quilômetros em silêncio, franziu a testa e suspirou:
– Mas que calor brutal, hem?
– Deve ser o dia mais quente do ano – animei-me, usando o tom mais cordial que podia.
"A seu lado, não há calor que resista", era o que gostaria mesmo de dizer. Companhia ideal para verões como esse. Continuei com amenidades:
– Não é a ocasião mais adequada para falar de literatura. Ou ouvir. Tenho pena das meninas do IACANP.
– Seremos valentes. Pode acreditar – disse Fernanda sem virar o rosto. – Nem tive tempo de abrir seus livros, que o Pedro deixou no departamento. Estamos numa correria só.
– Não perdeu nada – devolvi-lhe com sinceridade, já plenamente convicto de que a poesia brasileira contemporânea jamais dependeria de minhas insignificantes lepras.
Ela sorriu discretamente:

— Mas improvisamos uma banca em frente ao Salão de Atos. Os livros vão estar lá, para o pessoal folhear. Em seguida, vão fazer parte do acervo da biblioteca.

— Fico bastante honrado.

— Você teve tempo de jantar?

Expliquei que não. Que, quando estava ansioso, perdia completamente a fome. De estômago vazio, corria o risco de ter dor de cabeça, e aí a palestra podia acabar bem antes do tempo combinado, para decepção dos que ainda acreditavam em mim. Mas isso não disse à professora, obviamente.

Só agora, já entrando em Brodósqui, ela avisou que devia passar rapidinho em casa:

— Deixaram para me avisar sobre o motorista em cima da hora.

— Brasileiro é bicho folgado.

Fernanda não deu a menor bola à minha concepção do Brasil. Estava mais interessada em justificar o desvio de rota:

— Saí correndo e deixei meus óculos no quarto. Sempre os esqueço nalgum lugar. O *poblema* é que, sem eles, parece que estou nua – disse ela, como se não estivesse sentindo a menor necessidade das lentes.

Olhei discretamente a blusa cinza, a calça preta, o sapato de salto sobre o acelerador, e imaginei como seria branca a nudez sem óculos da professora Fernanda. Uma professora esculpida num bloco de gelo. Uma bela e álgida nudez, certamente. Uma pelada clássica. O diabo era aquele *poblema*, que soava como uma espécie de mau hálito sonoro.

Quando, do outro lado da rodovia, avistei o prédio do IA-CANP, onde logo mais estaríamos, vi que não tinha mais como escapar. Era natural que ficasse um pouco ansioso.

Mas fiquei bastante ansioso: fumava um cigarro atrás do outro, torcendo para tudo terminar o mais depressa possível e poder dar o fora do IACANP, longe do alcance de todos aqueles que agora ameaçavam minha segurança pessoal – inclusive Bida, a responsável direta por toda aquela palhaçada que estava perto de acontecer em minha obscura vida de bancário: proferir palestra em salão nobre de universidade. E tive sincera pena daquela sortuda plateia que, em breve, seria generosamente iluminada por minhas luzes.

✧

Professora Fernanda dividia a casa com professora Cláudia, de Artes Plásticas, que estava em plena atividade criadora quando entramos – e a quem fui sumariamente apresentado, a distância, como poeta Rielli. A artista balbuciou o olá mais indiferente do planeta e continuou cuidando de sua tela.

Cláudia estava dentro de uma camiseta larga e uma calça de algodão leve, estampado com folhas secas de outono, em que caberiam pelo menos duas Cláudias razoáveis. Não era nem tão alta nem tão cheia, cabelos curtos à homem, mas os olhos enfezados é que mais chamavam a atenção.

Havia mais gente na sala: um jovem e uma jovem, no sofá, trajados como indigentes. Ele era um mulatinho delicado, de cabeça raspada, brinco de pirata numa das orelhas. A moça, alta e magra, estava nua da cintura para cima, os seios pequenos cobertos pela vasta cabeleira.

– O Rô e a Vi, alunos do IACANP – apontou-os Fernanda.

Cumprimentei-os, e eles acenaram discretamente. Não foi difícil entender o que se passava na sala: uma pintora lutava, valentemente, com seus modelos.

Fernanda propôs, muito gentil, um gelado chá com torradinhas macrobióticas:

— Estou preocupada com você não ter comido nada em Canaviais – disse-me imprevistamente amável, bem diferente da geladeira anterior.

Aceitei e ela saiu para a cozinha. A grande sala era quase tudo ao mesmo tempo: copa, escritório, ateliê de pintura, sala de som e tevê, com três sofás, uma espreguiçadeira, estantes com livros e discos, alguns quadros na parede e no chão. Ao fundo, havia um pequeno banheiro entreaberto, defendido por um biombo de vime.

Numa tela de metro e meio quadrado, Cláudia rascunhava o embrião da futura obra: alguns rabiscos entrelaçados, como fios de cabelo esquecidos numa toalha branca, que já sugeriam duas figuras num abraço. Olhei para o esboço, olhei para o casal de jovens no sofá e admiti que seria bem mais interessante continuar ali, observando aquela curiosa gestação artística, do que falar de literatura para um público extremamente distraído com o final do século XX.

— Rô, meu querido, larga esse cigarro e abraça um pouquinho mais a Vi. Você anda tão apático! – disse a artista com um leve sotaque nordestino.

Rô, o moço delicado, deixou o cigarro de maconha na mesinha e a abraçou um pouquinho. Vi, a moça da vasta cabeleira, fingiu um longo suspiro apaixonado. Cláudia aprovou-os como um sargento aprovaria a tropa:

— Bravos!

Vieram depressa o chá e as torradinhas, que Fernanda serviu só para mim na xícara e no prato de porcelana. Depois, sempre afável, pediu licença:

— Volto num instantinho, Hildo. Fica à vontade – e desapareceu outra vez no corredor.

Tomei o chá e mastiguei as etéreas torradinhas macrobióticas. Rô, apontando-o, ofereceu-me educadamente o baseado. Desde

Maria Rita, nos tempos de São Paulo, que não cheirava aquela fumacinha ordinária, que me provocava náuseas ou dor de cabeça. Embora envergonhado de ser tão caipira entre gente tão moderna, agradeci e recusei.

O casal esforçava-se por ficar quieto.

– Assim não, meus bens. Mais juntinhos. A careca no ombro dela, Rô – Cláudia corrigiu-os de longe. – O rosto da Vi mais levantado, com o pescoço aparecendo bem.

Fui até o vitrô e abri uma pequena brecha na cortina: a pracinha de Brodósqui lá estava, com suas poucas árvores e seus muitos postes. Algumas crianças corriam e gritavam. Braços cruzados, um velhinho cochilava no banco. A jovem mãe conduzia com orgulho um carrinho de bebê.

Fechei a cortina. Cláudia tinha um lápis na boca, outro na mão e, de vez em quando, trocava-os de lugar. Sem saber se ela aprovaria ou não, contornei timidamente a sala e cheguei mais perto da tela. Pude ver que os traços não estavam tão informes como supunha: já sugeriam razoavelmente um casal abraçado. Com um pouco mais de atenção, via-se uma figura maior, inspirada em Vi, ao lado de outra menor, de cabeça apoiada em seu ombro. A feminina, com a nudez e os seios, apresentava mais aspectos masculinos que a segunda, apesar do cabelo e da camisa de homem.

– Cláudia, você não vai botar seios em mim, vai? – Rô procurou delicadamente saber.

– Um belo e fogoso par de seios, Rô.

Vi sorriu sem mexer-se.

– Até que daria uma figura bem grotesca – Cláudia ameaçou rir, trocando um lápis por outro.

Vi pediu o baseado sobre a mesinha. Levei-o de bom grado. Ela puxou uma tragada forte e soltou-a, virando o rosto para o lado.

– Agora não, Vi. Você perde a concentração, pombas! – ordenou a pintora, condenando-me com os olhos. – Me dá aqui essa guimba.

Fingindo mais furiosa do que estava, veio e pegou o cigarro de maconha das mãos da jovem, tragou-o bem forte antes de deixá-lo fora do alcance da Vi, do Rô e da minha impertinente solicitude. Seguindo as instruções seguintes de Cláudia, Rô colou o rosto ao ombro da Vi. Depois, suas mãos abraçaram as costas lisas da Vi. Ela ergueu a cabeça – e o pescoço apareceu fino como um junco.

Sentei-me de novo na cadeira de vime, procurando repassar mentalmente o texto que leria daí a pouco, no IACANP. E se, no salão cheio de olhos abertos e ouvidos atentos, de repente eu parasse no meio da fala (cada vez mais baixa) e me visse na trágica iminência de nada mais ter o que dizer – a plateia esperando, impaciente, que eu retomasse o fio da meada?

– Vamos logo com isso, que o Rô já está de pau duro, Cláudia! – a modelo falou rindo, começando a sacudir-se de leve.

– Deus me livre – desdenhou Rô.

– Que saco! Parem de se mexer! – Cláudia berrou.

– Que jeito, Claudinha? O pau do Rô ficou duro mesmo. Olha ali, ó.

– Fofoca dela, Clau – disse o Rô. – Amizade, amizade, negócios à parte.

– Assim não dá – Cláudia tirou os lápis da boca e da mão. – Por hoje basta. Podem desgrudar.

Rô separou-se alegrinho da Vi, quase pedindo desculpas por também sofrer, esporadicamente, de ereção provocada por mulheres, e foi deitar-se exausto no pequeno sofá de palhinha.

Acendi um inocente cigarro com filtro, sem a venturosa e dignificante adição de *cannabis*. A pintora abriu a torneira do banheiro:

– Sinceramente, não sei para que Deus inventou esse troço chamado pinto – e começou a esfregar as mãos. – Além de coisa supérflua, é antiestética e nojenta. Se fosse você, Rô, mandava decepar.

Rô nem ligou. A Vi, que achou muita graça, vestiu a camiseta com a sigla estampada do IACANP. Antes que eu pensasse em esboçar uma defesa daquela coisa supérflua, antiestética e nojenta – que tanta dor de cabeça já me dera –, Fernanda apareceu na porta do corredor. Além dos óculos esquecidos, aproveitou para trocar a blusa cinza e a calça preta por um vestido também cinzento. Os tamanquinhos pretos substituíram os sapatos. Era o calor, pensei. Até as estátuas de gelo sentem calor.

– Vamos? – olhou distraída para Hildo. – Estamos quase em cima da hora. Que foi que a Vi está rindo tanto?

– Essa Vi... – disse o Rô.

Fê interrogou-a com a cabeça.

– O Rô ficou de pau duro – Cláudia explicou, enxugando as mãos com raiva. – Me desculpa, Reale, mas os homens são uns porcos. Sem exceção. Querendo ou não, Rô, você também é um homem.

Fernanda sorriu:

– Não é Reale, Clau. É Rielli. Hildo Rielli.

Cláudia olhou-nos com desprezo, como se não valesse a pena pedir desculpas.

– O vestido ficou muito bem em você – arrisquei enquanto íamos pela calçada.

– Obrigada – disse secamente Fernanda, retornando à geladeira.

– Sua colega pintora parece não gostar muito de poetas.

Demorou um pouco, antes de responder: o tempo de entrar no carro e abrir-me a porta.

– É o jeito dela – disse-me, ajeitando pudicamente o vestido. Mas parecia esquecida de alguma coisa: – Só um minutinho. Já volto.

Desceu e atravessou rapidamente o pequeno jardim. Com as portas do carro e da sala abertas, pareceu-me ter ouvido um começo de discussão, mas logo Fernanda estava de volta. Vinha depressa pela calçada – os saltos do sapato fazendo *toc-toc*.

Sentou-se no banco, mas dessa vez sem implicar com o vestido desobediente, que a deixava um pouco mais interessante. Vendo-a assim, até me esquecia do *poblema*. Uma das mais frequentes reclamações de Pedro era o predomínio quase absoluto das feias no meio acadêmico: tornava-se milagre cada vez mais raro mulher bonita interessar-se pelas humanidades que, assim, ficavam ainda mais desumanas.

O carro contornou furiosamente a pracinha e continuou furioso durante duas ou três ruas largas de Brodósqui. A mulher ao volante continuava rígida como uma estátua egípcia. Nada mais falamos até o IACANP, pois Fernanda trancou-se num belo silêncio cor de cinza e perdeu a chave.

❧

Quando olhei para a plateia, estremeci. Santa Mãe do Céu, não devia ter feito isso! Mas, já que não tinha solução, jurei a mim mesmo que nunca olharia para o público, na maioria feminino – bem mais armado do que eu, cheio de risinhos cheirosos e cabelos balouçantes –, lotando o colorido Salão de Atos do IACANP.

Tirei, do bolso da calça, a crônica "Eu sou aquele que muda", impressa nas folhas de sulfite um pouco amarrotadas – com tipo vinte e dois, para facilitar a leitura. Desdobrei-as timidamente sobre a comprida e brilhante mesa de mogno, que já serviu a muita gente sabida e falastrona.

Acabei desobedecendo aos planos iniciais: movido pela vontade de aparentar domínio do assunto, decidi que, em vez de ler, parafrasearia o próprio texto. Saiu uma tosca imitação de mim mesmo e da crônica inutilmente estendida à minha frente. Como a trazia inteira na memória, não inclinei os olhos nem uma vez para a folha.

Comecei dizendo que Goethe tinha feito de tudo nesse mundo: literatura, filosofia, ciência. Foi advogado, ocupou cargos públicos. Sabia fazer um poema, explicar a morfologia das plantas, escrever uma novela e, de quebra, modificar a teoria das cores. Tinha boa aparência, sensibilidade, inteligência. Gozou de glória e de dinheiro. Enfim, foi um sujeito bem-sucedido, de deixar o justo Pai orgulhoso da criatura.

Esse grande homem tinha sido, sobretudo, um grande amante das filhas dos outros homens. Um hábil caçador de sereias. Eu não tinha dúvidas: todas as coisas sérias que ele fez, no mundo, foram mero passatempo entre as sereias que capturava. Entre a sereia anterior e a seguinte, Goethe acionava o espírito.

Talvez a primeira mulher importante na vida do poeta tenha sido Frederica Brion, filha de um pastor protestante. Percebendo que essa brincadeira com o fogo poderia chamuscá-lo e convertê-lo num burguês obesamente feliz, decidiu cortar o mal pela base: abandonou-a no vale das lágrimas. Para justificar a canalhice, desculpou-se com Rei Salomão e Heráclito de Éfeso:

— Eu sou aquele que muda.

Foi nesse ponto da palestra que Fernanda, sentada ao lado do professor bigodudo, começou a brincar com o fogo, obsequiando-me discretamente com suas prendas menos teóricas. Por mais tenso que estivesse, e por menos que olhasse fixo em direção ao público, percebi a insinuação da jovem doutora, que durou até o penúltimo minuto da palestra.

De início, apavorei-me com as pernas. Esperaria tudo da bela geladeira, exceto aquela promessa de bons momentos para o *futur proche* comum. Perdi completamente o foco da palestra, citando e comentando quase mecanicamente, por alguns minutos, as sentenças célebres do filósofo pré-socrático.

Mas logo achei o caminho de volta e reencontrei Frederica, que Goethe não conseguia esquecer tão facilmente como pensava: a filha do pastor já fazia parte de sua corrente sanguínea. O que fez nosso poeta, então? Tratou de elaborar uma agenda rigorosa para esquecer a jovem – afinal, tinha só vinte e um anos –, entregando-se sobretudo aos esportes. Praticou espada. Patinou. Cavalgou. Escalou montanhas a pé.

Após difícil negociação com Eros, intermediada por Logos, conseguiu esquecê-la. Contudo Frederica, página virada, foi somente o prefácio de um livro com muitas páginas, povoado de Carlotas, Betinas, Cristinas, Marianas. Entre uma página feminina e outra, Goethe escrevia poemas, novelas, teatro, estudava as plantas e as cores, advogava, exercia cargos públicos – e tudo isso, repetia o palestrante, não passava de distrações do grande amante em recesso. Ah se tivesse visto aquelas distrativas coxas da jovem doutora brasileira – as mais belas pernas estruturalistas da universidade brasileira!

De caso em caso, Goethe envelheceu. Tinha setenta e três anos, e um currículo amoroso invejável, quando embeiçou-se pela moça Ulrica, talvez a última mulher importante na vida do poeta. A mãe e a avó da garota mantinham uma pensão no balneário de Marienbad, onde costumava ir o velho escritor com sua bengala de setuagenário.

Na verdade, conheceu Ulrica quando ela tinha dois anos, mas revendo-a naquele venturoso 1823, aos dezessete anos, recém-chegada da escola – fruta pendendo madurinha na árvore da vida, no ponto de ser colhida –, Goethe sentiu que, "por trás da cinza, havia muita lenha pra queimar", como diria o sambista.

Ficaram amigos: era inevitável. Goethe, no entanto, percebia que começava a sentir por Ulrica algo diverso daquilo que, normalmente, avôs sentem por netas e pais por filhas. Procurava inutilmente distrair-se com suas pesquisas mineralógicas nos arredores de Marienbad. Em vez de pedras para estudo, voltava com flores do campo para a jovem.

Viúvo sete anos de Cristina Vulpius, mais inclinado a passear pelos jardins de Epicuro que pelos claustros do estoicismo, Goethe resolveu pedir a mão da doce Ulrica. Formalizou o pedido e levou um belo coice no traseiro – um delicado pé na bunda (e aqui Fernanda sorriu, revezando as pernas cruzadas), pois ninguém era mais terno, nesse mundo de brutos, que a ex-garotinha de Marienbad, descendente de aristocratas que tinham perdido tudo, menos a elegância.

O velho Goethe, com o coração estraçalhado, retornou a Weimar. Impossibilitado de executar aquela agenda esportiva da juventude (subir montanha, cavalgar, empunhar espada), decidiu esquecer a garota de modo mais conveniente a um ancião: escrevendo uma elegia. Na viagem de volta, entre sacolejos do coche e pausas para mergulhar na austera paisagem alemã, fez um dos seus melhores poemas.

Era a "Elegia de Marienbad". Li alguns trechos traduzidos do poema, que começava claramente estoico: Goethe reconhecia não ter mais fôlego para as tarefas domésticas de Eros.

No entanto, imprevisivelmente – "Eu sou aquele que muda" –, abandonou o tom lamurriento de elegia e, sem ressentimento, mandava amar quem fosse jovem. Fazia os versos espocarem foguetes à vida, terminando como uma bela ode a essa mesma vida que já não mais podia morder e devorar com a avidez de antes.

Deliberadamente, para me proteger das pernas da doutora, li quase sem ênfase as exaltadas passagens do poema que comprovavam as afirmações.

Goethe recusou Frederica e foi repelido por Ulrica. Entre os cinquenta anos que transcorreram entre uma sereia e outra, viveu de colher frutinhas femininas pendidas da árvore da vida, numa procura obstinada da Mulher – "embora nada seja mais perigoso, para o homem, do que viver atrás de coisas absolutas, ainda que isto lhe dê uma certa e nobre dignidade", concluí em grande estilo e com a imagem esguia de Elzinha infiltrando-se, sorrateiramente, entre os conceitos.

Quase sem gestos, travado como Dom Quixote na velha e enferrujada armadura, falei muito baixo, bem mais do que temia, mas o microfone tinha sido regulado com competência pelo solícito funcionário da seção de audiovisual, o que garantiu a todos, no Salão de Atos, um perfeito acesso às ideias do palestrista.

A comissão organizadora da SAL também era competente: fez chegar às meninas e professores uma cópia, em xerox, dos poemas de Goethe mencionados por Hildo: fragmentos da citada elegia e o pequeno poema "A Frederica Brion", em tradução para o português.

O espetáculo durou bem menos que os sessenta minutos previstos. Pela dificuldade de manejar em público o comentário e a digressão, os tímidos ficam obrigatoriamente concisos. Sob a entonação apagada, mesmo sem olhar para o papel, as frases saíram contidas, com a condensação que não conseguiria atingir se as cordas vocais emitissem arpejos suaves no lugar de tossidinhas nervosas, provocadas sobretudo pelas pernas da professora. Seria até uma vantagem, se as palestras não tivessem mais coisas em comum com o teatro do que com a ciência, e eu não fosse o péssimo ator que sou.

☙

Só não devia ter feito o que fiz, no último minuto do show: desastroso momento em que fugi do meu texto e do meu objeto para provocar a educada plateia, tática de tímidos acuados que buscam aparentar segurança, embora tivesse jurado que, em hipótese alguma, perderia tempo com essas bobagens do espírito. Mas perdi. Aproveitando o interesse de Goethe pelas ciências, que em nada lhe afetou o convívio com as musas, fechei a palestra com chave de ouro, ao referir-me às inúmeras vítimas que a psicanálise, o marxismo e o estruturalismo tinham feito na universidade brasileira, nas últimas três décadas, sepultando o velho e sempre saudável impressionismo.

Foi uma tremenda gafe. Um súbito sentimento de culpa me fez virar o rosto, automaticamente, para a primeira fila de poltronas. Ali estava, ao lado de Bida, o meu benfeitor Pedro, que apertou os lábios e coçou a insinuante calva durante um quase imperceptível meneio de cabeça, sinais óbvios de reprovação pouco condescendente. E ali estava, sobretudo, minha anfitriã Fernanda, que também não gostou da provocação, ela que tinha sido tão generosa em toda a palestra e, de repente, se via cruelmente jogada entre as vítimas do holocausto acadêmico. Fechou a vitrina dos doces e descruzou as pernas, voltando a sentar-se como professora, embrulhada num sóbrio vestido cinzento de barra bem comportada.

Assustei-me, mas a missão já estava cumprida. Agradeci a todos e afastei da boca o microfone, com certo nojo daquele amigo da onça que, aparentando melhorar e amplificar minha voz, davame poderes que não queria ter. Todos aplaudiram, mesmo os que se sentiram um pouco incomodados com a provocação final. Bida, para constrangimento do marido, aplaudiu mais que todos.

O professor bigodudo, de voz delicada, saiu de seu lugar, ao lado de Fernanda, e procurou solenemente o microfone-girafa, que o mesmo funcionário competente tinha instalado perto do público.

Lamentando a ausência do excelentíssimo diretor do campus, Prof. Dr. Rubens Bratteschi, que andava em terras chinesas para um simpósio de literatura e semiótica, agradeceu minha franca disposição em colaborar com a SAL (eu que, no fundo, não passava de um simples e improvisado tapa-buracos). Depois agradeceu a todos os presentes, agradeceu a comissão organizadora daquele bem-sucedido ciclo de palestras sobre literatura e artes. Finalmente, depois de abrir a sessão de perguntas e debates, voltou serenamente ao seu lugar, na primeira fila, ao lado da mulher mais enigmática daquele salão nobre.

૭∕౨

Para ser franco, eu não contava com aquilo... Pensava que, dado o meu recado, seria imediatamente devolvido à Casa dos Leprosos. Aquela inesperada sessão de debates era sacanagem da grossa: Fernanda não a mencionou no telefonema, nem constava no folder (que um dia já atendeu pelo modesto nome de folheto), aberto à minha frente com os sulfites do Goethe. Mas tudo bem. Devia fazer parte do ritual.

Como ninguém se atrevesse a perguntar ou debater – as meninas estavam ali por suave pressão dos mestres –, a doutora das pernas gentis achou-se no dever de falar alguma coisa, "fazer uma colocação", como se dizia nos meios acadêmicos. Estava ainda mais séria do que antes das pernas. Levantou-se calmamente da poltrona e, com a testa franzida, foi ao microfone. Ajeitou-o, ajeitou os cabelos e mirou bem mirado o alvo Rielli, sempre escondido por trás da mesa de mogno.

Depois de elogiar a palestra – a velha assoprada antes da mordida –, repudiou a provocação:

– Entretanto, em certo ponto da sua palestra você se referiu às vítimas, "inúmeras vítimas", palavras suas – e imitou as aspas com leve flexão dos indicadores –, que o estruturalismo teria feito na universidade brasileira.

Eu já esperava por aquilo, depois de feri-la nalgum ponto secreto do gelo. E era justo: a professora não queria ser incluída entre vítimas e chamava-me para a rinha. Admitia que "inúmeras vítimas" tinha sido um pouco exagerado. Por que não só algumas, duas ou três, pequena exceção à regra? Fosse mais esperto, teria feito boca de siri, pois já sabia qual era a grife metodológica da moça. Nada tem a lucrar um homem solitário, quando maltrata mulheres generosas.

– Acha mesmo justo chamar de "vítimas" – continuou ela, carregando na última palavra – os que tentam dar um estatuto mais científico aos estudos literários? Gostaria que você se estendesse mais sobre este tópico.

"Estatuto científico" era sublime, mas preferiria estender-me sobre outros tópicos – os que tão gentilmente exibia-me da primeira fila de poltronas. Era o que gostaria de dizer, se as melhores ideias não corressem sempre o risco de ser mal compreendidas.

Felizmente, ainda havia tempo para redimir-me, bastando escolher uma das saídas que tinha à frente. A mais prudente era pedir perdão em público pela chacina estruturalista, "não quis dizer bem isso, etc.", o que era também uma forma de agradecer o presentinho que ganhara durante todo o Goethe. Achava absurdo perder coisas concretas e tangíveis na defesa de ideias impalpáveis. Por que trocar uma jovem quase à mão, por alguns pássaros abstratos no céu da teoria?

A outra saída, pouco recomendada para os que gostam de pernas bonitas, era ser correto e falar o que pensava. No início até hesitei, pois gostava realmente de pernas bem feitas, mas optei pela saída mais idiotamente honesta, afirmando que não tinha muito a acrescentar ao que já dissera: com as exceções de praxe, muita gente surfou na prancha cega do estruturalismo, como se o pessoal tivesse descoberto a galinha dos ovos de ouro da crítica. A onda da literatura é imprevisível e a prancha logo virou, levando muita gente bem intencionada para o fundo do mar, depois de submeter as obras literárias, mecânica e levianamente, a alguns conceitos mal arrancados da linguística.

– As outras opções, o inconsciente do doutor Freud e as contradições sociais do camarada Marx, eram mais imaginativas – disse com algum cinismo.

Fernanda não se alterava, mas devia estar com vontade de trucidar o sujeito que tão gentilmente buscara em casa e para quem exibira, com rigor calculadamente metodológico, as belas e alvas pernas.

Sem condições de respeitar as plaquetas de *Não fume* espalhadas pelo salão, acendi sem pressa um cigarro enquanto organizava o final da resposta. Por fim arrematei, em grande estilo, afirmando que, na verdade, encontraram "mais ovo choco do que ouro".

Ovo choco era o que tinha mais à mão para minha defesa, depois de conseguir, com um magnífico e civilizado esforço, sufocar a palavra *merda*, que sempre me ocorria ao pensar em estruturalismo, semiótica, desconstrucionismo e nos trabalhos acadêmicos em geral.

As meninas gostaram dos ovos. Ouvi risos na plateia, Bida riu mais alto que todos, sempre envergonhando o marido que, àquela altura, fuzilava-me com os olhos, remexendo-se inquieto na poltrona, bom samaritano já arrependido da caridade que me fizera.

A cada nova graça que dizia, mais risos escutava na plateia, reconhecendo sempre a risada luminosa da esposinha de Pedro, o que deixava o bufão ainda mais cheio de vento: continuava soltando fumaça e ideias brilhantes pela boca, como se estivesse no bar da esquina jogando conversa fora com amigos. Parecia que, contra minha vontade, a coisa ia render.

Estava perto de convencer-me, finalmente, de uma verdade que sempre relutei em admitir: o circo talvez fosse a saída honrosa para a crise metafísica e profissional do poeta leproso. Se não conseguira mudar a poesia brasileira contemporânea, tinha tudo para colaborar "no processo de mudança" pelo qual passava a universidade, perto de assumir claramente a dupla condição de bazar ideológico e grande shopping das profissões.

"Se demitido pelo Banco, podia fazer carreira no grande circo do IACANP. Pelo menos se as contratações dependessem do voto dessas alunas risonhas", pensava enquanto o auditório voltava ao difícil estado de equilíbrio anterior. Infelizmente, ainda não dependia delas. "Mas chegaremos lá, em breve. É uma questão de tempo. O assembleísmo da bases é que decidirá o futuro da humanidade. As nádegas voltarão a mandar no cérebro."

Por enquanto, as contratações dependiam do aval de gente como Pedro e Fernanda, que ainda acreditavam na sisudez das *colocações*. Nada contra as velhas universidades sisudas. Ao contrário. O ideal de ensino superior, para mim, nunca foi o da garotada parisiense de 1968, mas à seriedade aparente era preciso que correspondesse um mínimo de seriedade real, sem os vários "poblemas" da Fernanda.

Talvez fosse aquela a principal virtude das academias, decadentes ou não: controlar a paixão com água gelada do método. Jamais abririam vagas para cabotinos.

Voltava a lamentar o rumo que a discussão tinha tomado. Não era difícil entender por que um sujeito como eu, mais afeito à solidão do que às reuniões sociais, não estivesse muito à vontade naquele papel de bufão, apesar de compreensível nos tímidos e nos tolos em geral.

Talvez ainda houvesse tempo para recuar e redimir-me. "Por que continuar maltratando a proprietária das belas pernas, seu idiota?", censurava-me, sinceramente arrependido. Jurei, mais uma vez, que só falaria sério dali em diante, terminando com sóbrias ponderações a minha primeira e última participação na SAL.

Afastei-me um pouco da mesa, com um braço apoiado nela e o outro na perna recuada – boa atitude defensiva, comprovada na experiência, que me protege da incontrolável correnteza emocional. Interrompia o argumento, puxava mais uma tragada do cigarro, completava o raciocínio.

"Vou erguer o nível do debate", prometi-me.

Por mais que tentasse, porém, não conseguia aplicar o *método Fernanda*, recuperando o poder sobre a língua. Impossível, com aquele microfone à minha frente, manter-me sereno e equilibrado por mais de um minuto. O falso cético da varinha curta continuava cutucando a onça acuada. Sabia que era impossível parar, pelo menos até o pregador dizer mais duas ou três *verdades*.

Fernanda permanecia de pé, diante do microfone. Queria mais briga, na certa. E pensei também que ela não ia voltar à poltrona antes de desmascarar o embusteiro, deixando-o indefeso e desabado sobre a esplendorosa mesa de mogno.

Continuei quebrando ovos chocos. Em certo momento, referi-me à lamentável e grotesca limitação do público acadêmico, pela facilidade com que o *gadão* arromba a cerca do vestibular e se instala nos currais da universidade. Seriam aqueles os futuros pesquisadores?

Dessa vez, ninguém riu: não fui feliz na analogia pecuária. O gracejo errou o alvo e não atingiu as meninas, que preferiam cores divertidas no rosto do palhaço, em vez das cinco pedras na algibeira de Davi. Outra vez, senti vontade de parar, agradecer, dar solenemente o fora.

Fernanda fez que não ouviu e prosseguiu, serenamente objetiva, com outras perguntas *sérias*. Era inacreditável como a voz nunca se alterava, sempre fria e controlada, objetivamente verificável.

– Como o senhor encara a responsabilidade política e social do poeta no mundo de hoje? – perguntou-me por fim.

Mais um puxão de orelha. De unha e no lóbulo, como só dona Laura Beatriz sabia fazer com perfeição. Tinha substituído o você pelo senhor e o tom da voz estava longe de ser gentil – como gentis tinham sido os tópicos de neve sobre os quais teria preferido estender-me.

Já sem nenhuma expectativa quanto aos tópicos de neve, voltei ao indivíduo, à liberdade do artista, ao execrável impressionismo. Ousei defender o subjetivismo crítico, como se de minha defesa dependesse o futuro da academia. Mais: como se, diante de mim, estivessem sentados os mais influentes reitores da universidade brasileira, em vez daquelas inocentes e cheirosas criaturinhas.

– Sem vida subjetiva, a gente não teria saído das tribos, em direção à *polis*. Exijo que os mais elementares direitos políticos do leitor sejam respeitados...

– Impressionismo não é ciência, sr. Hildo – sorriu-me Fernanda. – Se há dúvidas até sobre a participação da subjetividade na produção das obras, o que dizer de sua recepção? Leitura não é palpite, mas ciência, com sua terminologia rigorosa e seus propósitos honestos.

Respondi que não via necessidade daquela enxurrada de termos esquisitos nas análises literárias, palavras que mais pareciam saídas de um dicionário de engenharia ou termos médicos – homodiegético, anisocronia, modelização secundária.

– Valei-me, nossa Senhora! – encerrei com a voz já cansada, só audível pelo esforço do microfone. – Com o perdão da *polis*, voltemos às palavras mais simples da tribo.

Algumas meninas acharam graça da tribo. Mais risos para o palhaço. De certo modo, elas me viam como aliado, pois deviam sofrer horrores, nas salas de aula, com aquele maldito jargão. Para quem não queria nada, além de um discreto certificado de conclusão do curso, já era pedir muito. Mas os professores queriam mais: como as portas do IACANP estavam democraticamente abertas às garotas, era uma forma de compensação brincar de rigor técnico no desensino das letras e das artes.

Enfim, Fernanda também se cansou. Agradeceu-me laconicamente e foi sentar-se de novo na primeira fila, ao lado do professor bigodudo e delicado. Percebeu, talvez um pouco tarde, que discutia com cachorro doido e a única coisa sensata a fazer era distanciar-se prudentemente da sarjeta.

"Essa não fala mais comigo", pensei. "Vou voltar a pé para a Casa dos Leprosos, se Pedro não fizer outra caridade."

– Só lamento – continuei por mais uma fala, para depois emudecer de vez – que nossa conversa tenha deixado o velho Goethe de banda e patinado em torno de uma insignificante questão de método.

O guerreiro, finalmente, depôs as armas, desligou o microfone e puxou com ódio uma profunda tragada. Ódio... de mim mesmo.

❦

Passava das dez da noite. Mais que depressa, com medo de que alguém voltasse ao microfone ou o guerreiro empunhasse de novo a espada, o professor bigodudo soprou o apito e deu por encerrado o segundo tempo do jogo.

Acompanhado de Bida, cinturada como um bombom, sempre espevitada e encantadora, foi Pedro que veio até onde eu estava, na companhia do colega bigodudo.

– Professor Stefano, de Linguística – apresentou-o secamente.

Professor Stefano apertou-me simpaticamente a mão e disse ter gostado da palestra sobre o genial poeta alemão, embora discordasse de algumas *colocações* posteriores.

– Sobretudo as pertinentes à minha área. O senhor foi um pouco severo com a linguística.

Para minha sorte, durou pouco a conversa com o linguista. Pedro permanecia mudo, evitando encarar-me. Em compensação, Bida não parava de falar.

– Adorei, Hildo! – disse-me ela com um beijo. – Diverti pra caramba.

– Fico feliz que você tenha gostado. Mas acho que carreguei um pouco no SAL...

Riu do trocadilho idiota. Como sempre, estava irresistível. Gostaria de dizer-lhe: "Foi tudo culpa sua, mulherzinha." Mas me calei, sinceramente envergonhado por *tudo* o que não conseguira evitar.

Professora Fernanda tinha desaparecido. Já pensava que nunca mais a veria, quando reapareceu pelos fundos do Salão Nobre com um pequeno retângulo de papel na mão:

– Sr. Hildo Rielli, quase nos enforcamos em público – disse-me com um sorriso quase imperceptível, friamente amistoso, estendendo a mãozinha em minha direção para entregar-me o envelope: – Aqui está um atestado de participação no evento e nosso pagamento simbólico.

Cumprimentou-me. "A cordialidade é moeda barata. Gastemos à vontade", pensei no aforismo schopenhaueriano enquanto lhe sorria de volta. Ainda com a mão dela na minha, sempre pensando no que tão gentilmente me oferecera durante a palestra, consegui produzir uma gentil mentira:

– Daria de bom grado o pescoço, se você quisesse me enforcar. Mereço a guilhotina, professora. Queria, sinceramente, que você me desculpasse. Falou mais forte o velho hábito de discutir literatura em botecos...

Retirou a mão que eu queria reter por mais tempo que o razoável. Mas, fora do ringue acadêmico, voltamos rapidamente a ser os animais razoáveis de antes: ela parecia ter aceito meu pedido de desculpas. E, para minha surpresa, continuava oferecendo-se: ia levar-me de volta, contra a enfática oferta de Bida e nem tanto de Pedro:

– Nem pensar, queridos. Podem voltar tranquilos para Ribeirão. Eu devolvo nosso poeta à Casa dos Leprosos...

Ela tinha o direito de exercer toda a maldade do mundo. Pedro olhou-me com gélida neutralidade, sem a piedade e condescendência costumeiras. Bida, que ria de qualquer bobagem, por que não riria também da Casa dos Leprosos? E foi assim que a culpada de tudo se despediu de mim: rindo como uma doida, puxando pela mão o maridinho zangado.

※

Saímos lado a lado, silenciosamente, como velhos e bons amigos. Sem o ar-condicionado, o verão voltava a exercer sua pegajosa tirania. Entramos no carro em silêncio. Quando me sentei no banco macio, parecia ter desabado de muito, muito alto, sob o peso do cansaço e do arrependimento. Ela botou a chave na partida e ligou o Renault. Era preciso dizer alguma coisa:

– Você podia me deixar no ponto de ônibus.

– Não custa te levar. É o mínimo que podemos fazer por quem se dispôs tão gentilmente a vir.

Sorri amarelo. A cada segundo, esperava que ela fosse retomar a discussão, embora já estivesse suficientemente aniquilado, pelo stress, para não cair noutra esparrela semelhante. Sem mágoa

nenhuma da moça que, agora, ia a meu lado, eu só tinha uma vontade naquele momento: afastar-me depressa de tudo o que me lembrasse o IACANP, as palavras maldosas, a situação constrangedora de Pedro.
– Está há muito tempo no Instituto? – perguntei-lhe amistosamente.
A resposta não veio logo, como se Fernanda estivesse voltando de uma longa e telepática viagem.
– Quatro anos – disse sem se voltar.
– Sempre na mesma matéria?
– Sempre na mesma disciplina – então olhou-me, como quem corrige a tarefa. – "Leitura e produção de textos". E você, no Banco?
– Quase vinte.
– Meu Deus!
– E agora, com a ameaça de privatização...
– Deve ser terrível – ela pegou um cigarro do maço sobre o painel. – Quer?
– Já fumei bastante por hoje.
– Você nunca pensou em ensinar?
– Com essa voz murmurante, nunca.
– Murmurante? – e depois de lembrar-se de alguma coisa muito distante: – Nem tanto. Na palestra, aliás, você foi muito bem ouvido.
– Culpa do microfone.
– Com a prática em sala de aula, a gente vai soltando a voz. Voz baixa não é *poblema*.
Fingi que não escutei a desafinada... Em vez, porém, de ficar exultante com meu mais recente atestado de *quase* sanidade vocal, preferiria se ela tivesse dito que nem tinha reparado em minha voz baixa. *Nem tanto*, para um bom hipocondríaco, equivalia a *muito*.

Fernanda continuava impassível, o mesmo gelo de sempre olhando fixamente a rodovia, mas parecia, depois da palestra, um pouco mais perto da condição humana.

– Só não concordei com algumas coisas, como você já sabe. Não concordo com tua maneira de abordar o assunto, esse viés biografista de entrar na coisa. Você falou demais da vida do poeta, e os textos estavam nas mãos da gente esperando uma verticalização que não houve.

Foi inevitável. Mesmo cansado, olhei aquele corpo de neve e mármore, pensando noutra espécie de viés, outra modalidade de verticalização, não importava se em temperatura abaixo de zero. Um dia, poderia ser beneficiário de tanta graça, se tivesse me comportado melhor na festa. Um pouco de gelo e ordem só trariam benefícios ao poeta desorganizado, cada vez mais incapaz de controlar ideias e desejos.

A professora não mostrara as pernas à toa – quem mais as veria, além do furioso palestrista? –, apesar da notória hostilidade das intervenções e aqueles misteriosos silêncios, aqueles apagões quase mediúnicos. Mas a esperança só morreria depois de mim. Minha obrigação, agora, era ficar quieto e, como bom aluno, responder comportada e humildemente às perguntas da mestra, depois de ter pedido desculpas.

– Mas parece que você não estava nem aí com os poemas. Acho, para ser sincera, que você se prendeu demais ao anedótico.

– Posso garantir, Fernanda, que foram os poemas que me levaram ao cidadão Goethe – respondi com mansidão, avançando com patas de pelúcia pelo novo território que se abria à minha frente. – A vida do poeta me interessa, pois foi dali que escaparam os poemas. Parece que aqueles dois fatos da biografia esclarecem melhor o nascimento dos poemas.

– Tudo bem. Mas ainda acho que você poderia ter trabalhado um pouco mais com os textos.

— Numa palestra? — arrisquei timidamente.
— Por que não? Apesar do IACANP ser um instituto de artes, é também lugar de fazer ciência. Perfeitamente evitável, eu sabia onde aquilo ia chegar e não queria mais obstáculos a um improvável, ainda que não impossível, projeto de pesquisa na noruega fernandiana.
— Talvez você tenha razão — disse-lhe, suavemente, o que não pensava.

Num dia que já dera tudo o que podia — o Banco, a pintora Cláudia, o show acadêmico — só me restava ficar profundamente, verticalmente calado, olhando os pinus e eucaliptos do Horto Florestal que, naquele trecho de rodovia, acompanhavam cheirosamente o automóvel, apesar do cigarro de Fernanda deixar quase irrespirável o macio Renault. E senti inveja daquele pedaço de mundo verde exalando-se gratuitamente, alheio às inquietações e expectativas das pessoas curiosas — cheiro de vida sem encanações, anterior a todos os conceitos linguísticos e pós-literários do IACANP. Verde era a árvore da Bida, diria o nosso poeta, cinzenta toda teoria da Fernanda. Que ela continuasse discorrendo, calma e objetivamente, em defesa do seu método escandinavo, aplicando-me delicados puxões de orelha teóricos que, afinal de contas, bem merecera. O que eu tinha a ver com tudo isso? Era um *poblema* único e exclusivo dela.

As luzes de Canaviais apareceram logo depois da curva do trevo. Entrando na cidade, ensinei-lhe um caminho mais curto para casa. Ainda discorrendo sobre o método, ela entrou pela travessa mal iluminada, contornou a pracinha sem árvores, e chegamos, finalmente, à Casa dos Leprosos. Como ponto final nas digressões metodológicas, parou objetiva e suavemente o carro:
— Pronto, sr. Hildo. Entregue a domicílio.
— Não merecia.

Desligou o carro. Sinal de que queria continuar discorrendo.
— Não fiz mais que minha obrigação. Você mora sozinho nessa casona estranha?
— Eu e o Deus que já não acredita mais em mim.

Ela esboçou outro sorriso:
— Grande demais para um solitário.
— Comprei quando voltei a Canaviais, depois da morte de minha mãe. Para preservá-la das imobiliárias e, sobretudo, defender o resto da cidade da minha presença nociva — humilhei-me, ainda outra vez, para um dia ser digno de compaixão entre aquelas pernas álgidas e belas.
— O terreno é enorme. Parece uma chácara.
— É uma chácara. Paguei barato, como já lhe disse. Era propriedade de uns irmãos leprosos, que a construíram para curtir em paz suas feridinhas e ninguém os aborrecer. Depois de mortos, ninguém queria comprar. Era uma espécie de lugar proscrito do nosso burgo.

Diferente da reação anterior, no início da noite, quando veio toda lacônica buscar-me para a palestra, ela parecia, agora, de algum modo fascinada por estar ao lado de alguém que morava, solitariamente, numa ex-casa de leprosos.
— Você teve coragem?
— O tempo desinfetou-a bem. E antes de me mudar para cá, mandei benzer.
— Mesmo assim. É muito, muito estranho.

Pela primeira vez, nas últimas três horas, Fernanda se interessava por mim. Seria acaso obra da irradiante magia da Casa dos Leprosos?
— A poesia é também uma espécie de lepra, Fernanda — e destravou a porta para sair do carro. — Tenho até um projeto de ensaio sobre isso, *Para uma teoria da lepra poética*. Ou *Para uma teoria da lírica leprosa*. Ainda não me decidi.

Tratou logo de me contestar:

– Imagine uma coisa dessas! Apesar de nunca ter feito um poema, poesia me parece mais um aparelho de aperfeiçoamento da linguagem, uma maquininha de palavras a serviço da cidadania.

Será que tudo ia começar de novo? E abri a porta, já resignado com a insensata distância que sempre se abriria entre nós, por culpa da minha língua desqualificada que, quando quase não sumia de vez, só conseguia ofender ingênuas e dedicadas professoras. Lembrei-me de dona Augusta, Elzinha, Maria Rita, Marta. Quantas mais? De novo, lá viriam aqueles significantes & significados atrapalhar a expressão & comunicação de um homem & uma mulher que, no fundo, no fundo, só queriam um pouco de carinho & compreensão.

– De qualquer modo, mais uma vez agradeço – disse-me. – Por mim e pelo departamento de literatura.

– Quem agradece sou eu – aproximei a boca do rostinho gelado. – Tchau.

Beijei-a de um lado, fui quase beijado de outro, o suficiente para perceber que a temperatura da bela ursinha polar não estava tão baixa assim. Desci do carro mais animado com o futuro.

– Tchau. Até qualquer dia – disse Fernanda sem perder a linha. – A gente precisa conversar mais.

Concordei que seria ótimo e pensei que seria o máximo. Fernanda ligou o carro, fez a manobra de cento e oitenta graus, acenou-me amistosamente e partiu.

☙

O carro não andou vinte metros e parou, começando a subir de ré. Chegou até onde eu estava. Fernanda abaixou o vidro:

– Não vai me dar nenhum livro seu? Seria imperdoável voltar de mão abanando.

Eu comecei a entender. Ou pelo menos achava que tinha entendido.

– Então desce e vem pegar.

Ela hesitou, ou fingiu hesitar, consultou o relógio. Ou estaria consultando o Método? Acabou, por fim, saindo do carro. Trancou-o e ligou o alarme:

– Não tem ladrão nesse deserto? – olhou para os enormes e escuros vazios entre as poucas casas.

– Se aparecer, pego a cartucheira e solto os pastores.

– Que horror! Você tem tudo isso em casa?

– Nunca foi preciso usar a espingarda – abri a porta e, como bom cavalheiro, deixei que ela entrasse primeiro. – São paranoias de solitário.

– Casa dos Leprosos... Quanta emoção! – disse-me no quase escuro da sala, escuro que só não era total porque sempre deixo acesa a luz fraca do corredor. – Presumo que os cachorrinhos estejam bem trancados lá fora.

– Fique tranquila. Estão debaixo do sofá.

– Deus me livre! – Fernanda recuou para a porta. – Morro de pavor.

– Estão no quintal, bobinha – ousei um diminutivo com séculos de intimidade, substituindo o vinagre da língua pelo mais suave mel das entranhas: – Pode entrar sem medo.

Foi tudo muito rápido. Antes de acender a luz da sala, uma inexplicável atração por aquela estátua de gelo me deixou subitamente paralisado diante do interruptor. Que perderia, se fosse rejeitado? Não era a primeira vez. Se bem-sucedido, todas as contradições do universo se transformariam em pó e, finalmente, em estrelas, milhares de estrelas rutilantes.

Foi então que, sem pensar em nada, como devem ser as decisões que levam ao abismo sem volta, sinceramente arrependido de ter sido antiestruturalista durante toda a vida e já disposto a rever aquela teimosa falta de método, na literatura e na vida, com veemência ordenei aos braços sem conceitos que envolvessem aquele belo corpo sem ideias (afinal, por que as teria?) da minha mais recente e cordial inimiga.

Foi, entretanto, ordem de general sem tropa. Os braços permaneceram imóveis, castamente pendidos dos ombros. Paralisava-os a possibilidade de ser novamente recusado por uma jovem mulher, como aconteceu com a filha do João Lucas e fatalmente aconteceria com Bida, no dia em que decidisse dar uma de Escobar machadiano. Uma tábua justamente naquele dia, depois da palestra sobre a humilhação do velho Goethe, seria duplamente vexatória e desconfortável.

Numa rara vitória do espírito sobre a carne, só apertei o interruptor – e a fraca luz da sala salvou-me da iminente palhaçada. Fernanda nada dizia. Desfilou cinzenta e discretamente diante dos quadros, ergueu-se um pouco para apalpar, na parede, o inútil viés da cartucheira e certificar-se de que era real. E pensar que aquelas pernas já tinham sido minhas, durante a palestra! Espantou-se com as largas tábuas do assoalho, com fendas suficientes para transitarem os principais insetos domésticos, e com a enorme coleção de *long plays* distribuída pela robusta estante entre os janelões da rua.

Aproveitei o disco que já estava no prato e liguei a vitrola. Era a abertura *Egmont*, de Beethoven, que já tinha ouvido algumas horas antes.

– Tchaikovsky? – ela perguntou.
– *Egmont*, de Beethoven. Feita para uma peça de Goethe.
– Sei... Você curte bem os clássicos, não é?
– Não vivo sem fundo musical.

ೞ

Dez minutos mais tarde – tempo suficiente para uma esmagadora vitória ou uma irreparável catástrofe – ela sentou-se no sofá para ouvir o final da abertura, enquanto eu desabava na solitária poltrona umas duas ou três toneladas de vergonha. Estava, enfim, encerrada a música que nos acompanhou, à distância, durante a penumbrosa visita por todos os cômodos da Casa dos Leprosos, que ela insistiu em conhecer. Na varanda, Tonico e Tinoco latiam. Foi a mais longa excursão da minha vida, e a mais rápida de todas.

– Bonito – ela disse, enquanto o braço da vitrola se erguia e voltava ao apoio. – Sabe o que eu penso mesmo, sinceramente, do Goethe? – perguntou num tom de quem gostaria de recomeçar o joguinho do Salão Nobre.

Minha cabeça, na poltrona, fez molemente que não, sem o menor interesse em saber.

– Era um tremendo machista, esse alemão.

Sorri sem nenhuma vontade de sorrir.

– Mas era um homem bonito. Já vi um retrato bem olímpico dele, de página inteira, que saiu no suplemento da *Folha*.

Sem prejuízo da elegância, Fernanda tirou da bolsa um lenço de papel e enxugou o suor da testa. A estátua de neve também reagia ao verão subtropical e não perdia a pose, apesar do *poblema*. Os cabelos permaneciam impecavelmente penteados, a bolsa preta descansava sobre o vestido cinzento, bem composto sobre as pernas.

– Jura que não tem medo da lepra? – perguntou-me seriamente preocupada.

– Peguei faz tempo.

Ela arregalou os olhos.

– A lepra da poesia – tranquilizei-a.

Foi por um triz que Fernanda não sorriu. Tive, então, uma sórdida e brilhante ideia de vingança: só assim conseguiria terminar em paz aquela noite. E, num tom de quem aceitava recomeçar o joguinho do Salão Nobre, propus-lhe:

– Gostaria que você conhecesse a minha teoria sobre isto.

– Sobre?

– Minha modesta teoria da lírica como perigosa modalidade de lepra.

– Estou curiosa. Aparece qualquer dia lá no IACANP com o texto.

– Por que não agora? – perguntei-lhe com coragem, depois do medo ainda recente de ser repudiado (ou, o que era mais vexatório, de não conseguir corresponder à altura, se o assédio fosse aceito).

Como ela não ameaçou levantar-se, apenas sorriu e nada falou, interpretei a atitude como um sim e fui até o escritório, de onde voltei com uma velha pasta amarela.

– Não passam de algumas notas. *Para uma teoria da lepra poética.* Ou *Para uma teoria da lírica leprosa.* Ainda não decidi.

Tirei o rascunho manuscrito que pretendia transformar em ensaio ou, quem sabe, se o Diabo fosse servido e a própria Fernanda aceitasse a derrisão, em projeto de pesquisa para uma tese, no curso de pós-graduação do IACANP, para ter um dia onde tombar morto – literal e figuradamente –, quando o Banco me demitisse.

Sentei-me de novo onde estava, botei os óculos de leitura:

– Quem sabe você não me orientaria nisso aqui? Vou me esforçar para ler o mais alto que puder.

– Desliga antes o aparelho de som. O disco acabou e o prato ainda está rodando – avisou-me.

Estiquei o braço e desliguei a vitrola, cujo automático estava defeituoso. Comecei em seguida a leitura:

– "O propósito do trabalho, num primeiro momento, é fazer um histórico da lepra poética, delimitando no tempo seu aparecimento, desenvolvimento e atual ameaça de erradicação. Depois, pretendo localizar e delimitar o campo de ação do *mycobacterium leprae* da poesia. Como na outra, há também dois tipos de lepra poética: uma superficial e outra visceral. No segundo caso, a alma se transforma em caricatura contraída de si mesma, o espírito parece permanentemente ferido, as palavras viram garras monstruosas prendendo as coisas do mundo."

– Que horror! – Fernanda expulsou do belo nariz um cheiro inconveniente.

– "Para uma boa profilaxia, é bom evitar contato com portadores do bacilo. O isolamento dos portadores em leprosários poéticos, sejam academias de letras, ou bares, ou algumas revistas que quase ninguém lê, até tem se revelado eficiente, impedindo a contaminação generalizada da população, sobretudo em idade escolar."

– Agora a culpa é da escola.

– Já termino. "O período de incubação pode ser prolongado também, manifestando-se muito tarde. Desempenha papel importante na contenção da doença uma educação sanitária eficaz na escola secundária, e depois nos cursos de letras, sobretudo quando a leitura sem compromisso é substituída pelas análises e interpretações rigorosas, metodologicamente corretas e comprometidas."

– Lá vem de novo – Fernanda acendeu um cigarro.

– "Trata-se de doença muito rebelde a metodologias acadêmicas: os contaminados não se curam facilmente. Mas o tratamento tem dado resultados positivos, quando se usam doses maciças de formalismo russo, estilística, *new criticism*, estética da recepção, semiótica, pós-estruturalismo, desconstrucionismo."

Já podíamos falar mais tranquilamente de coisas desagradáveis. Olhei-a. O vazio mais indisfarçável tomava conta de seu rosto, agora voltado para a cartucheira na parede que, certamente, ajudou-a nalguma fantasia de vingança. Interrompi a leitura:

– É isso aí.
– Para um projeto, falta ainda padronizar certinho, incluindo metodologia, cronograma, bibliografia, essas coisas.
– Nunca fiz isso.

Ela riu, levantou-se:

– Marca uma entrevista comigo no Instituto. Eu te orientaria com prazer... e muito nojo – sorriu sem conseguir esconder o desprezo e um bocejo de sono. – Um dia, talvez no próximo SAL, você volta e expõe os resultados de tão mórbida pesquisa.

– Você não entendeu – disse com a maior gravidade. – Quero escrever uma tese sobre esse negócio.

Fernanda não acreditava que eu estivesse falando sério. Não era tão tonta assim. Levantou-se. Depois do beijo no rosto, disse tchau e "até qualquer dia".

– Posso ligar? – perguntei-lhe.

Fernanda sorriu. Tenho certeza de que ela sorriu, embora quase imperceptivelmente, e silenciou. Quanto mistério sob aquelas gélidas muralhas! Abri-lhe a porta e ela sumiu na noite profunda, sem voltar-se para trás, sem nenhum livro meu nas mãos. Pensei em chamá-la, correr até a estante para pegar um exemplar de cada plaqueta publicada pelo poeta Hildo Rielli, mas em tempo me contive e também me calei.

☙

Não podia avaliar o quanto havia de estranho naquilo tudo, dos ataques infantis no Instituto ao papelão na Casa dos Leprosos, mas como nada mais havia de anormal no grande circo do mundo – mesmo o absurdo já havia sido institucionalizado pela boa crítica literária e pelo próprio mundo –, considerei que tudo tinha sido mesmo como devia: aquela moça loira e glacial chegou e saiu da minha vida como tinha de ser, uma rápida e gélida estrela cadente, como foram tantas mulheres em São Paulo. Nada mais.

Pedro, como já esperava, ligou:

– Dim, você não emenda! Por que tinha de provocar o pessoal daquele jeito?

– Desculpa, Pedro. Foi incontrolável. Meus planos eram outros.

– "Meus planos eram outros..." Sempre esse buraco entre seus planos e a ação!

– Não estou arrependido por mim, mas por você.

– Eu não perdi nada. Continuo com estabilidade no emprego. Mas quero ver o que você vai fazer da vida, depois que a merda do Banco for privatizado. O diabo é que me dou bem com o pessoal das Letras. Seria fácil te encaixar ali, se você não tivesse sido tão autêntico.

– Você tem razão. Sou um idiota.

– Continuaram a brigar ontem à noite, você e a Fê?

– Não. Depois do peido, apertei bastante o rabo.

Para não inquietá-lo ainda mais, decidi não falar da leitura que fiz da teoria da leproética.

– Não posso jurar nada, mas talvez ainda possa fazer alguma coisa. Vou sondar o ânimo dos coleguinhas e depois te ligo.

❦

No dia seguinte, ao contrário do que poderia supor, pensei muito em Fernanda. Apesar da aparente algidez com que ouviu minha exposição da "leproética", não conseguia esconder completamente a atração pelo sórdido, que procurava disfarçar com distância e semiótica. Como esquecer o brilho de seus olhos – fiordes também cintilam – quando me ouviu falar, pela primeira vez, numa certa *casa dos leprosos*?

Tínhamos, portanto, algo de muito grave em comum. Seria lamentável que duas pessoas tão semelhantes do ponto de vista psiquiátrico se distanciassem por frívolas questões metodológicas ou filosóficas. Já que não levara meus livrecos, havia um bom pretexto para ligar-lhe: um telefonema humilde, de aluno profundamente arrependido. Contudo, a pouca experiência nesses assuntos recomendava esperar alguns dias, deixando que a poeira voltasse devagar ao chão.

☙

Não foi preciso. No começo daquela noite, já de volta do Banco, um inesperado telefonema desobrigou-me do outro. Era Cláudia, a pintora:

– Gostaria de falar com o ilustríssimo poeta.

– Já está falando, professora.

– Fê não está, nem sabe que estou ligando.

Lembrei-me, então, de que Fernanda havia mencionado uma reunião com seu grupo acadêmico, na USP.

– Ela viajou para São Paulo? – perguntei-lhe.

– Não sei – respondeu-me secamente. – Não é da sua conta.

Não é difícil imaginar o meu espanto. Desembrulhei rapidamente algumas hipóteses que pudessem explicar aquela inesperada hostilidade telefônica, mas nenhuma delas coincidiria com os fatos concretos que fiquei conhecendo logo em seguida.

– Sr. Hildo, não sei se o senhor sabe...

Houve um pequeno e indeciso silêncio no telefone. Mas logo Cláudia voltou, com imponente voz de militar:

– Eu e a Fê somos... – o soldado engasgou um pouco, mas finalmente completou: – Não é segredo para ninguém que a gente mora junto. Que a gente vi... *vive* junto. Compreendeu?

Pensava que distúrbios vocais eram atributos só meus, jamais dos inimigos. O sr. Hildo, sentado muito atônito em sua velha e gasta poltrona de couro, de nada sabia, era evidente que de nada soubesse – embora eu tivesse colhido algumas impressões, na rápida visita à casinha simpática de Brodósqui, para ao menos ter incluído essa curiosa hipótese entre tantas outras.

Mas não incluí. Agora, porém, diante da revelação da pintora, começavam a fazer sentido algumas impressões brodosquianas que, então, não se encaixavam lá muito bem. Embora esse tipo de "poblema" já me parecesse perfeitamente normal, espantei-me pela segunda vez:

– São *amantes*? – murmurei.

– Pode ser, sr. Hildo. *Amantes* – teve a delicadeza de parodiar o meu desolado murmúrio.

Não podia, nem sabia dizer mais nada. "Busque Amor novas artes, novo engenho", lembrei-me de um verso do Camões. Antes, porém, que eu pensasse em dizer alguma coisa, talvez o próprio verso camoniano, Cláudia se antecipou:

– Ela me disse que o senhor tentou agarrá-la à força naquela noite. Violentá-la, para usar uma palavra da própria Fê.

Terceiro espanto, em menos de dois minutos. Só me restava permanecer em silêncio.

– É verdade ou não? Eu preciso da *verdade*, senhor Hildo – ameaçava pular do fone, a qualquer momento, como Aladim da lâmpada. – É claro que o senhor não vai falando assim, de cara, ainda mais porque isso é um crime. E o senhor, com todos os seus versos medíocres e seus bagos sujos, podia parar direitinho na cadeia. Que idiota que eu sou!

Mandei o corpo relaxar um pouco mais na poltrona: era uma posição mais cômoda para a defesa.

– Pedir a um Don Giovanni de merda que confesse uma tentativa de estupro? É demais, não é?

Continuei calmo e conformado.
— Folheei à tarde um dos teus livros na biblioteca do Instituto... Bastou para saber o que é que tem dentro dessa cabeça machista.

Não devia ter falado nada, só abrindo a boca diante do meu advogado e do juiz, se fosse mesmo acionado pela dupla Fê-Clau. Entretanto, com paciência de Jó e enredo de Henry Miller – calmamente imerso na poltrona –, o poeta sujo narrou tudo, cínica e minuciosamente, detalhe por detalhe, o que tinha e o que *não* tinha acontecido na véspera: das sólidas e reais coxas, expostas no Salão de Atos, à imaginária tentativa de estupro na Casa dos Leprosos. Falou da marcha à ré do Renault em busca dos livros do poeta. Da sua corajosa iniciativa na sala escura. Da boa recepção de Fernanda. De quando Fernanda decidiu inclinar-se sobre o poeta leproso e seus cabelos se derramaram como ramos de trigo sobre suas pernas. De como ele foi conduzido, finalmente, através da esfera do fogo e da luz, ao próprio paraíso – cada vez mais próximo do nono céu de Beatriz. Falou da suave boca de Fê que se pôs a executar, miraculosamente, com rigor metodológico que jamais vira antes em Maria Rita ou Elzinha, uma hábil e pouco higiênica operação. Que de repente ela parou e, sempre olhando-o de baixo, rosto perdido entre aqueles cachos de trigo esparramados sobre ele, perguntou onde ficavam os discos do poeta. Que abandonou-o na mais cruel expectativa e levantou-se, abotoou a blusa e, sem calçar os sapatos, foi com os pés muito leves e alvos pelo tapete, e que depois, sem acender a luz da sala, satisfeita com a pouca luminosidade que vinha do corredor, sentou-se no chão diante da estante dos discos e começou a examiná-los. Que passava um disco depois do outro ("Adivinha com quem vamos terminar a noite?", perguntou-lhe depois de achar o que queria). E que logo explodiram, do aparelho do poeta sujo, os metais da abertura *Egmont*, de Beethoven – na bela versão de

Toscanini, em vez de Karajan –, escrito sobre a peça do mesmo escritor alemão que o tinha levado ao IACANP. Falou de quando apareceu o oboé plangente e em seguida, de novo, o naipe das cordas, antes da volta gloriosa dos metais, e que então ela já tinha novamente a boca presa na saliência novamente rija do poeta sujo, sempre ajoelhada ao chão, a cabeleira como um véu de vergonha cobrindo pecado e pecadores. Que o ritmo da operação era dado pelo próprio Beethoven – ora mais calmo, ora agitado, o poeta sujo emitindo levemente alguns sons parecidos com *Fê, Fernandinha* (que tudo fazia em silêncio, sem nenhum ruído humano, com uma concentração quase mística). Falou que, se era seu propósito adiar o *finalle* para depois da terceira ou quarta audição da *Egmont*, num longo e indefinido prolongamento da Graça alcançada, tudo não passou de projeto inconsistente, teórico demais para mulher que parecia tão prática no assunto. Que ela não lhe deixara subir ao nono céu, aquele a que certamente só o dedo moreno ou a língua sôfrega de dona Cláudia tinham acesso, mas falou também que lhe bastava perfeitamente o oitavo, situado entre estrelas de fogo e suspiros de anjos. Que distantes estavam os céus, purgatórios e infernos anteriores – a Casa dos Leprosos, o IACANP, as velhas damas e sereias, a solidão do leproeta. E que, diante de tanto fogo e tanta luz, acabou perdendo os sentidos e o foguete finalmente estourou no ar rarefeito – na verdade, bem antes do previsto, em momento de relativa placidez, quando as cordas dialogavam mansamente com as flautas e os oboés, pondo fim àquela primeira, única e inesquecível audição goethe-beethoveniana.

E concluí, finalmente:

– Posso asseverar, minha senhora, que ela chegou aí em Brodósqui com um pouco de Hildo Rielli na boca e nas mãos. Por livre e espontânea vontade.

Só então é que percebi: o aparelho de Cláudia estava desligado – *bip-bip-bip-bip*. Em que trecho do relato teria batido o telefone? Imaginei, na hora, que Cláudia estivesse vindo de Brodósqui e fosse materializar-se de súbito em minha frente, avançando com as mãos cheias de ódio e tinta, prontas para estrangular a garganta murmurante do inimigo. Cheguei a olhar, preocupado, para a fechadura da porta, mas a visão da cartucheira na parede deu-me alguma segurança.

&

Tocou o telefone. Era ela, outra vez. Surpreendeu-me com inesperada e ressentida resignação, típica de sobreviventes do paleolítico inferior, como eu. E então, como uma velha amiga, desabafou:

– O pior é que acredito em você. Aquela puta já fez coisa pior. Você nem queira imaginar... – recomeçou em tom de choro.

Estava tão compadecido da dor de Cláudia, que quase cheguei a perguntar em que ponto da narrativa havia desligado, para que pudesse retomar daí e fazê-la sofrer mais um pouco.

– Desconfiava que ela estava mentindo. Ela morre de ciúmes da Vi e quis me magoar – abria-se, espontaneamente, com o mais novo confidente. – Foi por isso que ela te trouxe aqui em casa, que botou aquele vestido sem-vergonha, que fez tudo isso. Ciúmes absurdamente irracionais, senhor Hildo! Eu sempre lhe fui fiel, servilmente fiel – era triste ouvir aquele soldado chorando. – *Aquilo lá* não sabe o que é amor: é fria demais, calculista como ela só.

Depois, quase num salto, passou da lamúria à ameaça:

– Tomara que não esteja mentindo, senhor poeta! Sei como tirar isso a limpo. Fique sabendo que eu não tenho medo de homem, ouviu? Muito menos de escrotos como você.

Pela segunda vez, bateu-me o fone na cara, sem que tivesse tempo de perguntar-lhe como andava a tela do casalzinho abraçado. Não ousei levantar-me. Imaginando o arranca-rabo pouco acadêmico que irromperia na singela casinha brodosquiana, quando a pérfida e complicada Fernanda voltasse do seu grupo de pesquisa, fiquei mergulhado na poltrona e no vergonhoso arrependimento, sincero arrependimento, de ter sido o outro, o intruso, o vampiro naquela revolucionária história de amor e ódio.

☙

Como prometeu, Pedro ligou-me de novo, alguns dias mais tarde:

– Você está mesmo queimado aqui no IACANP, Dim.

– Só tenho que pedir desculpas, Pedro.

– Bem que eu tentei ajudar.

– Vou ser sempre grato. Você é um bom amigo.

– Confesso que errei em não tê-lo instruído mais sobre o que era conveniente falar na palestra. Há certas coisas que não se dizem na universidade.

– No fundo eu já sabia disso. O erro foi meu.

– Devia, sobretudo, ter falado da Fê e da Clau. Vieram me falar coisas horríveis de você!

Não me preocupei em desmentir nada.

– Tentei ajeitar a situação, mas não deu certo. Você ia gostar da universidade, apesar de tudo. Ia ter mais tempo para ler e escrever... Veja o meu caso.

– Eu sei.

Se tivesse que lhe invejar alguma coisa, seria Bida, jamais a profissão. Quanto às professoras, não passara de instrumento da Providência para reaproximá-las, o que não era pouca porcaria.

– Você perdeu muito tempo no Banco, Dim. Se lhe mandam embora, vai fazer o quê?

– Francamente, não sei.

– A palestra era o melhor jeito de apresentar você aos colegas. Se tivesse dado certo, do resto eu cuidava... Bastava ter engolido algumas palavras.

– O diabo são as palavras. Sempre.

– O Banco não é lugar para gente como nós. Não é lugar para ninguém.

– Já deve ter sido melhor. Eliot foi bancário em Londres, depois de ter dado aulas. Trabalhava das nove às cinco e meia, além de um sábado inteiro por mês, com duas semanas de férias por ano. Sabe o que ele disse? Que ainda era melhor que ensinar.

– Você é dono da sua vida, cara.

– O sujeito já nasce professor. E eu nunca simpatizei com o mundo acadêmico.

– Fazer o quê, não é?

– Pode ser que o Banco não me mande embora.

– As regras do jogo na empresa privada são outras, você deve imaginar.

– Quem está vivo acaba se acostumando com tudo. E pretendo continuar vivo. Se possível, com alguma coerência.

A árvore da vida ainda estava verde, com flores tentadoras e espinhos venenosos. O episódio do IACANP, que mexeu com os componentes mais vis da minha alma, logo seria esquecido. E enquanto a árvore não perdia as folhas, a ordem era seguir em frente.

– A Bida também não se conforma. Torcia para você ser um dos nossos.

– Agradeça a ela pela torcida – menti-lhe.

Por que pedir mais desculpas? Bida, afinal, tinha sido a culpada de tudo.

X

A conversa com minha irmã e o episódio do IACANP tiveram algum efeito. Esforço-me por melhorar, arrepender-me. Diminuo as visitas ao Gegê, paro de pensar na mulher do meu melhor amigo, aumento os depósitos na conta de Lívia, penso até na hipótese de ligar para Elzinha. Por que não?

O diabo é que, inesperadamente, reencontro certo dia Maria de Lourdes no ônibus pinga-pinga, vindo de Ribeirão Preto. Era o que me faltava – em todos os sentidos que essa expressão possa ter... A apresentação no Gegê, há quase dois anos, durou alguns segundos, mas a memória guardou-a intacta: reconheço-a de pronto, assim que subo as escadinhas e avanço pelo corredor, à procura do lugar numerado. O ônibus não está cheio. Embora me intimide a presença de alguns conhecidos de Canaviais, procuro sentar-me quase a seu lado, na mesma fileira. Por enquanto, só o corredor nos separa.

Quando percebe que é discretamente examinada, começa a executar movimentos pouco discretos de sedução. Joga os cabelos lisos para a frente, acomoda-os ao lado do ombro direito. Cruza as pernas magras, apertadas pela calça jeans. Mais ostensivamente, para deixar claro que estou interessado nela, encontro-lhe pela segunda vez os olhos escuros e puxados, remanescentes da índia que dormiria nalgum ponto distante de sua ascendência.

Não tenho dúvida que é a moça do Gegê. Quando percebo que vai endireitar a poltrona, fazendo-o com alguma dificuldade – tudo nessa geringonça, exceto minha vizinha, está melancolicamente enferrujado –, sou rápido no gatilho e inclino-me para ajudá-la. Em troca, ganho o sorriso agradecido e um murmurante *obrigado*, discordante em gênero, mas brotando encantador dos lábios carnudos. A voz talvez seja delicada demais para o rosto um pouco rude – o queixo podia ser menor –, mas não estou ali para analisar esteticamente minha vizinha de ônibus. Já me encontro bastante entorpecido, incapaz desses refinados exercícios da mente: o governo do corpo, nesse momento, despacha noutro palácio.

Nunca vi passar tão rápido esses quarenta minutos que separam Ribeirão Preto e Canaviais. Quando já estou em condições de perguntar alguma coisa, ela puxa o cordão de parada e se levanta para pegar a sacola plástica no bagageiro: vai descer antes da cidade. São movimentos lentos, minuciosamente calculados para mim. Leio, na blusa de malha, o nome do conhecido candidato a vereador: *Vote em Miro Padeiro, nº 47, PMDB.*

O coração pula na jaula: com ela de pé, vejo outras virtudes do seu corpo que não tinha notado no rápido encontro do Gegê. Tudo o que ela faz agora, nesses breves minutos antes da parada do ônibus, parece endereçado a meu sangue, e ele sabe disso – e por isso ele dança mais rápido nas veias, alheio às medrosas antecipações da mente.

Pressinto que estou sendo convocado para mais uma batalha, nessa guerra sem tréguas que o corpo move contra o espírito. Uma batalha onerosa, mas com boas chances de vitória. Bastam duas coisas: ligar para o agenciador e torcer para que ela ainda faça *pogramas*. Quem garante que a verdadeira mulher da minha vida – a outra metade, a alma gêmea, a dama final que enfim substituiria a impossível

Elzinha – não haveria de ser uma vagabunda, à margem do complicado país das mulheres normais, em que já perdi toda a esperança?

O ônibus para no ponto do Horto Florestal, cinco quilômetros antes da cidade. Cabem-me um tchau agradecido e o sorriso fácil que mais me parecem um olá, um verdadeiro convite a uma viagem mais longa, um apito para o início do jogo que já conheço razoavelmente. O ônibus deixa-a na estrada e ganha de novo o asfalto, mas meu pescoço está discretamente dobrado para a direita. Ela também se vira, caminha um pouco, torna a virar-se...

Estou fisgado, Mãe Puríssima! Não há caminho de volta: Marta, Elzinha e Lívia, que até minutos atrás ocupavam toda a área principal da minha alma, desaparecem numa neblina espessa. Ignoro completamente as origens, os meios e os fins dessa moça que vejo pela segunda vez na vida, embora saiba o que faça nas horas vagas para melhor colaborar no orçamento doméstico. Já é alguma coisa. Adivinho-a entrando, daqui a pouco, numa daquelas casinhas brancas e simples sob os eucaliptos – filha de algum funcionário do Horto, na certa.

Será a mulher que, no futuro próximo, me fará feliz?

☙

No dia seguinte, ao final do expediente, ligo para o Gegê do orelhão em frente ao Banco. Descrevo a moça como posso:

– Você me apresentou a menina há mais de um ano – descrevo-a. – Ela desceu no Horto um dia desses.

Ele é pronto e seco, como sempre:

– Quando você quer?

– Para hoje – respondo ansioso.

– Não sei se dá. Tenho que mandar alguém chamar.

– Ela mora no Horto mesmo? – procuro saber, curioso.

Gegê, frio e lapidar, faz que não ouve:

— Liga mais tarde.
— Quando?
— Às nove.
— Está certo.
Desliga sem dizer mais nada. Às nove, conforme combinado, volto a discar o número do Gegê. Às nove e dois, ligo para o Juquinha. Às nove e quinze, entra Maria de Lourdes na Casa dos Leprosos, conduzida por meu ex-colega de ginásio e pelo destino brincalhão, muitas vezes sarcástico. Ainda por cima, é xará da minha Santa Madrinha. Que estaria Ela pensando disso tudo?
Abro a porta, Maria de Lourdes entra mascando chiclete. Olha-me, entre sorridente e espantada:
— Conheço você de algum lugar...
— Ontem, no ônibus...
— Isso mesmo! Como é que você...?
— Já tinha te visto no Gegê. Faz algum tempo.
Ela assimila a coincidência sem maiores dificuldades, como se essas coisas fossem rotineiras em sua vida. Agora está preocupada com a Casa dos Leprosos:
— Que casona mais antiga... Parece colônia de fazenda – despenca-se no sofá. – Não tem mesmo ninguém em casa? Algum fantasma da ópera?
— Mandei minha sogra, minha mulher e meus seis filhos para os Estados Unidos. Estão na Disneylândia.
— Jura?! Que legal.
— Estamos a sós e em paz.
— Você tem coragem, hein! Seis filhos?
— Por enquanto.
— Ô louco! – ela ri, e logo depois: – Tô segurando o xixi desde que cheguei no Gegê. Detesto aquele banheiro porco dos fundos... Acredita que ele não deixa a gente usar o de dentro?

Levo-a gentilmente até a porta do banheiro. De volta, olha para a janela aberta do escritório e vê o quintal, onde, apesar da noite, distingue as fruteiras mais próximas da varanda iluminada:

– Tua mulher deve fazer muito doce.

– Se dependesse das árvores... Ela detesta doces.

– Eu adoro! Comer e fazer... – sorriu gulosa.

– Quando a mangueira carregar, despacho a esposa de novo para a Disneylândia e mando te chamar. Topa?

– Olha que eu venho mesmo... Doce de manga é minha paixão. E não vou te explorar: faço um precinho ajeitado.

Levo-a de volta à sala. Fora o queixo, o resto estava em ordem no corpo de Maria de Lourdes.

– Acredita que comprei uma bicicleta para emagrecer? Cheguei a pesar cinquenta e oito, a calça nem entrava mais... – olha para o forro da sala enquanto lhe desabotoo a calça. – Minha tendência é ficar bundudinha demais...

Vira-se no sofá para que eu decida:

– Tá muito grande, não tá?

– No ponto...

Ela ri e continua falando sem parar. Se é preciso ouvir, ela também sabe fazê-lo e isso me agrada. As pernas são levemente tortas. Os seios, menores do que suspeitava. Mas, apesar de ser mãe (e da "menina mais chuchuzinha do mundo"), ainda estão empinados e lisos, bem diferentes das mãos ásperas e gastas nas pias das casas em que trabalhou.

– Minha filha está mesmo uma joia! Precisa ver. E como é esperta – sorri orgulhosa. – Pensa que ela passa fome? Deu vontade de comer, abre a geladeira e ela mesma pega a comida. Uma gracinha...

Maria de Lourdes, salvo equívocos da primeira impressão, é simpática, terna, dócil. "Como uma moça dessas vai parar no antro do Gegê, meu Deus?", penso indignado. O cabelo parece mesmo de índia, apesar da pele clara. Se tomasse um sol, botasse umas penas ao redor da cintura, pintasse a cara e dançasse de pulinho, passaria por parente de Iracema e Peri. Prometo que um dia vou fantasiá-la de índia.

– E aquele negócio pendurado ali? – pergunta rindo, o indicador levantado para minha espingarda.

– Esperando um bandido que nunca vem.

– Está carregada? – aproxima-se da arma, já toda nua, e alisa a coronha.

– Carregadíssima... – aproximo-me.

– Pode me chamar só de Lurdinha, bem... Só detesto que chamem de Dilurde! – solta a risada metálica, um pouco dissonante talvez com a imagem positiva que ainda estou formando dela.

☙

No segundo encontro, três dias mais tarde, depois de me chamar de mentiroso – "Você é casado coisa alguma. Pensa que o cara do táxi não me falou?"–, tomo conhecimento de um fato inesperado, absolutamente escandaloso para a hora. Conversa indo e conversa vindo, fala de repente do avô:

– Você já deve ter ouvido falar nele. É um velhinho muito conhecido em Canaviais. O pessoal chama ele de Mineirinho.

Epa! Será o Mineirinho, primo de minha avó Biela? Conversa foi, veio, e descobrimos que falávamos do mesmo cidadão, que vendeu o sítio em Itamogi, no final de sessenta, e mudou-se com os filhos para Canaviais. Faço rápido as contas genealógicas:

– Você é minha prima em quinto grau...

– Santo Cristo! Não acredito – ela me dá um tapinha. – Na nossa família, era um tal de primo casar com prima que nunca vi igual...

Noto que, do avô, herdou o queixo pontudo e as pernas levemente tortas de tesoura. Da avó, o cabelo escorrido e os olhos achinesados de índia.

– Dizem que minha avó era neta ou bisneta de índio.

Não me recordo de tê-la visto, o próprio Mineirinho só o vi duas ou três vezes. Essa parte da família era um verdadeiro mistério para mim. De início, depois da descoberta, sinto-me verdadeiramente incomodado com a nova *prima*. Entre os Rielli e os Caselli não deve haver casamento entre parentes, ao contrário da família da vó Biela, em que, pelo que eu ouvia falar, era mesmo um tal de primo casar com prima que nunca se viu igual...

Condenado a desejar, para sempre, o mesmo sangue... Será que puxei mais aos mineiros que aos italianos? Lembro-me de tia Zezé, mas me lembro sobretudo de Maria Rita e da vingança de São Pedro, naquela noite fatídica em que pequei com a prima. Não estamos na estação das águas, mas tudo é possível para o santo das chuvas, quando a ordem do Pai é castigar. Pobre telhado da Casa dos Leprosos, se tiver o mesmo destino da casa da rua Duque de Caxias!

O fato de Maria de Lourdes ter assimilado facilmente o parentesco, sem maiores curiosidades por quem é quem naquela família, contribui para que me liberte dos escrúpulos, sobretudo quando ela se despe e se aproxima. Se é minha prima, comemoremos a descoberta em grande estilo – sobretudo porque é uma prima bem distante.

Depois da comemoração, enquanto fuma deitada no sofá, conta-me que mora mesmo numa daquelas casas brancas do Horto, com os dois irmãos, a filhinha-chuchu e a mãe Gina, filha do velho Mineirinho, minha prima em quarto grau... O pai abandonou-os há alguns anos:

– Sumiu no mundo com uma preta da zona. Acredita?

Desempregada, não faz muito tempo que começou no Gegê. Hesitou muito, antes de aceitar o convite de uma amiga. Mas acabou cedendo:

— É provisório, primo — começa a chamar-me assim, sem pedir licença. — Detesto isso que estou fazendo.

Antes do Gegê, andou um bom tempo em Ribeirão Preto, na casa da irmã, quebrando a cara como doméstica e ajudante de cozinheira em restaurantes, época em que morou com um empregado da Cervejaria Antarctica. Acertaram casar-se, ter filhos e ser felizes como nas piores novelas de televisão. Mas o sujeito trocou-a por uma faxineira desmilinguida da Santa Casa, e Lurdinha voltou grávida para a casa da mãe, no Horto Florestal, entre pinus, eucaliptos e uns macaquinhos muito sapecas que pulavam de galho em galho.

— Uma gracinha os micos. Você precisa ver.

Depois que a menina nasceu, ainda desorientada no tempo e no espaço, voltou para Ribeirão, onde batalhou alguns anos como empregada doméstica. Só via a filhinha nos fins de semana.

O Gegê, que se vangloria de não trabalhar com moça feia, ficou encantado da primeira vez em que a viu: "Menina, você parece uma modelo!" Soube, mais tarde, que dizia isso a todas, inclusive às menos modelares.

— Quando achar emprego sério, largo mão do *tio*. Odeio aquela casa! — reitera a promessa enquanto rói a unha do polegar.

Lurdinha põe tanta ênfase naquele ódio que eu, notório conhecedor de Deus e todo o mundo na cidade, com todos me relacionando muito bem, dono de uma vida social das mais invejáveis, membro do Rotary, do Lyons, da Maçonaria (entre dezenas de outras mentiras que improviso diante dela), ponho-me logo à sua disposição e comprometo-me a tentar alguns contatos:

— Fica tranquila. Aparecendo alguma coisa, aviso.

Animada, Lurdinha guarda meu telefone na bolsa, junto com o cheque de nosso segundo encontro. Agradece bastante:
– Te ligo qualquer dia para saber. Posso?
– Quando quiser.

Juquinha já espera na porta de casa para apanhá-la e reconduzi-la ao Gegê, mas antes de sair combinamos um truque para as próximas vezes em que pretender vê-la de novo, sem a intermediação do agenciador. Eu seria o dono da banca de revistas que ligaria para a administração do Horto, avisando que o número atrasado da revista, encomendada por Lurdinha, já tinha chegado. Ela me chamaria, em seguida, para marcar o encontro.
– Putz! Como é legal sacanear o Gegê! – repetiu a risada metálica do primeiro encontro.

༄

Alguns dias depois ela me liga, antes mesmo da primeira chamada do vendedor de revistas. Dona Dirce, que veio para a faxina semanal, atende e vem até o quarto chamar-me. Ainda estou de pijama. Tento decifrar um poema de Leopardi, "de vós, mulheres, muito espera a pátria", antes da hora de começar no Banco.
– Telefone, seu Hildo.
– Quem é? – levanto os olhos do livro.
– É voz de mulher. Não disse o nome.

Duvido que minha filha e minha irmã voltem tão cedo a falar comigo. Elzinha não podia ser. Estremeço: será minha priminha de traseiro arrebatado? Enfio-me logo nos chinelos, vou para a sala atender:
– Pronto.
– É você?

Reconheço logo a voz:

— Acho que sim. E você ainda é a mesma?

Detrás do riso incontido, ouço o barulho dos carros que passam.

— Está na cidade, pelo jeito – digo-lhe.

— No orelhão da Rodoviária, atrás do Fórum – e fica em silêncio.

Claro que ainda não fizera contato com ninguém. A única pessoa influente que conheço, o João Lucas, enfurnou-se na fazenda de Goiás. Mas penso logo numa saída para os dois problemas, o dela e o meu: Lurdinha me limparia a casa, faria a comida, e eu a levaria para a cama quando precisasse. Já vi nalguns filmes e sempre dava certo. De nada mais precisa um bode solitário, incapaz de amar e fazer-se amado por mulheres normais, desprezado até pela filha que sempre amou mais que tudo. Um amor ausente, platônico, mas amor sincero.

— Ficou sabendo de algum serviço, primo? – pergunta-me com algum constrangimento.

— Tem uma coisa em vista – nada adianto por telefone: – É segredo.

Naquela mesma noite, na Casa dos Leprosos, Lurdinha entra mais lépida e encantadora que nunca, apesar do perfume barato, francamente repulsivo. "Logo dou um jeito nisso", penso. Beijo-lhe o rosto como um velho amigo.

— Estou ansiosa para saber... – joga a bolsinha no chão, como Maria Rita costumava fazer em São Paulo.

— Acho que o problema já tem solução – vou falando assim que ela tira as sandálias e se ajeita nas almofadas do sofá. – Estou precisando de empregada aqui em casa. Dona Dirce vem só de vez em quando e não dá conta do recado – minto sem remorsos. – Você quer?

— Aqui na tua casa? – ela parece espantada.

– Cozinhar, limpar, lavar, passar. Essas coisas. E já incluído no salário o resto... Interessa?

   Ela não esperava por aquilo, mas o brilho nos olhos indica satisfação:

– Claro que interessa!

– Qualquer serviço interessa – e rindo: – Você é mesmo separado, não é, primo?

– Alguma restrição a separados?

– Imagina... – sorri com infinita malícia. – São os melhores...

– Então combinado.

– E... Como vou dizer?... – esfrega o polegar no indicador.

Não havia pensado no principal:

– Quanto você quer ganhar?

Baixa a cabeça, meditativa:

– Deixa ver... Fora as joias, perfumes, viagens, uns dez salários mínimos. Está bom?

Inesperadamente, volta a risada metálica e estapeia-me. Agarro-a com fúria, dobro-a no sofá descorado.

– A gente combina o preço enquanto namora... – diz outra vez dócil como uma odalisca, umedecendo os lábios com a ponta da língua. – Prometo arrancar tudo o que você tiver!

Possesso, quem arranca-lhe *tudo* sou eu: roupas, sapatos, brincos, travessa de cabelo. Apago a luz da sala. Os cachorros latem por alguma alma penada que atravessou o quintal. A luz do poste, passando pela bandeira da porta, ilumina o cano prateado da espingarda. Todas as mulheres da minha vida, Maria Rita, Elzinha, as vagabundas de São Paulo e do Gegê, parecem agora condensadas ao avesso num único corpo, como se os três momentos do tempo e a própria eternidade se fundissem no abismo do prazer mais efêmero. Agora sei o que é, pela primeira vez, uma mulher. Uma mulher de verdade – e, como uma súbita chuva de evidências, a verdade incontestável da Mulher que há em todas as mulheres. Mulher inteira. Verdade total e indivisível. O absoluto da carne aterrissando numa sala sideral, estrela entre estrelas, fora do mundo e do calendário gregoriano.

Trago-lhe, depois, o copo de água gelado:
— Você vem aqui em casa, trabalha uns dias, vê o que vai fazer.
— E os cachorros?
— Por enquanto, ficam fechados. Vão se acostumando com você.

Ela não vem. Embora preocupada com a filha Maitê, a neta do seu Mineirinho já fica naquela noite mesmo, começando a limpeza logo de manhã. No fim do dia, antes de voltar ao Horto, voltamos a falar em cifras. A negociação não é difícil: por um quarto dos dez mínimos, contrato-a como prestadora regular de serviços de cama e mesa.

O orçamento da Casa dos Leprosos anda mais ou menos sob controle, apesar da privatização já certa do Banco – e apesar dos gastos com minha filha em Campinas, que se recusa obstinadamente a ver e falar com o pai, ainda que continue aceitando a mesada que decidi dobrar. Sem explicações, a boa Dirce é temporariamente dispensada.

෴

A estreia oficial de Lurdinha na função conjugada de trabalhadora doméstica e sexual se dá ali mesmo, assim que chego do Banco, na vetusta sala da Casa dos Leprosos. Está de banho tomado e cheira bem, esquecida de vestir o sutiã sob a camiseta e a calcinha sob o shorts. O trompete de Miles Davis está quase inaudível ao fundo, depois do dia todo pensando naquilo que ela podia me oferecer, *que ela vai me oferecer* – os futuros doces tirados do quintal e os de seu próprio corpo – em troca de tudo o que também farei por ela, salvando-a do Gegê e da miséria moral.

Ando tão vulnerável, que os dias que se seguem também são os mais realizados dos últimos tempos. Uma completa doceria, cheia de quitutes e quindins por todos os pontos da cama e do corpo de Lurdinha. Falo coisas perfeitamente audíveis. Procuro, em troca, satisfazer todas as vontades da fogosa proprietária daqueles cabelos de índia, que se mostra tão competente no lençol como no fogão.

Tão fora de controle estou que acabo confessando-lhe, certa noite, já completamente rendido, que a vida para o pobre Édipo finalmente passou a ter sentido: bastou encontrar sua anti-Jocasta.

– Quem!?... – olha-me espantada.

– Um amigo e uma amiga minha. Um dia trago para você conhecer.

– Com suruba, salário dobrado... – ri.

– Não é bem isso, Lurdinha. Mas a gente pode até pensar no caso.

Refere-se à única vez em que foi obrigada a sair com um casal:

– Marido e mulher, primo. Um advogado famoso aqui da cidade... O cara batia punheta enquanto olhava a pobre mulher me chupando com nojo. Sem vontade alguma, coitada. Pode isso? – volta a gargalhada metálica.

– Acontece nas melhores famílias, Lurdinha.

– Lurdinha, não. Lu... – fecha-me a boca com o primeiro beijo completo.

Estou preso. Faço o que ela quiser. Mas ela prefere minha língua em outro lugar. Se for para o bem do órgão que articula minha voz e a felicidade geral do meu corpo, não há por que hesitar. Nunca experimentei esse remédio, o mais natural de todos, produzido no centro mais vivo de uma mulher.

– Consagro-te, então, a minha língua! – digo-lhe e, a seguir, resoluto como um suicida, mergulho no vale das chamas eternas.

☙

Lu é o pensamento totalitário de cada minuto. Não adianta contar-lhe que o resto do tempo – as horas em que estou longe dela – é preparação para esse momento sublime do servo retornando a seus braços, sem incomodar-me o fantasma da privatização do Banco ou do desemprego iminente.

Mas a verdade mais verdadeira é que Lu sabe muito bem tirar proveito da minha fragilidade. Um quarto e um guarda-roupa ficam só para ela, que de vez em quando até já dorme na Casa dos Leprosos. Quando volta para o Horto, pago-lhe o táxi.

O guarda-roupa vai ficando bem sortido de saias, calças, blusas, calcinhas, sutiãs. Na penteadeira, que acabei comprando, acumulam-se talcos azuis, sabonetes cor-de-rosa, batons de todas as cores, desodorantes de supermercado. Distingo, sem esforço, algumas daquelas coisas que as velhas damas da rua Duque de Caxias já usavam. Como acostumá-la com coisa melhor? Despreza, delicadamente, um perfume francês que lhe trago de Ribeirão.

Todos já devem estar sabendo: papai, minha filha, Elzinha, Marta. Minha irmã deve estar louca para conferir, de perto, minha última insanidade. Apesar de nossas relações cortadas, depois do episódio no restaurante, vou convidá-la em breve para um chazinho elegante na Casa dos Leprosos, com mesa posta para três. É o que mais desejo. "Marta, esta é a Lu, nossa mais recente priminha. A mais nova aquisição da família. Lu, esta é minha irmã Marta, a melhor diretora de escola de Canaviais."

☙

O homem não é um animal racional. Juro por Nossa Senhora. Uma das provas é essa mania de viver farejando o absoluto, que é a grande doença do homem, a mais fatal de todas. Em Elzinha eu esperava encontrar, reunidas em santa paz, todas as mulheres da minha vida, na união completa do corpo e da alma. Com Maria de Lourdes, abro mão da alma e suas complicadas sutilezas, mas espero a perfeita harmonia dos corpos. Não admito relativismos. Vou confiar cegamente no poeta, quando escreve que os corpos se entendem, mas almas não.

Acontecem, todavia, coisas cada vez mais fora do controle, como naquela tarde em que a verdadeira natureza de Lu começa a se revelar. Estou no Banco, perdido entre papéis e teclas, incapaz de realizar meu trabalho. Só consigo pensar em Lu. Ao lembrar-me da cava de sua última blusa, deixando entrever um pedaço de paraíso e vestida especialmente para derrotar-me, tomo a insana decisão. Sem pensar duas vezes, abandono o computador e suplico ao gerente:

— Tenho pedreiro em casa, Landim. Preciso dar um pulo rápido lá.

Ele não gosta, mas concorda — afinal, sempre ofereço mais ao Banco do que peço. Corro ao ponto de táxi rival do Juquinha e mando o motorista desconhecido tocar para a Casa dos Leprosos, o único lugar do mundo sem sofrimentos humilhantes nem vãs inquietações.

Estou, estou, estou ficando louco, como no samba de carnaval. Para os loucos, o mundo se transfigura e reverbera — e Lu, de longe, é a mais completa de todas as estrelas da minha vida. Ri da minha esperteza, espantada com aquela aparição em plena hora de serviço. Mal me contenho em mim, trêmulo como vara verde. Quando avanço, deixando claro que a batalha vai recomeçar, alega insuportável cansaço: encerou toda a casa, naquela tarde.

— Assoalho velho dá um puto trabalho, primo!

Pede-me massagem nas costas. Como pode ser um caminho para o resto de Lu, prontamente concordo. Ao desviar as mãos para outros pontos, irrita-se:

— Aí não! – estapeia-me os dedos, mal-humorada. – Só nas costas...

A fronteira do razoável e da sandice desaparece. Se me exigir um cheque de mil reais, faço na hora. Talvez bote mil e quinhentos, dois mil. Dou meu reino inteiro pela mulher à minha frente. Sou capaz de vender minha alma ao Diabo. Como os movimentos que faço não se definem (são de massagem ou carícia?), irrita-se verdadeiramente. Não suporta que a toque nos seios, aparecem-lhe cócegas por todo o corpo.

— Você não sabe fazer massagem – diz com os olhos fechados.

— Está me dando coceira...

Não sei o que fazer com as mãos sôfregas, ardendo como tochas, absolutamente incapazes de praticar fisioterapia.

— Então ensina, Lu.

— Eu ensinar? Você é que devia saber.

Humilho-me como um cão sarnento. Digo-lhe, repetidamente, o que nunca disse a nenhuma mulher do mundo, mas ela despreza solenemente meu atestado de rendição. Para minha suprema vergonha, acaba cochilando.

Volto, para o Banco, com minha primeira derrota. Ainda não tinha ouvido uma recusa daqueles lábios carnudos e generosos. Não demoro, porém, a admitir, retomando minha mesa e meu computador, que pedidos e recusas são normais entre o exigente cavalheiro e sua dama extenuada. Se agora não é mais garota de programa, está livre para o jogo aberto do amor e do ódio, com pleno direito de dizer *não*.

Mas será justo ser tratada como namorada, sem abrir mão da pesada taxa mensal que lhe pago? Estava até disposto a aceitá-la com o seu passado, sair com ela pelas ruas de Canaviais, apresentá-la a parentes e amigos.

O certo é que desencantamos, naquela tarde. A partir daí, Lu sente-se mais à vontade para impor seus caprichos. Não é mais a ardente serva dos primeiros dias, disposta a tudo ceder para agradar-me. Cuida da casa como se já fosse sua, tempera as comidas sem consultar-me, e vai adiando, indefinidamente, os famosos doces que só ela consegue fazer.

Já está acumulando dois cargos: continua, afinal, sendo uma puta, mas começa a ser a típica megerinha do lar.

❧

Busquemos, então, outro absoluto: a sordidez. Sem livros para ler, passo os dias imaginando brincadeiras vis para aquelas sessões noturnas na Casa dos Leprosos. Uma delas é deixar uma boa soma de dinheiro no criado, trocado em miúdos. Digamos que seja para um abono, além do valor mensal que combinamos. Um estímulo da empresa para melhorar o desempenho da mão de obra. De acordo com o jogo combinado, ela deve fixar determinado valor por cada parte do corpo oferecida ou cada etapa do trabalho sexual prestado. Tenho sempre de pechinchar, rogar, implorar. Quantas vezes não preciso sair da cama e buscar o talão de cheques para cobrir um débito adicional?

– Hoje quero atrás, Lu. Quanto vale?
– Um fusquinha... Um fusquinha velho que nem você, seu porco barbudo.

Velho... porco barbudo... Quase não me chama mais de primo. Em vez de me irritar, são coisas que me lisonjeiam. Tenho, cada vez, razões para tratá-la com mais respeito – o respeito que só as operárias merecem, depois do trabalho honesto e suado.

O pior é que, na mesma proporção em que minutos atrás a desejo, quero urgentemente vê-la longe de mim, depois da carne saciada e o retorno da consciência. Vou para meu quarto, sem conseguir ao menos despedir-me com um beijo. Se pedisse para dormir a seu lado, o que, presumo, jamais aconteceria, só conseguiria depois de ingerir um daqueles soníferos que inutilizam o usuário por todo o dia seguinte.

Dizer que recobro a consciência – o pouco de consciência que me resta – não significa, em nenhuma hipótese, que abandonei a vassalagem. Continuo mais na frente de batalha que no gabinete seguro do general. A mente, comandante apodrecendo atrás das grades, não consegue recuperar os principais territórios ocupados por Lu. Continuo rendido em turno integral, obediente àqueles sentimentos fortes que não dão trégua ao soldado, entre eles o ódio e, velho conhecido, o ciúme.

Pode ser o paraíso. Quem sabe o inferno. Alguma coisa me diz que estou perto do fim, enquanto pessoa dotada de um pingo de lucidez e um pouco de vergonha na cara. Lu toma conta do leme e da proa – logo terá o barco inteiro nas unhas. Já não leio. Escrever é que não escrevo mesmo. Pensar, só se for nela...

ცე

Meu pai vem conferir com os olhos o que as línguas já espalharam. Deixa umas frutas do sítio, pergunta pelo Banco, por Lívia. Apresento-lhe Maria de Lourdes:

– Filha da Gina, não é? – aperta-lhe a mão. – Faz um século que não vejo esse povo.

Acompanho-o sozinho até a porta. Quando digo-lhe que "é uma excelente empregada", pisca-me o olho vivido:

– Sei tudo sobre essa moça, Dim. Cuidado – e nada mais diz, como é de sua política.

A velha caminhonete pega com dificuldade, vai tossindo até entrar na rotatória da Gordovia.

ცე

– Você já me passou o vírus da aids, Lu? – pergunto-lhe um dia, depois de mais uma daquelas produtivas sessões de amor e ódio.

– Vê lá se eu tenho isso! Estou limpinha.

Enquanto se veste, conta-me sobre certa vez em que foi obrigada a passar uma tarde inteira na sala de espera do Posto de Saúde, junto com outras estranhas, esperando a vez de ser atendida pela médica e saber o resultado do exame de sangue. Estava ou não com aquele troço maldito? Foi ficando apreensiva, roía as unhas, as horas não passavam. Por azar, uma moça saiu chorando da sala da médica e passou por elas abraçada a uma enfermeira.

– Aquela estava carimbada, eu pensei. E eu? Será que também ia receber aquela notícia? Depois de muita aflição, chegou a minha vez. Entrei na sala, a médica japonesa estava mexendo nos papéis de uma pasta, tirou uma folha, começou a escrever um troço nela. E eu ali sentada esperando, agarrada com desespero na minha bolsa! A desgraçada de vez em quando me olhava, sabia que eu estava angustiada, mas continuava a escrever e a mexer nos papéis. A filha da puta chegou até a perguntar: "Você está muito ansiosa, querida? Um minutinho só...". E continuava me judiando. Pô, eu pensei, o que custa ela abrir logo o envelope do exame e me mandar logo embora? Que ódio eu sinto quando lembro daquilo!

– A médica demorou muito?

– Sei lá. Para mim aquilo era a eternidade. A japonesa era doente da cabeça, primo... Só podia ser. Quando finalmente abriu meu envelope, ela me perguntou: "O que você acha que está escrito aqui?". Era muita areia para o meu caminhãozinho. Imaginei logo a enfermeira me levando pelo braço, eu chorando na frente de todo mundo, minha vida com os dias contados...

– E daí?

– Daí que ela me falou assim: "Ainda não está infectada, querida. Ainda não...". E sorria com aqueles olhinhos fechados, aquela cara de cadela vagabunda. Eu respirei aliviada, parece que tinha nascido de novo. Até a japonesa parecia minha amiga, naquela hora de alegria. Saí para fora do Posto com uma sensação de liberdade que nunca tinha sentido antes, na minha vida. Jurava a mim mesma que nunca mais ia fazer programas, ia agarrar o primeiro emprego e o primeiro homem que aparecessem... Até de margarida eu trabalharia, catando lixo na rua. Mas programas, nunca mais.

– E cumpriu a promessa?
– Totalmente, não. Diminuí bem, só saía quando não tinha mesmo jeito, quando as contas estavam estouradas demais e minha filha precisava de alguma coisa muito urgente, tipo remédio, roupa, comida. Desde que estou trabalhando para você, juro que não saí mais... – e ameaça beijar-me, faz um carinho em meu rosto. – Parei de correr risco.

❧

No dia seguinte, depois de um ótimo desempenho na cama, Lu encara a possibilidade de vir morar no emprego, caso a convide. Como contrariá-la? Afinal, ela tem tudo o que é preciso para confundir a cabeça de um homem: corpo satisfatório e cabeça complicada, sujeita a frequentes alterações de humor. É o tipo de mulher sob medida para um assassino de boas velhinhas como eu. De que mais necessito nessa fase da partida, que bem pode ser a hora final do jogo?

Em vez de ir à capela rezar à Santa Madrinha, pedir um pouco de luz no meio de tantas trevas, vou à melhor sapataria de Canaviais e, como sinal de agradecimento por Lu escolher morar comigo na Casa dos Leprosos, trago-lhe uma bela sandália marrom, em couro macio, número trinta e seis, junto com um saquinho de cidras que meu pai trouxe do sítio.

– Até que enfim, um presente! – diz a ingrata com desdém. – Da próxima vez, vê se lembra que não tenho relógio...

Desembrulha-a, admira-a com forçada moderação, calça-as:
– Legalzinha – dá dois passos no velho assoalho. – Obrigado...
– Obrigada – corrijo-a, chateado com a frieza. – Obrigado é para homem.
– Não enche o saco, pô.
Senta-se de novo, desabotoa-as, calça-as outra vez. Anda de um lado para o outro na sala, pisando macio. Percebo que gosta da sandália, mas esconde como pode a satisfação. Apesar de tudo, agradece-me com competência, levando-me de volta, por alguns minutos, ao paraíso perdido dos primeiros dias.

※

Mas quem desce o primeiro degrau do inferno sou eu, depois que Lu resolve sugerir, uma semana mais tarde, que deixe também a filha morar no serviço. O argumento é que economizaria tempo, cuidaria melhor da pequena, se dedicaria mais à casa, faria mais doces (as cidras do meu pai murcharam no porta-frutas), as sessões de amor-e-ódio seriam ainda mais produtivas etc.
– E Tonico e Tinoco, Lu? – sussurro-lhe.
– Deixa eles trancados, uai.
– O tempo todo?
Seriamente preocupado com minhas cordas vocais, proíbo-me de contrariá-la. Os pastores ficarão trancados para que a menina Maitê possa finalmente vir, trazendo mais espontaneidade a uma casa tão sisuda.
Está registrada assim mesmo, no cartório civil – Maitê –, e tem quase dez anos. É a Tetê da mamãe... Trata-se de uma réplica de Lu, seu xerox vivo e quase irretocável: corpo igual em ponto menor, com parecidas curvas e cores, como se tivesse sido fecundada e produzida a pedido, a partir da mesma receita, só faltando os

seios para ser uma mulherzinha completa. Compensa-os, porém, o fato de ter aprendido com a mãe alguns cacoetes de mulher adulta – ginga de quadris, cruzar coquete de pernas, uso de batom e rímel. Gosta, sobretudo, de dançar diante de espelhos.

Somos priminhos em quinto grau, mas Tetê batiza-me de tio, e tio fico sendo. Como nunca me senti atraído por crianças, exceto quando também era criança (ó prima Maria Rita), tranquilizo-me. Não sendo suficientemente crápula como gostaria, nunca vou ameaçar a integridade física e moral do pequeno xerox – embora aquele clone de Lu andando pela casa, sumariamente vestido, comece a mexer com meus componentes mais vis e reclusos, incomodado com o fato de esbarrar todo dia na menina-que-se-faz-de-adulta, como se fosse gente grande.

Evidentemente, com a vinda de Maitê, já não posso procurar Lu com a mesma liberdade de antes. Mas...

ɞ

Mas um fato inesperado vem despertar o monstro serenamente adormecido. Teria, como nos dias anteriores, reagido com o mesmo equilíbrio e discernimento, se nessa noite não estivesse sofrendo da minha doença crônica preferida: o ciúme. Desconfio que a recente saída noturna de Lu não é para ver uma amiga doente. Por que não levou a filha?

Sou obrigado a abrir uma cerveja, depois outra. Lu não ganha tudo o que pede? Não trouxe Tetê para morar no serviço? Sentirá falta do joguinho antigo, já transformado em vício, quando era suficiente deitar-se com estranhos para ficar cinquenta reais menos pobre? Já não lhe agrado mais? Acaso lhe agradei um dia?

Com os ciúmes, entra lentamente em cena outra velha conhecida dos homens fracos: a necessidade de vingar-se. Não serve qualquer desforra. É preciso algo sórdido e comprometedor. Vários projetos se candidatam, mas só um deles, diretamente relacionado ao xerox de Lu – essa Lu Segunda que me sobrou na casa vazia –, permanece mais tempo nos braços da cólera.

Depois da terceira cerveja, levanto-me da cadeira. Deslizando como um ladrão, entro devagar na sala quase escura, iluminada pela tevê e a pouca luz que vaza da porta semiaberta. Maitê, entretida com o musical da Globo, está deitada no sofá, enquanto avanço furtivamente para a poltrona ao lado (com medo de espantar um passarinho arisco).

Desconfio que o crime é um mero pretexto para atingir o principal, que é o castigo. Como necessito de um castigo à altura dos crimes e pecados que até hoje tenho cometido contra *todas* as damas da minha vida, não posso perder a única oportunidade que me salvará de mim mesmo, perdendo-me para sempre. Não há uma velha lei, escrita por Deus e referendada pelos homens, proibindo adultos de molestarem sexualmente seres humanos ainda imaturos para a tarefa de preservação da espécie? Nada mais razoável que leis, crimes e castigos: deles dependem o próprio ritmo do mundo e a remissão dos homens.

Confesso que é preciso um esforço sobre-humano (ou sub-humano, no caso) para me sentir como um animal sem culpa, movido unicamente por um dínamo pré-moral. Muitas ideias passam-me pela cabeça, que a cerveja deixa aparentemente vazia e sem valores – ideias vis e absurdas que nem ao Juízo Final revelaria –, apesar de toda a operação parecer uma coisa mais mental que instintiva. É minha consciência malévola que deseja vingança, não o pobre e desprezado instinto.

Aponto para o aparelho de televisão:
– Conhece essa dança, Tetê?
Sem virar-se, Lu Segunda faz que sim com a cabeça.

– Não quer mostrar para o tio?

Vista de frente e sem os seios, parece-me ainda muito infantil, desprovida das graças que só a mãe possui. Consigo que permaneça de frente à tevê e de costas para mim, quando a semelhança com Lu chega a ser convincente (e mesmo assim não me estimula). Mas preciso urgentemente representar o papel de monstro – o monstro que, no fundo, o ator da rua Duque de Caxias sempre foi. Animo-a a não parar:

– Você está ótima, Tetê – minto-lhe. – Vou pedir para a mamãe botar você no balé do Teatro.

– Jura, tio?! – ela para com a dança horrível, os olhos brilhando de surpresa.

Que outro animal desceria tão baixo, quando ouso pedir que ela vista um shortinho justo, para os movimentos ficarem "mais livres e bonitos"? Hesita um pouco, olha-me com algum espanto – cujo efeito o álcool atenua ou quase dilui –, mas acaba indo ao quarto trocar-se.

Depois que a dança termina, coroada de enfáticos e falsos aplausos da plateia, o mais recente admirador da dança brasileira de massa desiste, obviamente, dos planos vis que tinha acabado de traçar – mesmo porque não tem nenhuma vontade sincera de fazer *aquilo* – e tranca-se no escritório com mais uma cerveja, livre de Tetê e de um futuro sombrio nalguma penitenciária.

Concluo, enfim, que já posso dar-me por vingado com a dança e o shortinho. Minha cabeça, apesar de já um tanto alta, não precisa de muito esforço para convencer-me de que Lu jamais saberá do fato. Se souber, não ligará a mínima. Mas que fato? Não há monstros em minha árvore genealógica. Aquelas cartas anônimas da adolescência não passavam de literatura do tédio ou do ressentimento. Se não consegui estrear com Tetê naquelas coisas sórdidas, é por não ter sido realmente programado para isso. Pode ser que

Deus não exista, mas nem por isso tudo deve ser "liberado geral", como diria Lívia.

☙

Seguro morreu de velho. Apesar da proteção de minha Madrinha, convém ficar longe da Casa dos Leprosos e daquela sala tomada pelo Mal. Penso até em avisar a menina de minha urgente saída, mas a vergonha impede-me de revê-la naquela hora. Saio pelos fundos – uma volta pela cidade noturna me restituirá o juízo, a consciência de que ainda sou uma máquina regulada por leis, sujeita a remorso e sofrimento moral, cuidadosamente montada por dona Augusta, minhas avós, minhas tias. Por mais que me esforce, fui bem treinado pelas velhas damas para não perder as estribeiras.

Quanto mais me distancio de casa, com a perspectiva necessária para botar as coisas nos eixos, mais aumenta o medo do pouco que tinha feito e até do que não passara de mero plano. "Afinal, não fiz nada de objetivamente culpável, nem botei as mãos na menina..." Mas pouco adianta tentar iludir-me. É evidente que houve a intenção e o início do delito. Mais na cabeça que nas mãos – e no entanto, existiu. "Você é mesmo um escroto, Dim. Um calhorda, um biltre, um canalha, um ordinário. Tua irmã tem razão, tua filha tem razão, todas têm razão." Se vou escapar da justiça do mundo, minha ficha está suficientemente cheia para o Juízo Final: minha Madrinha já sabe de tudo, o Pai já sabe de tudo.

Como há lua no céu, subo com muitas dúvidas e culpas pela estrada velha do Aeroporto, volto pelo acostamento da rodovia Cândido Portinari. Como um cão sarnento – o cão sarnento em que Lu me transformou, há algumas semanas – vago pelo bairro do Castelo, nas pequenas ruas próximas à antiga Escola Vocacional. Passo pelo endereço do meu amigo de outros tempos, João

Lucas Dessotti, com quem há muito não falo (embora veja-lhe de vez em quando a filha, que não suspeita quem possa ser o *voyeur* que passa e fica admirando a bela casa entre árvores). É meu caminho de ida e volta do Banco. As paredes de tijolo à vista somem entre as árvores enluaradas, a luz da sala está acesa, mas a grande janela, sempre aberta durante o dia, já foi fechada. Poderia apertar o interfone, verificar se o amigo está em casa, pedir socorro, conversar como nos velhos tempos. Inútil: Pedro garante que o João Lucas quase não sai da fazenda, em Goiás.

Deixo para trás a casa do amigo. Tudo ali é diferente da Casa dos Leprosos – para onde jamais voltaria, se pudesse. Faz bem Lívia em nunca mais pisar ali, Marta não voltará tão cedo. Movido não sei por que sábia intuição, meu pai quase nunca aparece.

Estico até o centro da cidade e tomo mais uma cerveja no Simpatia, mas não encontro ninguém com quem falar, sair por momentos desse assunto que me incomoda, descobrir alguma caçapa para essa bola sem ângulo em que me transformei. Mas não. Não encontro nenhum conhecido na rua. E minha cabeça ainda não é uma carroça completamente sem governo, incapaz de discernir a hora certa de voltar para casa. Não posso voltar agora. É possível adivinhar que, chegando ali, corro o sério risco de ir acordar a Lu Primeira para humilhar-me ainda mais, embora não deseje de modo algum que isso aconteça. Se encontrasse alguma vagabunda pelo caminho, poderia levá-la a algum terreno baldio e completar o que nem pude começar com a pobre Tetê.

Não vou botar as mãos, outra vez, naquela moça que tão descaradamente me engana. Já é hora de dar um basta na situação vergonhosa. Prometo-me que, logo de manhã, vou mandar embora a mãe e a filha, para que não aconteça o pior para os três, nas noites seguintes em que de novo ficarem sozinhos o monstro Rielli e a Lu Segunda. Mesmo sem antecedentes de pedofilia na família, convém não baixar a guarda. A semente do mal dorme no fundo de qualquer alma: basta adubar com cuidado, que a planta brota e viceja.

Já vai além das duas da madrugada quando passo pela esquina do lago, em frente à Rodoviária. Ouço chamar-me uma voz de sereia, brotando suavemente da sombra das árvores:

— Vem cá, meu anjo...

É a Madonna. Olho-a e quase paro — eu que nunca me interessei por esse tipo de moça e sempre me desviei delas quando passava por ali. "Deixa mão disso, Dim", digo-me, "por hoje basta de show. Fecha o circo, desmonta o picadeiro. Não chega a palhaçada de há pouco com a menina?"

Respondo-lhe com um oi e continuo andando. Dez metros depois, não resisto e viro a cabeça: ela está equilibrada na pose mais provocante do mundo, construída especialmente para mim. Manda-me o beijo mais cinematográfico que já voou de uma boca feminina, aliás exageradamente vermelha, emoldurada pelo cabelo tingido de loiro. Nunca tinha visto Madonna de perto. Parece de fato bem feita, com tudo no lugar certo.

Em vez de seguir para a Casa dos Leprosos, contorno o lago bem devagar para de novo passar por ela, diminuo mais a marcha, o coração já tocando pandeiro. Olhando para todos os lados, conferindo se não havia ninguém por perto, pergunto-lhe desajeitado aonde poderíamos ir.

— Isso não é *poblema*. Me segue, doçura.

— Então vai bem na frente.

Espero que ela se distancie bem, e então começo a segui-la. Vai numa ginga um pouco forçada, enquanto eu juro pela outra Madonna, a Verdadeira, que não vou segui-la, que desistirei do cortejo na próxima esquina. Mas devo estar enfeitiçado. Sempre olhando para os lados, deixando que se distancie sem sumir de vista, vou como um condenado ao patíbulo. Quando dou por mim, vejo que estou me aproximando de um sobrado semiconstruído, do outro lado do lago, no mesmo Jardim das Figueiras. Não há casas com moradores ali por perto. Entro meio torto, por um vão de costaneiras e vejo Madonna, na meia escuridão lunar, tirando os delicados brincos vermelhos, botando-os, com a bolsa também vermelha, sobre o tambor virado.

– Gostou do meu motelzinho, gatão?

Respondo qualquer coisa, com voz baixa e seca, pegando a camisinha que ela me passa. Enxergo, a um canto da sala, a escada ainda sem revestimento que leva ao primeiro andar. Como estou com alguns litros de cerveja circulando na alma e há uma enorme lua cheia no céu, não posso evitar a proposta perversamente romântica:

– Vamos subir – digo-lhe.

Madonna arregala os olhos:

– Para quê, querido?

– Tem lua cheia, *querida*.

Entendo, agora, por que muitas mulheres da cidade invejam a *moça* à minha frente. *Ela* sorri e logo me dá as costas, subindo as escadas. O que não entendo é como me sai da garganta esse *querida*, que só tenho usado para mulheres de verdade: Maria Rita, Elzinha, Lu e, se Maria Santíssima não me ajudasse, para Tetê e futuramente para Bida, mulher de Pedro. Nem sei como consigo segui-*la* até o andar de cima, onde *a* vejo apoiar-se de pé no andaime de tábuas largas.

Com gélida indiferença, Madonna olha para a escura parede à sua frente, ainda sem o reboco definitivo. Espera-me com paciência profissional.

É inútil. Incapaz de terminar com Madonna a obra iniciada com Maitê, pago o serviço nem começado com três notas de dez e saio depressa dali. De que me serve a pele talvez macia, os seios crescidos pelo hormônio, os cabelos sedosos daquela *mulher*? Ela nunca resolverá o meu problema, muito menos miniaturas femininas bem produzidas pelo demônio, por mais próximas que estejam das mulheres crescidas e verdadeiras.

Depois de provocado por aquelas réplicas quase perfeitas de mulher (cada uma a seu modo) chamadas Maitê e Madonna, constato com tristeza que estou necessitado de uma certa mulher verdadeira e em tamanho normal – doce-amara Lu, circular e abissal Lurdinha, Maria de Lourdes dos meus irremissíveis pecados.

 co

Há muito que errar pela noite dos leprosos e dos demônios soltos. Por volta das três da madrugada, enfio a chave na porta de casa e entro quase apavorado, como se violasse um lugar estranho. Depois de uma hora na sala, tentando inutilmente ver televisão e sufocar a insanidade, sou arrastado ao quarto de Lu: vou acordar a mulher da minha vida. Posição que ocupará pelo menos até amanhã cedo.

Desejo-a absurdamente, de um jeito malévolo como nunca antes a quis. Disponho-me a tudo por essa última vez – estou certo que será nossa última vez. Dou-lhe um carro zero, uma casa no BNH, ações na Petrobras, mas haverá de ser minha pela última vez. Ela acorda resmungando, pede baixo para não acordar a menina na cama ao lado:

– Agora não quero... Não tem desconfiômetro, cara? – murmura. – Tô num prego só...

– Pago bem pela extra... – acaricio-lhe com as mãos trêmulas. – O que você pedir.

Puxa a coberta e vira-se para o outro canto:

– Hoje não. Amanhã...

Quando ainda estou no meio do corredor, *sem saber o que fazer da vida*, ela passa por mim a caminho do meu quarto:

– Anda depressa com isso. Quero dormir logo – diz irritada.

– Tá com o talão de cheque?

Aceno-lhe que sim. Entro atrás dela e tranco a porta.

– Não gostei nada do que você fez com a Tetê – diz ela, enquanto tenta manter-me longe de si. – Me solta, coisa! Parece um grude. Onde já se viu... – empurra-me com força. – Deixar a menina sozinha nesse deserto...

Vou até o pequeno aparelho e ligo a fita, enquanto ela continua resmungando:

– Vê se pode... Quando cheguei, a coitadinha estava dormindo no sofá, com a tevê ligada, quase sem roupa!

Brota misteriosamente do nada o trompete em surdina. Volto a seu lado, procuro-a.

– Espera um pouco, trem! Estou com sono – tenta, ainda, defender-se de mim. – Você tá com um bafo insuportável de cerveja... E lá vem de novo aquela música horrível! Vou terminar num hospício, se continuar com você.

Quando pergunto, envergonhado, se ela tinha ido ao Gegê, cruza as pernas bem coquete, como se nada a excitasse mais que meu sofrimento:

– Lá vem de novo com esse ciúme besta... Já não falei que não pretendo mais voltar lá?

– Voltou ou não? – agarro-a com ódio.

– Olha aqui, ó – desgruda-se de mim, arranhando-me enquanto procuro conter-lhe as mãos. – Que direito você tem de ficar me policiando? Não estamos casados.

Do jeito que ando, posso até acreditar que estamos indissoluvelmente ligados pela mais irrestrita comunhão da carne e dos pecados, por toda a eternidade do inferno.

– Eu sei o que você quer... Uma dondoquinha para curtir, ficar horas e horas com ela... Por enquanto, não estou a fim de me ligar em homem nenhum. Nem no presidente da república!

Arrisco um carinho medroso de mendigo:

– Pensei que com o tempo, você morando aqui comigo...

– Pois pensou errado... – disse sem repelir-me. – Era só mais cômodo morar aqui. Só isso. Achava que você era gente-fina, ainda mais sendo meio parente. Mas estou vendo que me enganei mesmo...

Não me contenho e tomo-a de novo nos braços, apesar de seus movimentos ríspidos de defesa.

– Me larga! Bruxo! – olha-me com um brilho de condenação que nunca vi noutro olhar de mulher, fosse Lívia, Elzinha, Cláudia. – Espera um pouco!

Solto-a, ferido mortalmente por aquele ódio.

– Você só fica enrolando! Se fizesse logo e deixasse para falar depois...

Nesse momento, já estou indeciso entre surrá-la, mandando-a sumir com a filha no meio da noite, ou continuar humilhando-me como um cão sarnento e leproso. Em vez de sujar minhas mãos, bastaria pegar a cartucheira na parede, fazê-la acordar Tetê, sairiam pela porta como duas fétidas leprosas.

Falta-me, contudo, coragem para um gesto tão decente. Posso esperar pela manhã, e então, delicadamente, botá-las para fora. Mas não sem fazer em Lu, *agora*, com amor e asco, ternura e ódio, o que já venho treinando de longa data com as outras mulheres da minha vida – uma bela e deplorável síntese das maldades aprendidas até aqui, custe o preço que custar.

Pelo menos tentarei. Para começar, escolho humilhá-la de duas formas que julgo particularmente incisivas, sem gritos nem gestos de comando: corrigindo-lhe os erros de prosódia e mencionando sua condição de péssima prestadora de serviços sexuais.

– Você como puta é uma negação, Lu. Tua saída é casar com um mané qualquer, engordar, ficar velha. Não merecia ganhar o que ganha no Gegê nem aqui.

– Olha aqui, ó: puta é a vovozinha, a mamãezinha, a titiazinha, a irmãzinha, a filhinha. Todas elas. E falo do jeito que bem entendo, está ouvindo? Antes falar errado do que com essa voz de merda que você tem...

Lu insiste em sua condição de moça livre, à vontade para esquivar-se de mim quando bem entender, pisando com asco e altivez sobre meu desejo e minha gramática.

– Vê lá se dependo disso para viver... – olha-me com desdém. – Se você quiser uma mulher só para isso, o Gegê te arruma de penca.

– E se eu te pedir para ir embora amanhã?

– Se quiser, vou agora mesmo. Eu por acaso pedi para morar aqui? Hein?

– Que me lembre, sim.

– Você está fraco da cabeça. Nunca ia pedir isso! Se quiser chamar o táxi, vou acordar a Tetê agora.

Estremeço como prédio antes de implodir. Como continuar com as ironias e agressões, diante daquela ameaça concreta de debandada? Penso que, se ela for mesmo embora, minha vida vai ficar mais vazia do que nunca. Muito mais vazia do que sempre. Como suportar, outra vez, doze meses de inverno por ano! Vista de agora, num relance, minha antiga solidão parece bem maior do que realmente foi. O fato é que, sem forças para botar em prática aquela "bela e deplorável síntese das maldades aprendidas até aqui", acabo curvando-me inexplicavelmente a essa mulher que sabe paralisar-me ou repor-me em movimento, dependendo de seu capricho.

Um homem sabe quando vai perder o jogo. Eu já sabia muito bem que aquele estava perdido. Nunca vou ter forças para mandá-la embora, nem condições de suportar sozinho a Casa dos Leprosos. Em vez de Lu subir ao patíbulo para sofrer a pena máxima (ou pelo menos, como outra dócil Verônica, limpar-me o sangue do rosto com seu véu), é ela na verdade quem deverá me coroar com espinhos, como se o pequeno monstro, alojado no corpo e na alma de Hildo Rielli, só pudesse ser eliminado pelo vergonhoso sacrifício da alma e do corpo.

Como se percebesse, de repente, que tinha ido longe demais, Lu recua as pedras do jogo. Por que perder os privilégios que tão facilmente conquistou nessa casa? Despe-se toda, inesperada e raivosamente, deitando-se no tapete com as pernas abertas em V. Ordena-me com ódio:

– Vem! Acaba logo com isso.

Como se uma única espécie de escada pudesse levar-me ao último andar do ultraje e salvar-me da condenação eterna, a parte escura da alma decide por mim, sem consultar-me, que já é hora da suprema vergonha. Pagar por aquelas velhas culpas inexpiadas do passado, por ter contribuído fartamente para a morte de minha mãe, da Nonna e da vó Isolina, por ter abandonado Maria Rita quando mais precisava de mim, por ter feito mais tarde com a prima o que um homem de bem não faria por um décimo de segundo, por estar colaborando na morte lenta de Elzinha e no extravio moral de minha filha, além de ter desejado de forma repulsiva a provocante mulherzinha de Pedro – e tudo para continuar matando postumamente minha mãe que, presumo, estará assistindo do outro lado da vida e do mundo a essa bela pornochanchada canaviense.

Como ir e acabar *logo* com aquilo, se meus atos já não dependem mais da consciência desperta? Diante do cliente brochado, agora merecidamente reduzido a um patético bobo da corte – as calças arriadas, o pinto mole, como um fétido rato morto, apontando para o assoalho que não vê cera há várias semanas –, Lu veste com pressa a camisola pelo pescoço e, com a metálica risada de sempre, sobe a minúscula calcinha pelas pernas mal equilibradas de tanto rir.

– Não tenho culpa, benzinho... Da próxima vez, vê se bebe menos cerveja – e sai da sala, deixando um beijo frio no meu rosto.

❧

Só consigo dormir um pouco quando os pardais começam a piar nas árvores e os ônibus de boias-frias tomam de assalto a avenida Washington Luís. Mais tarde, antes de sair para o Banco (Tetê já está há muito tempo na escola), abro de leve a porta do outro quarto. Lu dorme profundamente, um sono satisfeito e sem remorsos, a respiração assoviada, a bela coxa fora do lençol.

Não sei se deixo tudo para mais tarde, providenciando por telefone o táxi do Juquinha para levá-las junto com as roupas e as outras coisas que são delas, inclusive o cheque com o pagamento do mês – ou se acordo-a para mandá-la embora já.

Fecho a porta. Decidirei no Banco.

Sete horas depois, sem ter feito uma coisa nem outra, volto à Casa dos Leprosos decidido a continuar na dúvida, deixando a batata assar. No entanto, que inesperado espetáculo aguarda-me com total exclusividade no escritório? Público privilegiado de uma Lu descabelada e furiosa, vejo-a detrás de um monte de livros cuidadosamente rasgados e jogados no chão. Ela pega um livro, arranca-o da capa, rasga-o quanto pode. Em seguida, joga-o no monte, que vai continuar a crescer se não impedi-la já.

Mas nenhuma providência pode ser tomada. Antes que eu esboce uma reação, compreensível da parte de quem colecionou aquelas coisas durante toda a vida, Lurdinha aponta para mim a cartucheira carregada:

— Não vem, que eu aperto o dedo! – recua um passo, diante da ameaça de tirar-lhe a arma.

— Está carregada, sua louca. Não brinca com isso. Tua filha chega aí na porta e vai se assustar com você me apontando esse troço.

— Tetê não está mais aqui não, filho da puta! – grita.

Sei muito bem que ela não está brincando. Obedeço e paro ali mesmo.

— A vontade que eu tinha era de enfiar uma bala nessa boca porca, mas não vou atrapalhar minha vida e da minha filha por tua causa.

Não ouso dar um pio. O que teria acontecido?

— Você é o maior filho da puta que já conheci! – a cartucheira está abaixada mas ainda tem o dedo no gatilho. – Tetê me contou o que você fez com ela ontem, seu animal! Deixou ela quase pelada aqui na sala, dançando...

O rosto da mulher está transfigurado. Os lábios tremem de ódio mortal. Os olhos mal cabem na pequena órbita chinesa.

— Daqui vou direto até a polícia com ela. Desconfio que a coitada não me contou tudo, deve ter mais coisa... Só não fui antes porque tinha de fazer esse servicinho aqui.

Apontou-me os montes de papel rasgado, ex-livros cheios das outras mulheres da minha vida, vindas de muito longe, e não menos reais que Maria de Lourdes. Todas, agora, desfeitas em tiras raivosas de papel e espalhadas pela biblioteca da Casa dos Leprosos: Ana, Carlota, Sofia, Arabela, Eugénie, Lena, Micòl, Penélope, Adela, Capitu, Ofélia, Cleópatra, Cordélia, Miranda, Sônia, Molly, Elizabeth, Mathilde, Sarah, Catherine, Odette, Isabel, Emma, Lúcia, Beatriz, Adriana. Até uma certa Dulcinéia, por quem se batia um maluco manchego e seu escudeiro ajuizado, num belo livro das

Ediciones Castilla, com capa de couro e papel-bíblia, no qual há uma cena muito parecida com a que estou vivendo.

※

Depois de quase uma hora de negociação árdua, em que ele, quase sem voz, jura nada ter feito a ninguém e ela aos gritos jura que ele fizera tudo – tudo o que um monstro poderia fazer, "tenho certeza que a coitadinha não me contou tudo!" –, chegam ao acordo que o obrigará, dias depois, a financiar um automóvel Gol, ano mil novecentos e noventa e quatro, cor creme, em excelente estado de conservação, com baixa quilometragem, só um proprietário até agora etc., inteirinho para a furiosa mãe de Tetê.

O carro prenderá a língua da vagabunda e, por tabela, também a sua. Não terá ficha policial, não será exposto à execração pública dos canavienses, e, em cinco minutos, a velha Casa dos Leprosos já está outra vez vazia, completamente em silêncio, quase sem livros, sem mulheres, sem nada – exceto a sombra de um homem muito velho, a meio caminho dos cinquenta anos, rabugento e intolerante na dose exata para condenar-se a viver sozinho, longe de tudo, completamente desmoralizado diante do refratado Hildo Rielli que o olhará todo dia, impiedosamente, do espelho manchado do banheiro.

Dados Internacionais de Catalogação na Publicação (CIP)
(Câmara Brasileira do Livro, SP, Brasil)

Zamboni, José Carlos
  Consagro-vos a minha língua : romance / José Carlos Zamboni.
– São Paulo : É Realizações, 2010.

ISBN 978-85-88062-84-9

1. Romance brasileiro I. Título.

10-02899   CDD-869.93

Índices para catálogo sistemático:
1. Romances : Literatura Brasileira   869.93

Este livro foi impresso pela
Prol Editora Gráfica para
É Realizações, em maio
de 2010. Os tipos usados
são Adobe Garamond Pro
e Trajan Pro. O papel do
miolo é chamois bulk dunas
90g, e da capa vitasolid 300g.